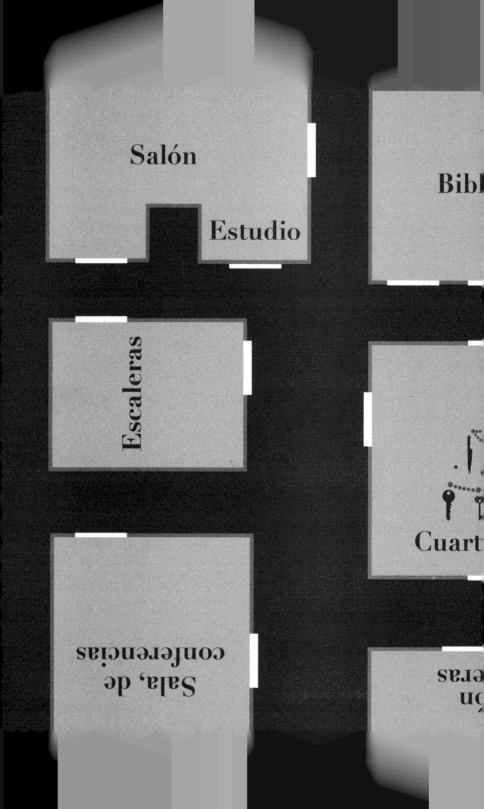

teca

**Cuarto
del personal
y lavandería**

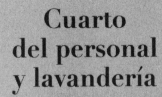

e juegos

Cocina y
despensa

Comedor

S
Es

La casa de los enigmas

Alexandra Benedict

La casa de los enigmas

Traducción de Gemma Deza

Duomo ediciones

Barcelona, 2022

Título original: *The Christmas Murder Game*

© 2021, Alexandra Benedict
  Publicado originalmente en el Reino Unido por Zaffre,
  un sello de Boonier Books UK Limited.
© 2022, de la traducción, Gemma Deza Guil.
© 2022, de esta edición: Antonio Vallardi Editore S.u.r.l., Milán

Todos los derechos reservados

Primera edición: noviembre de 2022

Duomo ediciones es un sello de Antonio Vallardi Editore S.u.r.l.
Av. Riera de les Cassoles, 20. 3.º B. Barcelona, 08012 (España)
www.duomoediciones.com

Gruppo Editoriale Mauri Spagnol S.p.A.
www.maurispagnol.it

ISBN: 978-84-19004-68-0
Código IBIC: FA
DL: B 17.007-2022

Diseño de interiores:
Agustí Estruga

Composición:
Grafime Digital S. L.
www.grafime.com

Impresión:
Grafica Veneta S.p.A. di Trebaseleghe (PD)
Impreso en Italia

Para Guy y Verity, mi hogar

El juego dentro
de *La casa de los enigmas*

Juego 1: Doce días de anagramas

Cada uno de los doce días de Navidad revela una pista en el libro. Algunas de ellas contienen anagramas. Pero, además, como regalo, puedes entretenerte buscando los siguientes anagramas en el texto:

Primer día de Navidad: busca el anagrama de «vanidad».

Segundo día de Navidad: busca el anagrama de «desapareciendo [en] Monterrey».

Tercer día de Navidad: busca el anagrama de «arcilla imanta».

Cuarto día de Navidad: busca el anagrama de «cucharada saborizante».

Quinto día de Navidad: busca el anagrama de «solo intercambien».

Sexto día de Navidad: busca el anagrama de «inspirarse uno».

Séptimo día de Navidad: busca el anagrama de «recetas [de] canelones».

Octavo día de Navidad: busca el anagrama de «gusano desdentado».

Noveno día de Navidad: busca el anagrama de «albatros [en] orillas».

Décimo día de Navidad: busca el anagrama de «asistentes circunscrito[s]».

Undécimo día de Navidad: busca el anagrama de «con estrella[a]».

Duodécimo día de Navidad: busca el anagrama de «águilas suplicante[s]».

Cada anagrama aparece como palabras seguidas completas. Por ejemplo, un anagrama de «El bebé de sus entrañas» es «subsanable detenerse», que yo incluiría en una frase como: «A Lily le pareció un error subsanable. Detenerse a reflexionar sobre ello era la única posibilidad». O algo parecido. Las letras entre corchetes [ ] no aparecen en el anagrama. Por ejemplo, en el segundo tienes que buscar las letras que forman «desapareciendo Monterrey», sin «en».

Algunos anagramas han sido más fáciles de incluir en el texto que otros. Es decir, si algo te suena un poco raro, ¡puede que eso sea una pista!

Juego 2: Títulos

He incluido los títulos de siete de mis novelas de misterio favoritas en el texto de *La casa de los enigmas: una Navidad de muerte*. ¿Conseguirás encontrarlos?

¡Buena suerte!

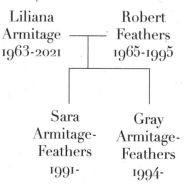

ÁRBOL GENEALÓGICO

Capitán Henry, (Harry)
Armitage
1910-1970

Marianna
Armitage —— ?
1959-2001

Liliana
Armitage
1963-2021

Robert
Feathers
1965-1995

Lily, Violet
Armitage
1989-

Sara
Armitage-
Feathers
1991-

Gray
Armitage-
Feathers
1994-

DE LOS ARMITAGE

Violet
Harper
1924-2003

Edward
Armitage
1962-2002

Veronica
Walker
1965-2002

Thomas
Armitage
1991-

Rachel
Armitage
1993-

Holly
Wells
1998-

Ronnie
Armitage
1994-

Philippa
Cartwright
1991-

Beatrice
Armitage-Wells
2019-

Samuel
Armitage
2017-

¿Revelarte mi secreto? ¡Qué osadía!
¿Quién sabe? Quizá algún día.
Pero no hoy; ha helado, sopla el viento, nieva,
y a ti la curiosidad te lleva.
¿Querrías saberlo? Pues óyeme:
mi secreto es mío y no te lo diré...

CHRISTINA ROSSETTI, *Invierno: mi secreto*

NOCHEBUENA

Capítulo uno

Nieva. ¡Cómo no iba a nevar! Nada de esto va a ser fácil. Lily, envuelta en su edredón, apoya la cabeza en la fría ventana. Son las cuatro de la madrugada y no puede dormir. La luz de las farolas dibuja anillos dorados resplandecientes en la calle Catford High. Los copos de nieve descienden bailando del cielo. Dos tipos caminan dando traspiés por la calzada, abrazados. Van gritando: «¡Es Navidad!». Un zorro los ve y sale huyendo; sus ojos centellean.

En otro momento, estar tumbada en vela en Nochebuena habría sido emocionante. Pero Lily ya no cree en Papá Noel. No cree en nadie desde la muerte de su madre. Y hoy tiene que regresar al lugar donde sucedió.

Lily se echa la capucha de la sudadera sobre la cabeza y se levanta de la cama. Se abre camino entre percheros de disfraces y entra en el minúsculo salón de su casa. Bueno, al menos, así la llamaba el inquilino anterior. En realidad, Lily no vive en ningún sitio. Este es su espacio de trabajo. Está lleno de algodón almidonado y terciopelo, de hilos, ribetes y cintas, de cajas de cuentas, marfil y acero. Su máquina de coser aguarda junto a la ventana. En el suelo, las distintas piezas de papel de estraza del patrón de un vestido recuerdan a la silueta de un cadáver en una escena del crimen.

Este lugar no tiene mucho de hogar, pero al menos así Lily no tiene que compartir casa. Necesita muros sólidos entre ella y el resto de las personas. Y la falta de espacio es una buena excusa para no invitar a nadie, aunque se sienta sola. Al menos, eso es lo que se dice a sí misma.

Esquivando montones de material, avanza a zancadas de un huequecito de moqueta a la vista a otro hasta llegar a la cocina, situada en un rincón de la estancia, si es que se puede llamar cocina a un hornillo de *camping*, una tostadora y un microondas. Enciende la tetera y mete un saquito de té en su taza. Luego saca su maleta de debajo de una caja de tul. ¿Qué debería ponerse para ir en Navidad a una casa de campo que detesta? En las tiendas no venden ropa para eso. Menos mal que se gana la vida como modista.

Neceser preparado; corsés y vestidos plegados dentro de la maleta. Lily se sienta a tomarse el té en el único sofá que hay. Y solo entonces se permite pensar en el viaje que la aguarda. En los parientes a quienes tendrá que ver. Y en la casa de la familia, la casa Arcana.

El mero hecho de pensar en ese lugar hace que se le acelere el corazón como cuando la máquina de coser corre a toda velocidad, así que saca su último encargo y empieza a bordar a mano. Cada vez que clava la aguja, con cada puntada de hilo de satén que da, se calma un poco más. Su corazón recupera la velocidad de pedal lento. Quizá debería quedarse en su piso hasta que pase la Navidad. No ir a ningún sitio. Volver a meterse en la cama con una caja de bombones y tapar las vacaciones con un edredón. Así se ahorraría recorrer largas distancias al volante. Y, lo que es más, así su dolor se quedaría donde lo ha depositado, tras las paredes y puertas de su mente cerradas a cal y canto.

Pero si decide no ir, decepcionará a su tía Liliana. Otra vez.

Lily toma su bolso y saca un sobre. Lo acaricia. Recorre con el dedo las letras redondeadas de la caligrafía de su tía. Saca la carta del sobre y el tacto suave y liso del papel le recuerda a la piel empolvada con perfume a rosas de su tía Liliana. Aún se perciben ligeras notas del perfume que usa: Truth, de Calvin Klein.

Querida Lily:

Espero que nunca tengas que leer esta carta, porque, si llega a tus manos, quiere decir que estoy muerta. Le he confiado a tu vieja amiga Isabelle Stirling la tarea de asegurarse de que la recibas si muero antes de que dé comienzo el juego de esta Navidad. Temo que así será. Espero estar total y absolutamente equivocada en este tema, pero me temo que no es así.

Así que este es mi seguro de vida, el que me dio mi abogada. Sé que no te apetece venir a la casa Arcana ni jugar a este estúpido divertimento. Sé que no tienes absolutamente ningún interés en heredar la casa, aunque yo deseo con todas mis fuerzas que sea tuya. Pero tengo otro motivo para pedirte que participes en el juego. Es hora de que sepas la verdad, y el juego será mi manera de revelártela.

Y por si eso no fuera razón suficiente, déjame darte una pieza clave del rompecabezas. Tu madre fue asesinada por error. Ya está. Ya lo he dicho. Sé que tendrás muchas preguntas, y que las respuestas llegarán. Estarán ahí, en cada pista: el principio y el final de todo lo que ha perseguido a nuestra familia desde hace tantos años. El caso sin resolver. Todas las pistas, salvo una, son un mensaje para ti. Préstales mucha atención. Las palabras de una muerta no pueden pasarse por alto, desdeñarse o descartarse con una excusa.

No he tenido el valor de dar la cara y explicarte lo que le ocurrió a Marianna, tu madre, mi bella e inteligentísima hermana, porque yo también he obrado mal. Quizá tú reúnas el coraje suficiente. Quizá tú tengas fortaleza para desvelar la verdad. Espero que así sea. Siempre te hemos querido. Sé que no te gusta hablar de tu madre, pero ella te amaba muchísimo y no te dejó. Nunca lo habría hecho. Lamento con toda mi alma no habértelo podido demostrar cuando tocaba. Por favor, ve a la casa Arcana y juega estas Navidades. Te cuidarán bien. He contratado a una ama de llaves, pero, aparte de ella, solo estaréis tú, tus primos y sus parejas. No será una reunión alegre, pero es fundamental que acudas. Es mi último deseo. Qué feo, ¿no? Una muerta pidiéndole un favor a su sobrina preferida. No se lo digas a Sara ni a Gray. Si siguiera viva, me avergonzaría de mí misma.

Tu madre y yo te enseñamos muchas cosas, como la abuela. Busca en el pasado recuerdos que puedan ayudarte a resolver las pistas y a averiguar qué le sucedió a Marianna Rose. Me temo que deberás recordarlo todo. Tengo miedo. Por mí y por ti. No confíes en NINGUNO de tus parientes, por su bien y por el tuyo. El conocimiento puede conducir a la muerte. Además, deberás guardar el secreto que sospecho que ocultas. Quiero darte libertad, Lily. Ayudarte a escapar de tus propios muros. Es hora de que traslades esos garabatos tuyos al mundo real. Quítate el corsé, hazme el Favor. Las Mayores pistas están ocultas en los detalles más nimios. Deberás recordar lo bien que se te daba encontrarlas. Se acabó el esconderse.

Adoptarte fue lo mejor que he hecho en toda mi vida. Espero que este juego sea lo siguiente mejor.

Tu madre adoptiva, que siempre te querrá,
Liliana Armitage-Feathers

Lily tiene la sensación de que se le ha descosido el corazón. Tiene que ponerse en movimiento. Y pronto. Si nieva en Londres, seguramente habrá ventisca en Yorkshire a la hora de cenar.

Capítulo dos

Y, efectivamente, nieva cuando llega a los Yorkshire Dales. Pero no con esa nieve pintoresca, la de copos suaves que aterrizan en la lengua como plumas con sabor a menta. Estos son trozos de nieve grandes que se precipitan hacia las ventanillas. Lily acciona los limpiaparabrisas al doble de potencia, pero es como conducir en el interior de un torbellino. No ve hacia dónde se dirige. Y no solo por la tormenta.

Empieza a oscurecer. Son las dos y media y el cielo es del frío color azul de las llamas cuando se flambea un *pudding* navideño. Las calzadas de Yorkshire no ayudan: angostas como arterias, con setos invadiendo la carretera como el colesterol malo. Y luego están los árboles, que susurran y sisean por encima de ella, uniendo sus cabezas, tramando algo.

La última vez que Lily recorrió esta carretera lo hizo en sentido contrario. Con doce años, abandonó en coche la casa Arcana, convencida de que no regresaría nunca más a ella. Si creyera en los fantasmas, habría acechado sus salones hasta la eternidad, intentando encontrar el espectro de su madre. Pero no cree en fantasmas. A decir verdad, no cree en nada.

Al doblar una esquina, un ciervo sale de la nada y cruza la carretera. Lily pisa a fondo el freno y el tiempo se vuelve elástico mientras intenta evitar que el coche caiga rodando por la ladera. La vegetación se arremolina a su alrededor. Oye un chirrido, pero no sabe si ha salido de ella, de las ruedas o del ciervo. Si ha llegado su hora, quizá sería más fácil levantar las manos del volante y cerrar los ojos. Pero no.

Se agarra con fuerza y esquiva los brazos abiertos de un árbol. Ahora tiene responsabilidades, y una de ellas es regresar a la casa Arcana.

Cuando al final el coche se detiene, echando humo por las ruedas, no hay rastro del ciervo. «Por favor, no estés muerto», se dice mentalmente Lily mientras sale del coche. Con el corazón palpitándole con fuerza, se agacha para comprobar debajo del chasis. No hay nada. Bajo las ruedas tampoco hay restos que encojan el alma. Resopla y justo entonces oye un ruido, una exhalación que sale de entre los arbustos. Hay una cierva entre los árboles, al lado del coche. Junto a ella está su cervatillo, con las orejas ahuecadas, alerta.

La cierva mira a Lily, que le sostiene la mirada. Copos de nieve se posan sobre la cabeza de ambas. La cierva pestañea y se aleja, con su cervatillo tras ella. Su respiración se condensa formando fantasmas en el aire. Lily los observa hasta que ambos desaparecen, sanos y salvos, entre los árboles.

Al entrar de nuevo en el coche, ve que tiene copos de nieve en las mangas. Como piezas de un engranaje, plateados bajo la luz crepuscular, convierten su abrigo negro en una cota de malla *steampunk*. Le viene la imagen de un vestido encorsetado con una armadura de copos de nieve que hizo para su primera colección. Recuerda estar en la pasarela, con un ejército de modelos vistiendo las prendas de alta costura creadas por Lily Armitage.

Entonces, como si pasara una gamuza sobre el parabrisas, borra todo rastro de ese pensamiento de su mente. Ha aprendido a no destacar, ni en su ámbito profesional ni en ningún otro. Seguirá haciendo las réplicas históricas por las que es conocida. No sobresalgas. No te pronuncies. Mantente entre esas viejas sombras conocidas... y conseguirás que no te vean.

Al alejarse de allí, el coche tose y escupe como si tuviera algo atragantado. Lily le da unos golpecitos al volante.

—Conseguiremos llegar —dice, con la esperanza de que su coche esté más convencido que ella—. Ya no estamos lejos.

Y es verdad. Los pueblecitos, cada uno de ellos con su único bar, donde se dan cita los lugareños, empiezan a espaciarse. ¿Por qué estarán las casas rurales diseminadas en medio de la nada? Probablemente sea porque los lores que residían en ellas eran los dueños de toda la zona y querían evitar a los plebeyos. Lily se imagina a los antiguos propietarios de la casa Arcana, de pie en la puerta principal, oteando sus territorios desde la cima de la montaña, con los siervos abajo, muy lejos, como abejas trabajadoras mantenidas a distancia para no molestar a la reina con sus zumbidos.

Lily prefiere Londres, o cualquiera de las otras ciudades en las que ha vivido. Allí siempre se oye algo, aunque sean las sirenas que suenan con tanta regularidad como la campana de la capilla de la casa Arcana. Además, en las ciudades uno no está nunca aislado de las personas, al menos no del mismo modo. Ella puede aislarse en la ciudad por elección, refugiarse en un patrón de costura y no ver a nadie durante días. Pero aquí la nieve no te deja más elección: te inmoviliza. Hubo un tiempo en el que le encantaban los días nevados en la casa Arcana, corretear por el laberinto, que resultaba aún más difícil de recorrer con la ventisca, y escuchar el silencio que acompaña las tormentas de nieve. Ahora la mera idea de estar encerrada con su familia hace que note un nudo en la garganta.

Por eso, cuando su tía Liliana le envió la primera invitación a la casa Arcana, Lily no acudió. No sentía ningún interés en participar en el último juego de Navidad para comprobar quién se quedaría con las escrituras de la propiedad.

Pero entonces, hace un mes, Liliana falleció y dos días más tarde Lily recibió aquella carta. Y todo cambió. Sentimientos que creía haber sepultado a la suficiente profundidad para que no volvieran a aflorar nunca más salieron a la superficie, como la naranja arrugada y olvidada del año pasado en el fondo del calcetín de Navidad. Regresar a donde todo había comenzado solo empeoraría las cosas.

Incluso el navegador por satélite se niega a encaminarla hasta la casa. Con apenas cobertura en la zona, no para de dar error y se niega a refrescar la pantalla mientras Lily sigue conduciendo. Y es así como ella se pasa de largo el letrero de color granate que anuncia el Hotel de la Casa Arcana. El corazón se le acelera un poco más. Es la primera vez que lo verá reconvertido. Cuando ella vivía allí era un centro de conferencias dirigido por el tío Edward con la ayuda de la tía Liliana y de su madre. Edward siempre había acariciado el sueño de convertirlo en un bonito hotel, pero murió justo cuando se hizo realidad. Moraleja: no tengas sueños... y nunca dejes que se hagan realidad.

No encuentra un lugar en el que dar media vuelta hasta transcurridos otros cinco minutos, y se pasa ese tiempo preguntándose si no sería mejor regresar a Londres. Entonces llega el momento de tomar una decisión. Está ante las verjas de la casa Arcana que protegen el camino de acceso a la finca. Al abrirse, el escudo de la familia, esculpido en bronce, se divide en dos mitades. «No tienes por qué quedarte —se dice mientras conduce—. Puedes irte cuando quieras». Por el retrovisor ve las verjas cerrarse tras ella.

El coche gruñe y coge fuerzas, como ella, al iniciar el ascenso colina arriba. Se le había olvidado lo empinada que era la pendiente, aunque lo cierto es que nunca la había subido en un Mini de quince años de antigüedad cuya suspensión ha ido bajando con cada uno de esos años.

El bosque que rodea la finca se le echa encima, como si intentara pegarse a las ventanillas del coche para echar un vistazo. Lily solía jugar entre los árboles con Tom y Ronnie, dos de sus primos. Las imágenes divertidas de ellos chapoteando en el arroyo desaparecen a medida que la pendiente fangosa cede su inclinación y se reviste de gravilla. El bosque retrocede, como si temiera aventurarse más lejos.

Conduce por el camino circular que da acceso a la casa. Cada crujido de las piedras moviéndose bajo los neumáticos le trae un nuevo recuerdo: el del día en que transportaron un enorme árbol de Navidad sobre el techo del coche, la llegada de sus primos para pasar juntos un verano divertido o la silenciosa ambulancia llevándose el cadáver de su madre.

El coche suelta un ronco suspiro de alivio al detenerse. Lily, en cambio, contiene el aliento. Se le encogen los hombros, como si estos fuesen a esconderse tras sus orejas. Se le cierran los puños. No se atreve a mirar hacia la casa, aún no, pero nota su presencia. La casa Arcana queda justo fuera de su campo de visión periférica, acechando, como lo ha hecho cada día desde que se marchó de aquí hace tantos años.

Tiene que hacer acopio de todas sus fuerzas para no regresar por donde ha venido. En lugar de ello, Lily se saca la carta de su tía del bolsillo y vuelve a leerla de cabo a rabo.

Luego cierra los ojos y evoca la última vez que vio a Liliana. Fue pocas semanas antes de su muerte, en el salón de té Orchard, a escasa distancia a pie del lugar en el que su tía Liliana vivió desde que se mudó de la casa Arcana. Tras la muerte de la madre de Lily, su tía aceptó una beca en su universidad, el Clare College, adoptó a Lily y se la llevó a vivir a Grantchester con Sara y Gray, sus hijos biológicos. Aquel día habían quedado las dos para comer, para celebrar que la tía se jubilaba de su empleo como catedrática de Lengua Inglesa en Cambridge. O al menos, a eso creía haber acudido Lily.

Liliana había apilado tanta mantequilla, mermelada, nata y frutas sobre un panecillo que se le cayó todo al plato antes de alcanzar su boca, y le dio tal ataque de risa que acabó derramándose la sidra sobre la falda de *tweed* que llevaba puesta. Se la limpió con la mano y le dijo a Lily:

—¿Ves como deberías hacer corsés con *tweed*, querida? Resiste incluso las manchas más difíciles.

—No hay muchos vestidos históricos confeccionados en *tweed*, tía Lil.

—Ya es hora de que dejes todo eso, Lily. Hacer un refrito del trabajo de otros no es demasiado artístico. No es como darle un nuevo giro a las cosas. ¿No crees que ya es hora de que hagas algo con tu vida?

—Me va bien así —respondió Lily, y apretó los labios.

—Nadie que diga que «le va bien» habla en serio. «Ir bien» significa justamente lo contrario de lo que parece. —La tía Liliana suspiró y tomó a Lily de la mano. Y con expresión repentinamente seria, le susurró—: Vendrás estas Navidades, ¿verdad?

—No puedo —respondió Lily—. Ya lo sabes.

Liliana la miró fijamente y dijo:

—Si no lo haces por mí, hazlo por tu madre.

Lily sintió que con esa mención la estaba chantajeando para que asistiera. Se enojó. Le apartó la mano. Quería gritar, decirle exactamente lo que pensaba. Pero, en lugar de ello, se agarró a la mesa y clavó la mirada en el salvamanteles.

—No es justo, Liliana —dijo Lily en voz baja—. No es más que un juego.

—No es solo un juego. Esto es a vida o muerte.

—Pensaba que se trataba de heredar la casa.

—A nivel superficial, sí. Pero hay mucho más que eso.

—Entonces explícamelo —dijo Lily, inclinándose hacia delante—. Sé sincera conmigo de una vez por todas.

La tía Liliana rio, una risa recorrida por una esquirla de hielo.

—Mira quién fue a hablar, el témpano personificado. Tú tienes tus puertas cerradas, Lily, y yo tengo las mías. Y las abriré a mi manera. En Navidad. —Miró alrededor de la sala de té. Los banderines colgados de las vigas de madera ondearon al abrirse las puertas, mecidos por el viento otoñal—. Pronto será invierno. Es hora de que tanto tú como yo afrontemos las cosas. Es hora de que salgas del encierro de tu habitación y encuentres el camino hacia tu hogar.

—Yo no tengo que afrontar nada —le respondió Lily en voz baja—. Y tampoco tengo ningún hogar.

—Todo el mundo tiene un hogar —replicó la tía Liliana—. No tiene por qué ser un lugar; un hogar también puede ser una persona. O un gato. —La tía Liliana se acarició la pierna como si su gato, Winston («por Smith, el de *1984*, no por Churchill»), estuviera agazapado en su regazo—. A veces se tarda mucho tiempo en encontrar un hogar. —Miró por la ventana, con un velo de dolor en el rostro. Luego se volvió para observar a Lily. Tenía los ojos de color azul oscuro, con vetas verdes, exactamente de los mismos tonos que los de su sobrina. Sin embargo, Liliana tenía un halo de color ámbar alrededor de las pupilas, que en aquellos momentos parecían refulgir como un ascua de carbón en llamas. Siempre le brillaban así cuando estaba a punto de decir alguna crueldad o alguna perspicacia—. Además, si no tienes un hogar, ¿por qué estás dibujando el laberinto en el salvamanteles? —Lily bajó la vista. Con el dedo índice de la mano derecha estaba recorriendo el famoso laberinto de setos de la casa Arcana—. Te quedaste atrapada en ese laberinto cuando encontraste a tu madre muerta en el centro. Si no vuelves a entrar, nunca lograrás salir de él.

Lily notó cómo le invadía la ira. Cerró los ojos y visualizó esa rabia como un hilo enrollado alrededor de una bobina e insertado a través del ojal de una aguja. La utilizaría más tarde. Por el momento, sacó dos billetes de diez libras del monedero, los dejó caer flotando sobre la mesa cual hojas otoñales y se marchó.

Liliana la telefoneó muchas veces en los días que siguieron, pero Lily no descolgó ni contestó a sus mensajes. No sabía qué decir, así que no dijo nada. Guardó silencio.

Y luego ya fue demasiado tarde.

Después de leer la primera carta, se sentó con ella en el regazo durante casi una hora. Le dolía el alma y no dejaba de murmurar «Lo siento, lo siento» una y otra vez.

Ahora Lily pliega la carta y vuelve a introducirla con cuidado en el sobre, esforzándose por guardar también aquel recuerdo. Respira hondo y da unos golpecitos al volante: el coche ha hecho su trabajo. Es el momento de que ella haga el suyo.

Sale del espacio seguro de su minúsculo automóvil y atraviesa el camino de gravilla, con la cabeza gacha para no ver la casa. Se concentra en la lucha de la nieve con las piedras: caen los primeros escaramuzadores y se funden, pero la siguiente falange de copos de nieve se asienta, y tras ella otra. Fila tras fila de soldados de nieve se posan sobre los hombros blancos de la anterior, hasta conquistarlo todo.

En el centro del camino, Lily se detiene a la altura del reloj de sol y limpia la nieve de la parte superior. El mensaje en su esfera resquebrajada dice: NO HAY TIEMPO SUFICIENTE. ¡Qué alegre! Especialmente en pleno invierno, en esta época tan deprimente, cuando el día se acaba incluso antes de haber dado comienzo. Su madre le enseñó a saber la hora ahí mismo. Lily recorre con los dedos los números resaltados, cubriendo con su tacto el de su madre de hace ya tantos años.

El sol bajo proyecta una larga sombra que le revela que son pasadas las tres. En la carta se le indicaba que llegara a la hora del té, las 15:30. La hora del té aquí, en el esplendoroso norte, en la naturaleza salvaje de Yorkshire, equivale a la hora de cenar en el sur. Solo en un lugar refinado como la casa Arcana «la hora del té» no es la hora de cenar.

No puede seguir posponiéndolo. En algún momento va a tener que mirar hacia la casa, así que por qué no hacerlo ya. Lily respira hondo. Y levanta la cabeza.

La casa Arcana es aún más sombría de lo que recuerda. Una descomunal mansión señorial gris del siglo XVII construida en mármol y piedra caliza que en su día, según le dijeron muchas veces cuando era niña, parecía refulgir al amanecer y al anochecer. Ahora absorbe toda la luz que la rodea y mantiene sus secretos bien guardados. Las cortinas están corridas en sus múltiples ventanas. Esté lista o no, allá va.

Capítulo tres

Una cortina se estremece en una de las ventanas. La silueta de una cabeza se asoma por ella y luego se refugia tras el terciopelo.

Lily se cala el gorro hasta las orejas. Había olvidado cuánto se esfuerza el viento de Yorkshire por conocerte por dentro; te sondea por las mangas y el cuello, intentando sonsacarte todos tus secretos. Pero con ella no lo va a conseguir. Se arrebuja el abrigo y camina hasta la puerta principal. Es de un negro más brillante de lo que recordaba. La toca. La pintura aún está un poco pegajosa. Alguien intenta arreglar la casa. «¡Que la suerte le acompañe!», le desea Lily mentalmente. Pero un lametón de pintura, un susurro de barniz y un beso de ambientador no lograrán camuflar sus pecados.

Da tres golpes con el picaporte. Tendrán que soportar que haya llegado antes de lo previsto. Los aldabazos resuenan en la gravilla. Por un momento oye los pasos de la tía Liliana, pero entonces le golpea un recuerdo como un bandazo que la aturde: Liliana está muerta.

Son los pasos de otra persona los que reverberan tras la inmensa puerta. Cualquiera pensaría que una puerta imponente en una casa como aquella se abriría con un chirrido y tras ella aparecería un mayordomo alto y taciturno con cara de encontrarse a gusto en un velatorio. Pero, en lugar de ello, la puerta se abre con suavidad, una luz intensa se desparrama por las escaleras y una mujer con una larga melena pelirroja y una sonrisa que parece ocuparle toda la cara sale por ella. Lily no puede evitar sonreírle. Cuanto más la mira, más le suena.

La mujer se inclina hacia delante y Lily se descubre envuelta en su abrazo.

—¡Lily! —exclama, y su voz también le resulta familiar. Tiene la sensación de que esa voz, cálida como un vino caliente con coñac, la abraza también por dentro. Al oír el acento de Yorkshire, siente una nostalgia repentina de su hogar. Pero ella no tiene un hogar todavía.

La mujer retrocede, cogiendo a Lily por los hombros. La repasa de arriba abajo. Se le llenan los ojos de lágrimas.

—Te pareces a las dos —dice la mujer, con la voz quebrándosele como una ramita de canela partida.

Y entonces Lily cae en la cuenta de quién es. El corazón se le arruga como un papel de regalo.

—Isabelle —dice.

Permanecen de pie, contemplándose. Isabelle ha cambiado muchísimo. Ahora es más alta que Lily. Sus espigadas extremidades, su cabello pelirrojo y su solidez le recuerdan a Lily las hayas cobrizas que en otoño protegen cual centinelas la entrada a los bosques de la casa Arcana. Es de esas mujeres tan espectaculares que te hacen contener la respiración.

Deben de haber pasado veintiún años, quizá más, desde la última vez que estuvieron juntas en aquellas escaleras. Y la situación era la inversa: Lily era quien daba la bienvenida a Isabelle a la casa, para jugar juntas. Isabelle acompañaba a su madre, Martha, la abogada de los Armitage y amiga de Liliana, cuando visitaba la casa Arcana. Recuerda conocer a Isabelle de toda la vida. Fueron a la misma guardería y luego a la misma escuela en la población más cercana, a dieciséis kilómetros de distancia. Durante las vacaciones escolares, Martha dejaba a Isabelle en la casa Arcana antes de ir a trabajar a Richmond, y Lily y ella se pasaban el día jugando.

Sus juegos favoritos eran el asesinato en la oscuridad, el asesino del guiño, el Cluedo... todo lo que tuviera que ver con la muerte. Aparte de su otro juego: los besos. Todo aquello formaba parte de la vida. Lily tenía once años cuando dejó de jugar a aquellos juegos, y también cuando dejó de tocar el piano, la flauta y hasta su afición preferido, cantar. Su madre había muerto, y jugar y divertirse había dejado de tener sentido. La muerte se había aproximado demasiado y Lily no quería que le recordaran que existía la vida.

—¿Qué? ¿Vas a entrar? —pregunta Isabelle, emulando lo que Lily solía decirle a ella—. Tómate un té conmigo antes de que lleguen los demás.

—Solo si tienes pastel —responde Lily.

—De tantos tipos que no te lo creerás.

A Isabelle le brillan los ojos, pero Lily percibe la tristeza en su fondo. Ella también debe de echar de menos a Liliana.

Isabelle se da media vuelta y Lily la sigue. Ve a Isabelle encoger y soltar los hombros de repente, como si se esforzara por relajarse. ¿Por qué lo hace? «No te impliques», se dice Lily. Por eso precisamente ella se mantiene a distancia de las personas. Relacionarse es demasiado complicado. Hay demasiadas capas que descoser. En una ocasión, Liliana le dijo que las personas eran como poemas, que por un lado había lo que se veía en la superficie y, por el otro, la rima interna, las contradicciones aparentes, los matices y los patrones y las verdades que podías leer entre líneas. Pero Liliana era profesora de poesía y le caía bien a casi todo el mundo. Lily no es lo primero. Y no le sucede lo segundo.

—Permíteme el abrigo —le dice Isabelle.

Lily se lo desabotona y se lo entrega. Inmediatamente se siente vulnerable, como una mandarina recién pelada.

—¡Qué vestido tan bonito! —exclama Isabelle, repasando con los ojos a Lily de arriba abajo y de abajo arriba—. ¿Dónde te lo has comprado?

Lily nota que se pone como la grana.

—Lo he hecho yo —responde.

—Es una flor de Nochebuena, ¿verdad?

El escrutinio apreciativo de Isabelle al recorrer con la vista el corsé rojo, con sus cierres amarillos, y la falda confeccionada con hojas de crinolina verde oscuro, hace que a Lily le vengan ganas de no haberse cambiado en el último momento. Se suponía que el vestido de la flor de Nochebuena, como todos los demás que ha hecho y que ha empaquetado en la maleta, tenían que servirle de armadura en esta casa, en lugar de hacerla sentir más vulnerable.

—Liliana no me dijo que te dedicabas a la alta costura —le dice Isabelle—. Lo último que sabía de ti es que hacías réplicas de corsés que había llevado la reina Isabel I de Inglaterra. Esto debe de ser mucho más gratificante, porque te permite mostrar tu verdadera personalidad.

—Todavía me dedico a hacer reproducciones de corsés —dice Lily—. Me gusta tener algo que copiar y devolver a la vida.

Y, además, así es más difícil fracasar.

—Claro, claro —responde Isabelle. Le hace un gesto señalando el pasillo y le dice—: Tú primero.

Las paredes revestidas del pasillo son de una madera más oscura de lo que Lily recordaba, y la escalinata señorial que asciende a las plantas superiores ha perdido brillo; ahora que ya no la lustran las generaciones de niños que la utilizaron como tobogán. Sin embargo, le sorprende comprobar que la casa no es más pequeña de lo que pensaba. Había anticipado que sería así, porque, cuando uno crece en un sitio, siempre le parece más grande y más imponente de lo que es. La escalera conduce a la primera y la segunda planta bajo la lámpara de araña que cuelga de los altos techos, como cuando sale la luna polvorienta. Retratos de la familia Armitage la contemplan desde las paredes. Se remontan a 1944, a una fotografía ampliada y borrosa del abuelo, el capitán Henry Armitage, o «Harry», de pie en la terraza de la casa Arcana cuando fue ocupada durante la Segunda Guerra Mundial para rehabilitar a oficiales con neurosis de guerra. En la siguiente fotografía se ve al abuelo encajándole la mano a un angustiado lord Cappell, que tuvo que vender la casa en 1955. Y luego está la foto de bodas del abuelo Harry y la abuela Violet a las puertas de la capilla de la casa Arcana. También hay una fotografía de la madre de Lily, en un estado de gestación avanzado, sentada bajo el sauce. Tiene la mano apoyada en la barriga, en gesto protector.

La imagen más grande es una pintura. Lily recuerda cuando la hicieron posar para pintarla, unos meses antes de que todo cambiara en la casa Arcana. El tío Robert y el abuelo Harry ya habían muerto, pero todos los demás aparecen retratados. Lily, con once años, con acné y desgarbada, está sentada entre Tom y Ronnie en el peldaño inferior de la escalinata. Sara frunce el ceño en el escalón de arriba, con el brazo alrededor de Gray, como si lo estuviera agarrando. Junto a él, Rachel mira algo que queda fuera de la vista del pintor, soñando con levantar el vuelo. Detrás de los primos, el tío Edward está despatarrado sobre dos escalones, con la tía Veronica tumbada encima. La madre de Lily y la tía Liliana se sujetan de la mano en el escalón que queda por encima de ellos y, en la parte superior de la escalinata, la diminuta abuela Violet los mira sonriendo, vestida con un mono de terciopelo dorado, con los brazos abiertos, como una estrella de Navidad.

Lily aparta la mirada para evitar que afloren los sentimientos. Se vuelve hacia el árbol de Navidad que hay junto a la escalera y que se eleva hasta la galería de trovadores del piso superior. Con las luces apagadas, parece un inmenso individuo extraño que acecha entre las sombras.

—Debería haberlo encendido ya —dice Isabelle, al tiempo que se agacha y conecta las luces. Y entonces, iluminado con centenares de lucecillas naranjas, el árbol parece repleto de criaturas ocultas que observan sin pestañear—. Liliana especificó la decoración.

Isabelle retira con delicadeza uno de los ornamentos de una rama y lo deposita en la mano de Lily.

Es una tórtola hecha de fieltro gris marga, azul y amarillo y con plumas bordadas en punto margarita, una de las decoraciones de los doce días de Navidad que Lily hizo con su madre.

—Están todas puestas —le dice Isabelle, con una voz tan suave como el canto de una tórtola—. Mezcladas con unos cuantos objetos brillantes de los que tanto le gustaban a Liliana.

Señala hacia las bolas de purpurina que puntúan el árbol. Lily lo contempla de arriba abajo, en busca de las demás decoraciones que ayudó a hacer. Ella y su madre organizaron una cadena de producción: Lily calcaba las plantillas en fieltro, su madre recortaba las piezas y las bordaba a mano, y luego Lily les añadía lentejuelas y cuentas antes de coser ambas partes de la pera, la perdiz, los tamborileros, etc. Habían estado montándolas y cosiéndolas hasta el día de Nochebuena el año en que murió su madre. Ahora lo único que quedaban eran algunos feligreses y pájaros disecados.

Lily le devuelve la tórtola a Isabelle. No piensa ceder a los recuerdos que la picotean como un pajarillo en la ventana.

—Debe de ser difícil para ti regresar después de todo este tiempo —le dice Isabelle.

—He tenido días más fáciles —responde Lily.

—Pues se va a poner aún más difícil. Pero estoy segura de que sabrás manejarlo.

Isabelle coloca la tórtola junto a su pareja y luego se vuelve hacia Lily con una mirada intensa y con múltiples capas de significado. Están tan cerca la una de la otra que Lily nota el calor que desprende la piel de su amiga.

Lily se da media vuelta y se dirige hacia la cocina, sudando en el día más frío del año.

—¿Tomamos un té? —pregunta.

La cocina está impregnada de recuerdos y aromas navideños. Una imagen de su madre preparando el hojaldre para los pastelitos de frutas golpea la mente de Lily como un petirrojo colisionando con el cristal de una ventana. Mira hacia la despensa y, a través de la puerta abierta, ve hileras de tarros de mermelada y frutas confitadas. No sabe si lo que contempla es el presente o el pasado. Ese es el problema de regresar adonde uno creció: allí siempre será como si tuviera doce años.

Nota a Isabelle observándola. El sol del verano quema su piel de invierno.

—¿Recuerdas cuando nos escondíamos ahí agazapadas mientras el tío Tom contaba hasta cien? —pregunta Isabelle.

—¡Contaba muy rápido! —responde Lily—. Y siempre nos encontraba, da igual dónde nos escondiéramos. El tiempo parece transcurrir más lento...

—... cuando se es niño —dice Isabelle, rematando uno de los muchos dichos de la tía Liliana.

«Ahora mismo, Lily —le diría Liliana—, estás creando fragmentos de recuerdos en cada momento, lo que hace que el tiempo para ti parezca transcurrir más lento que para mí. Disfrútalo». Y Lily lo había disfrutado... hasta que su madre murió. Entonces lo único que quería era que el tiempo corriera más rápido y desapareciera, que los días murieran tan pronto como lo había hecho su madre. Por eso no había regresado a la casa desde entonces.

Isabelle llena la tetera con agua del grifo.

—Como has sido la primera en llegar, he pensado que debíamos ponernos al día antes de que den comienzo todas las ceremonias.

—¿Qué ceremonias?

—La lectura de las reglas y toda la palabrería legal, servida con bizcochos, pastelitos de jengibre y miniemparedados. Y con champán, por descontado.

—No esperaba menos de la tía Lil.

Isabelle coloca la tetera sobre la placa caliente de la cocina y se sienta frente a Lily. Sonríe y en las comisuras de los ojos le salen unas arrugas como los rayos de sol de un dibujo infantil.

—¿Por dónde empezamos?

—En su carta, Liliana decía que a mi madre la ase... —Se le quiebra la voz.

No puede pronunciar esa palabra. Ni siquiera puede pensar en ella.

Isabelle resopla.

—Pensaba que empezaríamos hablando de trivialidades, de grandes amores, de trabajo y ese tipo de cosas. Pero ya veo que no. Siempre te gustó ir al grano. —Hace una pausa y le toma la mano a Lily—. Tu tía pensaba que a Marianna la mataron. Que la asesinaron.

Y ahí está la palabra, rebotando como un eco en las superficies de la cocina, reflejada en los cuchillos que resplandecen en su bloque. Lily retira la mano y se la lleva al pecho, como si así pudiera evitar que el corazón le latiera demasiado deprisa y detener la indigestión que ya nota. ¿Cómo se procesa esa palabra? ¿Podrá hacerlo algún día?

—Entonces no...

Tampoco puede pronunciar esas dos palabras.

—¿... se suicidó? Según tu tía, no.

La tetera empieza a echar humo y el tapón se tambalea por la presión del vapor.

Lily se pone en pie y alarga la mano para impedir que Isabelle se levante.

—Ya preparo yo el té. —Empieza a abrir armarios, en busca de las tazas—. Así me entretengo con algo.

—El segundo armario a la derecha del fregadero —le indica Isabelle—. Y la lata del té está en la encimera.

Lily saca dos tazones y abre la lata. Al instante le llega el familiar olor acre a taninos y brezal del té de Yorkshire. Se pregunta si Isabelle tendrá razón al decir que ella siempre va directa al grano. Esa idea no encaja con la persona en quien se ha convertido en su pequeño apartamento de Londres.

—¿Te importa que no hablemos de ello? De mi madre, quiero decir. Sé que he sacado yo el tema, pero...

No mira a Isabelle, pero nota su compasión, pegajosa como melaza.

—Como tú prefieras —dice Isabelle.

Lily nota que le escuecen los ojos por las lágrimas que intenta reprimir, como si fuera tan alérgica a pensar en asesinatos como a los gatos. Pero la alergia no le impide coger en brazos a mininos y enterrar el rostro en su pelaje. Y, en cambio, no le apetece acercarse tanto a las muertes provocadas.

Introduce los saquitos de té en las tazas y, tras verter el agua, contempla a través de la ventana el huerto amurallado de la cocina. El banco de siempre sigue estando ahí, aunque ahora está recubierto de rosas trepadoras entre las cuales asoman sus brazos. Dos arbustos de acebo montan guardia cual centinelas, y el muérdago se enrolla en la hiedra como si bailaran un tango.

—Mire adonde mire, me vienen recuerdos de cuando jugábamos al escondite —dice—. Acaba de venirme una imagen de mí misma contando en ese banco y yendo a buscaros.

—Eres la única persona que he conocido que contaba de verdad hasta cien —apunta Isabelle.

Lily no le ve el rostro, pero la nota sonreír. Percibe su voz cálida como la luz del sol.

—Son las reglas —dice Lily.

—¿Siempre sigues las reglas? —pregunta Isabelle.

Lily no responde enseguida. Estruja los saquitos de té con una cuchara.

—Casi siempre. A menos que sean injustas.

Isabelle se pone en pie y se dirige al enorme frigorífico que hay en el rincón para sacar la leche.

—Ahora no hablo como abogada, pero deberías saber que no todo el mundo jugará de manera tan justa y leal como tú.

—Da igual. Yo no he venido a jugar.

Isabelle sonríe de oreja a oreja. Le saltan chispas de los ojos. Levanta su taza.

—Brindemos por eso.

Chocan las tazas, que ya están desconchadas. Lily se lleva la suya a los labios. Huele raro, un aroma marino, como si hubieran usado una red de pescador para atrapar y contener las hojas del té. Deja la taza de nuevo sobre la encimera.

—Liliana me decía que las pistas sobre lo que le ocurrió a mi madre estarían ocultas entre las pistas que se entregarían a todo el mundo.

—Ojalá hubiera sido más clara —apunta Isabelle.

—Para ella todo era un juego —replica Lily—. Incluso la muerte.

—Lo averiguarás. Siempre se te han dado bien este tipo de juegos.

—Pero ¡qué dices!

—Pareces olvidar que yo también estaba presente. Resolvías las pistas casi siempre. Lo que pasa es que te contenías de dar la solución porque los demás odiaban que ganaras.

A Lily le viene un recuerdo repentino, como un destello, de ella resolviendo la última pista y encontrando el baúl lleno de regalos, y de sus primos abalanzándose sobre él y apartándola de allí. Sara incluso se había largado con el regalo que le correspondía a Lily por haber ganado, una PlayStation 2, alegando que Lily no sabría apreciarla tanto como ella. Y Lily se lo había permitido. Así que después de aquello había fingido no saber las respuestas. Creía habérselo ocultado a todos, y ahora la idea de que quizá se hubiesen dado cuenta le provoca náuseas. De repente se siente mareada. Vuelve a sentarse a la mesa e intenta respirar hondo.

—¿Te encuentras bien?

Isabelle le pone una mano en el brazo. Es un gesto familiar, correcto, pero, al mismo tiempo, le resulta inquietantemente íntimo.

—Enseguida se me pasará. —Lily cierra los ojos—. Son muchas cosas por asimilar. Sobre todo después de un trayecto tan largo en coche.

—Lo siento, no debería haberte bombardeado. Pero los demás no tardarán en llegar y tengo que ponerme en el modo de abogada oficial. Después de leer la metodología del juego tendré que marcharme. Es parte del encargo que me hizo Liliana.

—Entonces tú también sigues las reglas...

—¿Qué puedo decir? Tenemos mucho en común. Siempre lo hemos tenido —responde Isabelle.

Se miran fijamente durante un instante, conectando con la

mirada. Algo se ilumina entre ellas, como lucecillas de colores. Isabelle se inclina hacia delante, sin dejar de tocar a Lily. Su expresión se vuelve seria y su voz se atenúa, como si tocara un regulador de intensidad.

—Tengo que explicarte algo antes de que lleguen los demás.

—¿Qué? —pregunta Lily.

Justo entonces se oye el picaporte de la entrada.

Isabelle suspira. Aparta la mano, se vuelve a poner la chaqueta y se recoge el cabello en una coleta. Cuando vuelve a mirar a Lily, su mirada se ha endurecido como castañas horneadas en vinagre. Su rostro parece haber adquirido otra forma, con los pómulos más pronunciados. Y entonces Lily recuerda algo: es la cara de Isabelle cuando juega. Lily no cree adoptar una expresión específica para jugar, más allá de la que escogió para parecer una perdedora. El problema es que, cuando uno finge algo durante mucho tiempo, empieza a creérselo.

—¿Le importaría acompañarme, señorita Armitage? —dice Isabelle.

Su voz suena ahora a vidrio tallado, sin coñac en su interior. El cambio desconcierta a Lily.

—No bromeabas cuando dijiste que tenías que meterte en el papel de abogada —dice.

—Es el papel que me toca interpretar —responde Isabelle—. Igual que tú tienes el tuyo.

Hace sonar la campana que hay junto a la puerta de la cocina. Se oyen unas pisadas que descienden rápidamente por los escalones de piedra que conducen a la despensa.

Aparece una mujer con las manos llenas de trapos amarillos para limpiar el polvo. Huele a abrillantador para madera, a cera de abejas y a Opium, el perfume de Yves Saint Laurent.

—Te presento a la señora Castle —dice Isabelle—. El ama de llaves. Os hizo de niñera cuando erais pequeños. Durante el juego cuidará de todos vosotros y, lo que es más importante, de la casa.

—Encantada de conocerla, señora Castle.

Lily no la recuerda, pero podría ser porque la prosopagnosia que sufre, su incapacidad para recordar rostros, es especialmente acentuada con relación a aquella época.

—Señorita Lily —la saluda la señora Castle con un rígido asentimiento de cabeza.

No parece contenta de volverla a ver. De hecho, no tiene aspecto de haber estado contenta en toda su vida. Es flaca como un bastón de caramelo y sin rastro de dulzura. No tiene arrugas ni alrededor de los labios ni de los ojos y, sin embargo, parece haber vivido mucho tiempo. Mucho tiempo sin sonreír.

El picaporte vuelve a sonar, más insistente esta vez.

—¿Le importaría abrir la puerta y conducir a los invitados al salón, señora Castle?

La mujer asiente una sola vez con la cabeza y se dirige con paso airado al pasillo. Lily intenta arrancarle una sonrisa cómplice a Isabelle, pero no lo consigue. Ni siquiera una leve nota de lo que ha sucedido antes. El mundo cambia bajo sus pies. Y ahora llegan sus primos. Vuelve a oírse el picaporte. Espera que no sean Sara y Gray. Los ha evitado desde que se marchó de casa de Liliana a los dieciocho años para estudiar en Central Saint Martins. Siente una punzada de remordimiento: Gray no se merecía que le hiciera el vacío. Pero Sara sí, y nunca dejaba a Gray solo.

Lily permanece de pie en la alfombra en el centro del pasillo, rodeada por la casa Arcana, que se le cierne sobre los hombros, presionándola.

El picaporte suena de nuevo. Llega una voz desde el otro lado de la puerta:

—¿Hay alguien en casa?

La señora Castle avanza a grandes zancadas y abre la puerta.

Sara y Gray están en el umbral. Gray asoma la cabeza por detrás de la señora Castle e Isabelle y ve a Lily mirándolo. Se da media vuelta.

—Buenas tardes —los saluda Isabelle—. Bienvenidos de nuevo a la casa Arcana.

Capítulo cuatro

Sara entra con paso decidido en el vestíbulo mientras se quita
el abrigo y se lo entrega a la señora Castle, sin dignarse siquiera a mirarla. La anciana recoge también el abrigo de
Gray, su gorro y su bufanda, y se aleja. Chasquea la lengua en
señal de desaprobación, como un reloj enfadado.

Sara permanece en pie en el centro del vestíbulo, mirando a su
alrededor y hacia el techo. Sus ojos se posan en los retratos de los
antiguos propietarios de la casa Arcana que decoran las paredes,
en lo alto. Probablemente se pregunte por cuánto podrían subas-
tarse si gana la partida. Gray entra tras ella arrastrando los pies,
con la cabeza gacha, como si jugara a su juego favorito de todos los
tiempos: contar las baldosas blancas y negras del suelo a cuadros.

Sara ve a Lily y se fuerza a sonreír.

—¡Lily! —exclama mientras se acerca a ella, que no recuerda
haberla abrazado nunca; si lo hubiera hecho como ahora, sin
duda no lo hubiera olvidado: la estruja como a un tubo de dentí-
frico a punto de acabarse. Quizás haya cambiado y se haya vuelto
menos fría con los años.

Sara retrocede y la repasa de arriba abajo.

—Tienes buen aspecto —observa—. Te sientan bien esos kilos
de más.

O quizá no. Y ya haya empezado. Lily sabe que en medio de la noche se le ocurrirá una réplica lapidaria, cuando esté tumbada despierta con ardor de estómago a causa de la comida copiosa y los recuerdos mal digeridos.

Pero ahora lo único que se le ocurre es decir:

—Tú estás espectacular, Sara.

Y es verdad. Sara va vestida de Stella McCartney, y su piel parece acostumbrada a estar cuidada con productos igual de ridículamente caros.

Sara se encoge de hombros. Está acostumbrada a los cumplidos. Aparta la mirada de Lily como si fuera la última prenda en un perchero de ropa de rebajas. Se acerca al árbol de Navidad y toquetea una bola brillante.

—Vi estos adornos en Liberty. Todo el árbol debe de haber costado una fortuna. ¿Se ha pagado con la herencia?

Isabelle mueve la mandíbula adelante y atrás, como si estuviera mascando su primera respuesta.

—Tu madre especificó todas las decoraciones de la casa como parte de la última redacción de su testamento —contesta al fin—. Y también indicó exactamente qué comida y bebida debía servirse en cada uno de los doce días.

Lily tiene la sensación de que un montacargas se ha desplomado en su interior.

—¿Doce días? No podemos quedarnos aquí tanto tiempo.

Mira hacia la puerta. Sería tan fácil salir por ella...

—Pues entonces vete ya —le dice Sara. Ladea la cabeza y sus labios fuerzan una sonrisa con la forma del trazado del Eurotúnel—. ¿Tú qué opinas, Gray?

Gray levanta la vista del suelo y mira primero a Sara y luego a Lily con sus inquietantes ojos vaporosos. Cuenta la leyenda familiar que, cuando Gray abrió los ojos por primera vez, Robert, su padre y tío de Lily, dijo:

—Tiene los ojos de un pez pescado en Whitby en un día gris. Lo llamaremos Grey.

Pero Liliana, su madre, insistió en escribirlo con «a». Menudos tocayos: piel de pescado y un asesino disoluto.

—Que haga lo que le parezca —responde él, y vuelve a clavar la vista en el reluciente suelo.

—Por supuesto —se suma Isabelle, mirando a Lily a los ojos, desafiante.

—Me quedo —dice ella.

Isabelle da una palmada.

—Bien, pues ahora que este tema ya está resuelto, ¿os importaría esperar al resto de los invitados en el salón?

Han transformado el salón en una navideña sala de té. Se han cubierto tres mesas redondas con manteles blancos como la nieve y servicios para ocho personas. Un centro de ramas torcidas de sauce, musgo y velas encendidas de cera de abeja adorna la inmensa repisa de piedra de la chimenea. Hay un fuego encendido. Cada uno de los servicios de la mesa se compone de porcelana de la casa Arcana, una servilleta y una ramita de moras blancas.

—Poneos cómodos —los invita Isabelle, y espera a que Sara, Gray y Lily tomen asiento en una de las mesas.

Lily preferiría sentarse sola y guardarle un sitio a Ronnie y otro a Tom, pero sería de mala educación.

—Empezaremos a las 16:00 horas —anuncia Isabelle—, tanto si han llegado los demás como si no.

—Si no llegan a tiempo, ¿pierden su sitio en el juego? —quiere saber Sara.

—Tienen que estar en las escaleras de la entrada de la casa Arcana o haber llamado a la puerta antes de las 15:45 horas —aclara Isabelle—. Si lo hacen después, no se les permitirá la entrada ni participar en el juego.

—Pues confiemos en que la nieve los retenga —dice Sara. Mira a su alrededor en busca de alguien que esté de acuerdo con ella, pero nadie la apoya—. Yo digo lo que hay. Parece que soy la única persona sincera aquí.

Lily mira el mantel y aprecia un estampado muy tenue en el lino. Tiene relieve, está repujado con algo. Lo observa más de cerca. Es el laberinto de la casa Arcana. Reconocería su forma en cualquier parte. Solía salir corriendo al jardín de atrás y perseguir a su madre por ese laberinto. Y cuando le tocaba a ella esconderse, se agazapaba en el escondite secreto en el centro y esperaba a que la encontrara. Siempre lo hacía. Hasta el día en que fue Lily quien la halló, muerta, desplomada contra un seto.

Lily contiene una arcada. Levanta la vista y ve que Isabelle se ha ido y la señora Castle avanza despacio hacia ellos con una bandeja de plata en las manos. Deposita sobre la mesa, delante de Lily y de sus primos, una tetera de porcelana con hojas de acebo pintadas y una jarra de leche a juego. Lily ve de reojo algo impreso en la parte inferior de la jarra antes de que toque la mesa.

—¿Debería hacer yo de mamá? —pregunta Sara, alargando la mano hacia la tetera—. ¿O mejor tú, Lily? Ya que te bautizaron en su honor y, además, eras su favorita.

Lily no dice nada. Si lo negara, mentiría. Le gustaría decir exactamente lo que Liliana le dijo de Sara, lo que pensaba de su hija biológica. Tiene que morderse la lengua para no hacerlo. Pero calla.

—Aunque quizá hacer de mamá sería demasiado doloroso —continúa Sara—. A fin de cuentas, sin ti, la tuya seguiría vi...

Gray le posa una mano en el brazo, en ademán de advertencia. Sara se zafa de ella, pero no acaba la frase. Lily sabe lo que estaba a punto de decir. Se lo ha oído antes. Su madre seguiría viva si no fuera por Lily. Es la historia que explica la familia, todos menos Liliana: que Marianna era feliz hasta que tuvo a Lily. Y entonces se apagó, hasta tal punto que dejó de querer vivir. La maternidad la destruyó.

Sin embargo, si su tía estaba en lo cierto, fue otra persona quien causó la muerte de su madre. Y en ese caso Lily tendrá que rasgar las costuras de su vida y empezar a hilvanarla de nuevo.

Alza la mirada y se da cuenta de que todos tienen los ojos posados en ella. Un leño cae en la chimenea y rompe el silencio. Vierte el té, el colador atrapa las hojas, cae la leche. El picaporte resuena en el vestíbulo.

—Esperemos que llegue algo de compañía decente por fin —dice Sara, recostándose en su silla para poder ver de quién se trata a través de la puerta del salón.

Se abre la puerta principal.

—Déjanos entrar, Isabelle. Aquí fuera hace un frío de mil demonios. Holly es del sur, no está acostumbrada a este tiempo.

Es Rachel quien habla. Apenas le ha cambiado la voz.

—Por supuesto —responde Isabelle.

Lily oye zapatos sobre las baldosas, cómo se quitan los abrigos y se frotan las manos para entrar en calor. Está a punto de ponerse en pie e ir a saludarlas cuando Rachel entra en el salón. No ha cambiado mucho; solo se ha espigado. Lily vuelve a notar el deseo de siempre de querer conocer a Rachel. Se llevaba muy bien con sus hermanos, con Tom y Ronnie, pero Rachel siempre mantuvo las distancias con todo el mundo. Solía sentarse a solas, con la mirada perdida en el limbo.

Rachel mira a sus primos sentados a la mesa. Frunce el ceño. Una mujer entra tras ella. Tiene un rostro dulce, pecoso, con hoyuelos.

—Esta es Holly —la presenta Rachel, echándole el brazo por encima de los hombros—. Mi esposa.

—Encantada de conocerte —dice Lily.

Suena demasiado formal, pero Holly le sonríe de oreja a oreja.

—No tendrías que presentarnos si nos hubieras invitado a tu boda —dice Sara.

Un silencio sepulcral se cierne sobre la estancia.

—No habrías podido ir de todos modos —le dice Gray con voz queda—. Estabas en Nueva York.

Sara lo fulmina con la mirada y él vuelve a clavar los ojos en el suelo.

—Y yo estaba cuidando de tu madre —le dice Isabelle a Sara.

—Con la esperanza de quedarte con la herencia, ¿no es cierto? —replica Sara—. Debes de estar furibunda por no haberlo conseguido.

—Nunca me ha importado esta casa, solo las personas que vivían en ella.

—El que jugaras aquí de niña y que mi madre te ayudara a sacarte la carrera de Derecho haciendo trampas no significa que seas parte de mi familia. Tú y tu madre, bueno, prácticamente erais las sirvientas...

Todo el mundo se queda petrificado, como figuras decorativas de un pastel navideño.

Isabelle aprieta la mandíbula un poco más. Debe de tener tantas cosas que decir... Lily se pregunta si todo esto tendrá algo que ver con lo que Isabelle pretendía explicarle antes de que las interrumpieran.

Vuelve a oírse el picaporte. Esta vez la señora Castle responde enseguida. Se apresura a ir hacia la puerta. Rachel y Holly se sientan a una de las otras mesas. Sara frunce los labios hasta que apenas forman una delgada línea. Lily la nota temblar, sacudiendo la rodilla por debajo de la mesa.

Lily se apresura a darle la vuelta al platillo para comprobar qué hay impreso en la base. Es una versión diminuta del laberinto. Lo recorre entero con su dedo meñique. Le sigue resultando tan familiar como cuando era niña. Se descubre garabateándolo cuando está concentrada o mientras habla por teléfono. Aquel laberinto está grabado en ella.

—¿Dónde está? —pregunta Ronnie mientras entra corriendo en el salón, aún con el abrigo puesto.

Va cargado con un montón de regalos envueltos en papel brillante. Sus botas de agua enfangan la alfombra. Ve a Lily y deja caer los regalos en el suelo. Un ruido revelador sugiere que uno de ellos era de vidrio y ya no está entero.

Lily se pone en pie justo a tiempo para que la envuelva el abrazo de Ronnie. Ronnie la estrecha con fuerza. Es alto, de hom-

LA CASA DE LOS ENIGMAS

bros anchos y tan sólido y al mismo tiempo tan achuchable como un muñeco de nieve acabado de hacer. La levanta en el aire para apretarla un poco más.

—Veo que sigues llevando ese corsé... —dice, mientras la deja con cuidado en el suelo otra vez.

—Es mi nuevo modelo de Navidad —le dice Lily, llevándose la mano a la cintura ceñida—. Le he añadido un panel y tiene lazos más largos para poder atiborrarme tranquilamente durante las fiestas.

—¿Y cuándo me vas a hacer a mí un braguero? —pregunta Ronnie, metiendo hacia dentro su barriga inexistente.

—Cuando quieras —responde Lily.

Nota el corazón como si le hubieran tensado los cordones del corpiño por la espalda, ensanchado por el amor que siente por uno de sus dos primos preferidos. Cuando llega el otro, Tom, piensa que podría estallar. Se supone que uno no debe tener primos preferidos, pero es imposible evitarlo, sobre todo si los demás te han tratado siempre como si fueras una vagabunda indeseable.

Philippa, la mujer de Ronnie, atrae a Ronnie hacia él.

—Déjala respirar, cariño.

—No pasa nada —dice Lily.

—Aun así... —insiste ella, que parece tener intención de añadir algo, pero calla.

Sin embargo, Ronnie capta el mensaje y se acerca a Rachel.

—¡Cuánto tiempo sin vernos, hermanita! —le dice mientras se abrazan—. Estás resplandeciente. El amor te sienta bien. —Choca los cinco con Holly sobre el hombro de Rachel y luego mira a Lily y le dice gesticulando con la boca—: Luego nos ponemos al día.

Lily asiente con la cabeza. Se pregunta momentáneamente si se lo dirá, pero entonces recuerda la advertencia de la tía Liliana. Por ahora, nada de revelar secretos. Con todo, es imposible que Ronnie pueda ser sospechoso o alguien de quien preocuparse. Han jugado juntos por toda la casa y los momentos con él, con su hermano mayor, Tom, y con Isabelle son de los más felices que recuerda. Sin ellos, su conexión con la casa Arcana estaría hecha solo de muerte, lamentos y pesar.

La señora Castle entra despacio en el salón, sosteniendo un soporte para tartas de cinco pisos como si fuera una corona. Lo deposita en la mesa de Lily y regresa en busca de los otros dos. Lily nunca ha visto nada parecido, y eso que ha tomado el té por la tarde en el Savoy. Una clienta adinerada le insistió en llevarla allí para hablar de la réplica del vestido de bodas de la reina Victoria que Lily le estaba confeccionando. Y no dejaron de servirles copas de champán, emparedados y pasteles hasta que Lily, algo más que achispada, exclamó:

—¡Basta, por favor!

La planta inferior de la bandeja múltiple que tiene ahora delante está repleta de sándwiches minúsculos cortados con forma de estrella. Uno parece ser de salmón ahumado y los otros son de huevo y pimiento, de carne de ternera, de queso y tomate y de pollo. Encima de eso hay quiches circulares que le cabrían en la palma de la mano. Están veteadas de azul, de manera que tal vez sean las responsables del olor a queso Stilton que percibe. En la capa superior hay panecillos de arándanos del tamaño de su puño, y luego están las porciones de todo tipo de tartas: de jengibre, de zanahoria, de Navidad... La bandeja superior se reserva para los pastelitos de frutas navideños y galletitas *pfeffernüsse* con forma de copos de nieve. La mezcla de olor a especias, carne, pescado y Navidades le provoca una arcada a Lily.

Sara respinga la nariz ante tal despliegue, como si ella fuera capaz de algo mejor. Probablemente lo crea por el mero hecho de haber trabajado como *au pair* durante una temporada en los Alpes, cocinando para pijos gilipuertas vestidos con mono de esquí.

—¡Impresionante, señora Castle! —exclama Ronnie mientras alarga la mano para coger una quiche.

Philippa le da una palmadita y la retira. Ronnie se sienta sobre ambas manos y mira a Lily con cara compungida.

La señora Castle le concede lo más parecido a una sonrisa que ha esbozado hasta entonces, mientras pasa entre los comensales una bandeja de copas flauta de champán que refulgen bajo las lámparas de araña, y eso que aún están vacías. ¿Qué pasará cuando estén llenas de burbujas? La señora Castle trae un botellero de plata lleno de hielo y tres botellas de Bollinger con solera. Es una reunión de postín.

—Abriremos las botellas cuando llegue Tom —informa Isabelle desde su lugar tras un escritorio de nogal.

Está hojeando papeles, con las gafas de lectura puestas. Le quedan bien en su rostro anguloso, lo enmarcan y lo suavizan.

—Si es que llega —dice Sara.

—Llegará —replica Ronnie—. Tom no se perdería un drama por nada del mundo. Y yo tampoco. Es la única razón por la que he venido... además de para volver a ver a Lily.

Philippa le da un codazo a Ronnie en el costado. Él se frota como si estuviera acostumbrado a ello. Quizá Lily debería hacerle un corsé para resistir los golpes de Philippa...

—Tom probablemente haya hecho un alto en el camino para comprar regalos extra para todo el mundo —conjetura Rachel—. No tardará en llegar. Detesta hacerse esperar.

—Pues le quedan solo cuatro minutos —dice Sara, comprobando la hora en su reloj—. Si no llega, no jugará. Más oportunidades para los demás.

—Tres minutos y veinte segundos —corrige Isabelle, señalando hacia el reloj de la pared—. Liliana indica claramente en sus reglas que todos los tiempos se cronometrarán con el reloj de la abuela del salón. —Se saca el teléfono del bolsillo—. Tendrá que darse prisa. Ni siquiera ha llegado a la finca.

—¿Cómo lo sabes? —pregunta Sara.

Isabelle le da media vuelta al teléfono para que todos puedan verlo. En la pantalla se ve una imagen granulada del circuito cerrado de televisión. Lily apenas consigue vislumbrar las verjas de hierro forjado que marcan la entrada a la casa.

—¿Tienes acceso al metraje de las cámaras de seguridad? —pregunta Philippa con un deje de preocupación en la voz.

Isabelle asiente con la cabeza.

—No sé qué pensar sobre eso —dice Rachel.

—Pues yo sí sé exactamente qué pienso —interviene Sara—. No me gusta. Y no me parece apropiado.

—Figura todo en el testamento de Liliana. Os lo explicaré cuando os lea las reglas —aclara Isabelle.

Se aprecia movimiento en la pantalla. Las verjas se abren. Un coche con un árbol de Navidad atado al techo espera a poder entrar; una mano saluda desde la ventanilla. En la pantalla no se aprecia que es Tom, pero eso basta para que Lily sienta una punzada de felicidad.

—¡Ahí está! —exclama Ronnie—. Tom nunca falla.

Sara hace un ruido a medio camino entre un «ejem» y un chasquido de desaprobación. Rachel tampoco parece especialmente contenta, ni Philippa. De hecho, Isabelle tampoco. Así que Ronnie y Lily serán quienes tengan que recibir con los brazos abiertos a Tom.

Se oye la gravilla en el camino de entrada.

—Un minuto —dice Isabelle, observando cómo la segunda manecilla recorre la esfera del reloj de la abuela como si se aplicara una crema Ponds.

Se oye cómo la puerta de un coche se cierra de golpe. Ronnie corre hasta la ventana y la abre.

—¡Venga, Tom! —grita.

Tom le responde con una de sus fuertes carcajadas.

—Treinta segundos —anuncia Isabelle.

Lily se clava las uñas en las palmas de las manos.

—Deja atrás el reloj de sol —narra Ronnie, como un comentarista—. Le ha crecido tanto el pelo que le revolotea agitado por el viento, con motitas de nieve adhiriéndosele como confeti. Está en buena forma este año, su entrenador le ha hecho trabajar duro y él ha evitado comer azúcar. Ahora encara la última recta...

—Diez segundos —anuncia Isabelle, con la voz tensa como la cuerda de un violín.

Lily oye cómo crujen en la nieve los rápidos pasos de Tom.

—Nueve, ocho...

—Le quedan solo unos metros —continúa Ronnie.

—Siete, seis...

—En el último momento, Tom Armitage alarga los brazos, da un último salto, su mano se posa sobre el picaporte y...

Toc, toc, toc.

—¿Le importaría abrirle la puerta a nuestro último invitado, si es tan amable, señora Castle? —dice Isabelle.

—¡Voy yo! —exclama Ronnie, y sale corriendo de la habitación.

Holly susurra con gesto teatral:

—Me cae bien.

Rachel sonríe. Lily cae en la cuenta de las pocas veces que ha visto a Rachel feliz. De niña permanecía sentada, observando, al igual que ella misma, asimilándolo todo pero sin implicarse nunca. Lily había intentado hacerse amiga suya en una ocasión; se le había acercado y le había ofrecido el perfume que había elaborado sumergiendo pétalos de rosa, lavanda y romero en agua destilada. Rachel le había respondido negando con la cabeza y apartando la mirada, y eso fue todo. Quizás ahora las cosas podrían ser distintas.

Ronnie regresa con Tom del brazo.

—Mirad lo que he encontrado en la puerta —anuncia.

Tom los saluda con la mano.

—Perdonad por haceros esperar —se disculpa. Levanta una bolsa de regalos—. He perdido la noción del tiempo. Me he visto envuelto en esto.

Lily sonríe y Ronnie emite un lamento. Tom es conocido en la familia por sus pésimos juegos de palabras.

—Pues casi pierdes tu sitio —le dice Sara, que se lo queda mirando con desdén, como si le costara creer por qué alguien sería tan bobo como para perder la oportunidad de embolsarse dinero.

—Pero no ha sido así, de manera que todos contentos —replica Ronnie, dándole una palmada tan fuerte a Tom en la espalda que lo hace tambalearse hacia delante.

—Hay que estar bien sincronizado —dice Tom, alargando la mano hacia el reloj de la abuela para no caerse.

El reloj se balancea, pero se mantiene en su sitio.

—Ya que estamos todos aquí —dice Isabelle—, abramos el champán. ¿Os parece? Y una vez que os haya leído las reglas, que dé comienzo el juego de Navidad.

Capítulo cinco

Descorchan el champán y lo sirven, espumeante, en las copas aflautadas. Isabelle está en pie junto a la chimenea. Respira hondo.

—Primero os leeré el último mensaje que os dejó Liliana Violet Armitage Feather a todos. Estaba guardado en la caja fuerte del despacho de abogados Stirling para que, en caso de morir, hoy os lo leyera yo. —Le tiembla ligeramente la mano, lo que hace que el papel se agite como si vibrara con las palabras que se revelan—: *Querida familia Armitage e invitados* —lee Isabelle, haciendo de ventrílocua de la tía Lil—. *Parece que he muerto, lo cual es una pena, porque había previsto pasar unas Navidades maravillosas con todos vosotros y me apetecía seguir viendo cómo intentabais resolver mis pistas y asegurar el futuro del juego de Navidad. Habría sido una delicia, sobre todo porque a muchos de vosotros se os da fatal.*

—¡Vaya! No podía reprimirse —sisea Sara por lo bajo—. Tenía que lanzar la última pulla.

—¡Chist! —la hace callar Rachel desde la mesa contigua.

—Era mi madre. Creo que eso me da derecho a decir de ella lo que quiera —replica Sara en voz alta.

—Venga, bonita, que queremos escuchar a tu madre, no a ti

—le dice Tom desde la tercera mesa, con acento de Yorkshire y un tono tan benévolo como el clima de la región.

Sara está a punto de espetarle algo, pero Gray la frena posándole la mano en el brazo. Se recuesta en la silla, que cruje como si replicara en su nombre.

—*En cualquier caso* —continúa leyendo Isabelle, con la voz tan trémula como el papel—, *los muertos, muertos están. He dejado a Isabelle a cargo hasta que se declare un heredero, a la conclusión del juego. Ahora bien, conviene que sepáis que esta vez el juego de Navidad que he preparado será distinto. Antes, una pista llevaba a otra pista oculta en alguna parte de la casa o de los terrenos, hasta que alguien finalmente encontraba el alijo de regalos para todos vosotros. El ganador se llevaba un regalo extra. Y eso sigue aplicándose: el regalo extra, en este caso, es la casa. Esta vez el resto no obtendréis nada. Y todo el mundo deberá seguir unas reglas estrictas. Si os desviáis de ellas, quedaréis eliminados. Como dice el dicho: es lo que hay.*

Tom resopla.

—Chitón —lo corta Sara.

—*Ah, y perdón por separaros de vuestros hijos, si los tenéis, pero hay un precedente en la familia y he creído oportuno que el juego sea algo exclusivamente de adultos. A los niños se les dan bien los juegos, y yo no soy Willy Wonka: regalarle la casa a un niño no me parece una decisión inteligente. Así que jugad limpio, mis niños grandes. Y sed tan amables como podáis con los demás. No os rindáis. Seguid intentándolo. Pase lo que pase, siempre hay una posibilidad, incluso cuando parece que no es así. La gente de Yorkshire no se caracteriza solo por las gorras planas y por su forma de pronunciar las vocales, sino también por su persistencia. Hacedme sentir orgullosa de vosotros. Intentad disfrutar de unas Navidades felices. Y recordad brindar por mí con una copa de Bollinger.*

Isabelle pliega el papel y lo arroja al fuego que hay a su espalda.

Gray contiene el aliento.

—Esas eran sus últimas palabras —susurra.

Contempla cómo las llamas devoran el papel.

—Lo lamento, Gray —dice Isabelle, y suena sincera—, pero tenía órdenes de hacerlo.

Le hace un gesto con la cabeza a la señora Castle, que está al otro lado del salón, y el ama de llaves se acerca con un fajo de papeles amarillentos. Entrega una gruesa hoja a cada una de las personas sentadas.

Lily estornuda, incapaz de contenerse más. Sara pone cara de asco y se aparta de ella. Lily baja la vista hacia su papel. Es una lista de seis reglas. Isabelle las lee en voz alta mientras los jugadores lo hacen en voz baja.

REGLAS DEL ÚLTIMO JUEGO DE NAVIDAD
por Liliana Armitage-Feathers

REGLA 1: Los posibles herederos —Sara, Gray, Rachel, Ronnie, Tom y Lily— deben permanecer en la casa desde Nochebuena hasta la víspera de Reyes. Si abandonan las instalaciones en algún momento antes de las 15:00 horas del 5 de enero, renuncian a su posibilidad de heredar. Se han instalado cámaras alrededor del perímetro vallado de la casa y estarán sometidas a escrutinio por parte del despacho de abogados Stirling.

REGLA 2: Debéis resolver las pistas por vosotros mismos. Vuestra pareja, si la tenéis, puede ayudaros, pero cualquier persona ajena a la familia tiene prohibido participar. En caso de contravenir esta regla, el resultado sería la descalificación de la persona. Y lo mismo se aplica a internet. Se os retirarán los teléfonos móviles, las tabletas, los relojes inteligentes, etc., y se desactivará el wifi. Si os descubren utilizando algún otro dispositivo para consultar las respuestas, quedaréis descalificados. Básicamente, no hagáis el capullo. Todo está en la biblioteca, en los papeles que hay por casa o en los conocimientos que tenéis en vuestras cabezas, chicos. Sé que a algunos de vosotros os fastidiará, pero, la verdad, me produce un enorme placer dejaros a merced de los libros.

REGLA 3: Recibiréis un acertijo cada uno de los doce días de Navidad. Si alguien busca o encuentra una pista para otro día, quedará descalificado.

REGLA 4: Cada acertijo conduce a una llave oculta en algún lugar de la casa y los jardines. Los jugadores pueden compartir las llaves que encuentren o quedárselas para ellos. ¿Por qué os decantaréis? ¿Por ayudar a otros humanos y parientes en Navidad o no? Ya veremos cuán egoístas sois...

REGLA 5: El 5 de enero se habrán dado ya doce pistas y, con suerte, habréis encontrado doce llaves. Una de las doce posibles llaves abrirá la puerta de una habitación secreta que hay en la casa. A lo largo de todo el juego de Navidad se dará una pista capital acerca de la ubicación de esa habitación secreta. Analizad bien la información que se os brinde.

REGLA 6: Dentro de la habitación secreta, los jugadores tendrán que encontrar las escrituras de la casa Arcana. Isabelle aparecerá el 5 de enero y, al filo de las 16:00 horas, rubricará el traspaso de la casa al ganador. Si nadie ha encontrado las escrituras o si todo el mundo ha quedado descalificado, mi dinero y todos mis demás bienes irán a parar a Isabelle Stirling, que podrá disponer de ellos como desee. Sugiero que los entregues a una protectora de gatos, Isabelle, preferiblemente de gatos ciegos, en honor a mi querido Winston, a quien

has tenido la amabilidad de adoptar. Pero tú decides. Al fin
y al cabo, yo estoy muerta.

Isabelle deja sobre la mesa su propia copia de las reglas. El silencio se cierne sobre la estancia como muérdago muerto.

—Ahí tenéis a mi madre —dice Sara—, declarando públicamente que preferiría legar sus bienes a mascotas que dejar una herencia legítima a sus propios hijos.

—Legalmente hablando —le dice Isabelle en tono amable— no es vuestra herencia.

—¿A qué te refieres? —pregunta Sara, inclinándose hacia delante y con una voz afilada como el hielo.

—La casa pasó de la abuela Violet a Marianna, su hija mayor. Y como Marianna falleció antes de que Lily tuviera veintiún años y alcanzara la mayoría de edad, pasó a Edward, y finalmente a Liliana cuando Edward murió en el accidente. Ahora que toda esa generación ha fallecido, la heredera legal, hasta que se produjo el cambio en el testamento, era Lily.

A ella le tamborilea el corazón. No tenía ni idea.

—Y si ella tuviera herederos —continúa—, pasaría a ellos.

Lily nota ojos posándose en ella como moscas de la fruta sobre plátanos maduros. Si pudiera desaparecer bajo la mesa lo haría, pero, si moverse con ese corsé ya le resulta difícil, no quiere ni imaginar cómo sería contonearse bajo el mantel.

—¿Lo sabías? —le pregunta Sara a Lily—. ¿Es por eso por lo que te has dignado a aparecer por primera vez en todo este tiempo? ¿Para presentar una demanda judicial?

Lily niega con la cabeza.

—En absoluto.

—Entonces no tiene sentido que el resto de nosotros reclamemos la propiedad —dice Tom, mirando fijamente a Sara.

Nunca se han llevado bien, ni siquiera de niños. Ella solía decirle que era tonto y él no lo soportaba. Algo más grave debió de ocurrir para que se enfadaran tanto, pero Tom nunca se lo ha contado. Se ha perdido muchas cosas durante su larga ausencia en la casa Arcana.

—No, a menos que os apetezca perder tiempo, energía y dinero —replica Isabelle. Saca otra carpeta de su maletín y se acerca a Lily—. Me temo que tengo que pedirte que firmes este documento. Comporta renunciar a toda reclamación previa de la casa y acceder a que prevalezca el nuevo testamento de Liliana.

Lily tiene demasiadas preguntas que hacer y la única persona que podría respondérselas está muerta. Esta vez los juegos van mucho más allá de los enigmas de otras Navidades.

—¿Quieres que le eche un vistazo, Lily? —pregunta Ronnie.

Antes de convertirse en chef, Ronnie trabajó brevemente como abogado en un despacho destacado de Londres... aunque nadie lo habría dicho cuando no llevaba la peluca puesta. A Lily siempre le pareció que tenía aspecto de teleñeco con aquello en la cabeza, pero en el buen sentido. Su primo agita los brazos como la rana Gustavo, pero tiene un gusto por la fiesta y unos modos propios de un gorila.

—Yo no quiero esta casa —dice Lily—. Firmaré lo que me digáis. A eso he venido, no para heredar un lugar donde todas las personas que quería han muerto.

—Sí, claro... —dice Sara, poniendo los ojos en blanco en gesto de exasperación.

—Veo que sigues conservando el *saracasmo* —le dice Tom a Sara.

Saracasmo es la palabra que tía Liliana inventó para describir la tendencia de Sara al desdén.

—¿Pretendes decirme que te la crees? —pregunta ella.

—Pues claro —responde Tom sin más. Lily nota una oleada de alivio y de apoyo—. No tengo motivos para no hacerlo. No tiene por qué firmar nada y va a hacerlo. Estás proyectando tu propia codicia, Sara.

—No me vengas con análisis psicológicos de pacotilla, Tom —dice Sara—. No somos «clientes» tuyos.

Sara hace un gesto de comillas con los dedos al pronunciar la palabra, como si Tom fuera un *gigolo* en lugar de un psicoanalista.

—¿Ya empezamos? —replica Tom—. Ni una palabra amable, ni una conversación trivial, ni un: «¿Qué tal te va, Tom? Hace años que no nos vemos».

Lily nota la tensión hincharse como un globo en la estancia. Se pone en pie, alarga la mano y dice:

—Dame los papeles, por favor, Isabelle. Los firmaré y así podremos continuar.

Isabelle le entrega el fajo de documentos y un bolígrafo. Lily los coloca sobre el mantel con el laberinto grabado y firma la renuncia a sus derechos. No quiere la propiedad. Y Liliana lo sabía. A fin de cuentas, si le pidió que acudiera era para explicarle algo sobre la muerte de Marianna, no para entregarle las escrituras de la casa Arcana.

—Estás loca, Lily —dice Ronnie—. Pero eso es algo que siempre me ha encantado de ti. —Coge una galletita picante de una de las bandejas y se recuesta en su silla—. ¿Ya podemos comer? Me muero de hambre.

Capítulo seis

Cuando las pastas de té han quedado reducidas a migas, Isabelle se pone en pie.

—Es hora de irme —anuncia— y de que me entreguéis vuestros teléfonos móviles, libros electrónicos, tabletas, ordenadores portátiles, relojes inteligentes... todo lo que tenga acceso a internet.

—¿De verdad es necesario que lo hagamos? —pregunta Rachel, dudando antes de depositar su teléfono en el maletín de Isabelle. Baja la voz y añade—: A fin de cuentas, la tía Liliana no está aquí para comprobarlo.

—¿Y entonces por qué susurras? ¿Te preocupa que te oiga su fantasma? —pregunta Sara.

Es más *saracástica* de lo que Lily recordaba.

—Espero por tu bien que no —dice Tom.

—¿A qué te refieres? —le espeta Sara.

Tom sonríe.

—¿Crees que tu madre se sentiría orgullosa de ti? No te presentas en su funeral, pero, en cambio, sí te aseguras de competir para quedarte con su casa...

—Al menos yo no soy tan hipócrita como el resto de vosotros —responde Sara.

El ambiente se enfría como si lo hubieran metido en un cubo de hielo.

—Hay que acatar las reglas del juego —explica Isabelle—. Aunque siempre he tenido una relación estrecha con vuestra familia, mi papel es hacer cumplir el testamento y las últimas voluntades de Liliana. Por consiguiente, a partir de ahora delego la ejecución del juego y la gestión de la casa en la señora Castle. Regresaré el día 5 de enero para nombrar al ganador o la ganadora.

Lily nota una punzada de pánico.

—¿Y eso es todo hasta entonces? —pregunta—. ¿No vamos a verte más?

—Liliana dejó muy claro dónde quería que estuviera —contesta Isabelle—. Y no me quería en vuestro camino. Estoy decidida a cumplir al pie de la letra sus instrucciones.

—Pero somos ocho. Eso es mucho trabajo para la señora Castle —observa Tom—. Supongo que podremos echarle una mano...

—No hay nada en las reglas que lo impida. Y siendo Ronnie chef, tal vez le apetezca cocinar...

—¡Por supuesto! —exclama Ronnie.

—Hay provisiones e ingredientes en la despensa, bandejas de comida preparada en los frigoríficos, vino en la bodega y hielo —continúa Isabelle—. La previsión es que haya tormentas la semana que viene, así que posiblemente os quedaréis aislados. Por si así fuera, nos hemos asegurado de que dispongáis de comida y bebida suficiente para un mes, y eso teniendo en cuenta vuestro apetito insaciable.

Lily siente un escalofrío al pensar en quedarse atrapada allí: nieve en el exterior y la gelidez de Sara en el interior.

Isabelle parece percibir la preocupación de Lily, porque la mira mientras dice:

—Pero no os preocupéis. Es muy improbable que eso suceda. Estaréis bien. —Hace una pausa, echando un vistazo a la estancia, y añade—: ¿Alguna pregunta más antes de que me vaya?

—Supongo que cuando uno de nosotros gane y herede —dice Sara—, podremos hacer lo que nos plazca con la casa...

—Por supuesto —responde Isabelle, pero Lily le detecta un gesto en la comisura de los labios cuando baja la cabeza para cerrar su maletín.

—¿Incluso venderla? —quiere saber Gray.

—No veo por qué el ganador no podría venderla —interviene Lily.

—¡Y a ti qué más te da! —exclama Sara—. Siempre se te dio fatal el juego de Navidad.

—Eso no es verdad —se apresura a decir Tom—. Ganó varias veces y decidió quedarse en segundo plano cuando todos empezasteis a reíros de ella.

Tom sonríe a Lily, que nota una oleada de gratitud en su interior. Otra persona que se dio cuenta.

Lily casi siempre sabía las respuestas al juego de Navidad, probablemente porque le gustaba aprender de su madre, de la abuela Violet y de la tía Liliana. Pero sobresalir la convertía en una diana, así que mantuvo un perfil bajo y fingió no saber jugar. A veces tiene la sensación de que nació con un corsé anudado en la boca.

—Siempre has llevado puestas las gafas de verlo todo de color de rosa en lo que respecta a Lily —le dice Sara a Tom—. La verdad es que es muy tierno. —Pero su mueca de desprecio indica que piensa justo lo contrario—. Si Lily sabía las respuestas, ¿por qué no lo decía?

Es una buena pregunta.

—Bueno, yo os dejo con vuestra riña navideña... —anuncia Isabelle.

—¿Cómo te atreves a hablarnos así? —pregunta Sara, con la barbilla clavada en el cuello.

Isabelle sonríe y un destello de la mujer que ha recibido a Lily en la puerta vuelve a aflorar.

—Yo represento a Liliana y su recuerdo. No tengo que ser más educada de lo necesario con vosotros —dice, cerrando la hebilla de su bolso.

Justo en ese momento, a Lily se le ocurre confeccionar un corsé con forma de maletín para llevar al trabajo y regalárselo a Isabelle. Pero expulsa de su mente ese pensamiento.

Mientras se dirige con paso decidido hacia la puerta, Isabelle vuelve la vista atrás para observar al grupo. Lily espera que su mirada se pose en ella como la nieve blanda, pero cae en el resto de las mesas.

—Feliz Navidad a todo el mundo. ¡Intentad divertiros!

Y se va. La puerta principal se cierra y se oye crepitar la gravilla bajo sus pasos, que se alejan.

Incluso con Tom y Ronnie en la casa, Lily se siente sola.

—¿Te vas a beber eso? —pregunta Sara, señalando con la cabeza la copa de champán intacta de Lily. Ella niega con la cabeza.

—Tómatela tú —le dice.

Sara levanta la copa y le da un sorbito, cerrando los ojos.

—Una nota de limón, la efervescencia de un sorbete y la cantidad exacta de hongos.

«Es curioso que los hongos sean buenos para el champán y, en cambio, malos cuando se tiene una infección vaginal», sería una buena respuesta para alguien más valiente que ella.

La señora Castle entra tétricamente.

—Las habitaciones están listas. Liliana se encargó de asignarlas; vuestros nombres están en las puertas. Lily, tú te alojarás en tu habitación de siempre.

Ella nota las miradas de sus primos mientras se escabulle del salón.

—Encontraréis el equipaje sobre la cama —dice la señora Castle, rascándose el brazo—. Yo misma me he encargado de subirlo. Menos mal que nieva; de lo contrario, toda la ropa que habéis traído no serviría para nada. —Se queda mirando a Ronnie, que estalla en carcajadas. Pero deja de reír al notar su mirada fulminante—. Estoy segura de que todos sois lo bastante mayores y lo bastante fuertes como para desempaquetar vuestras propias maletas. Se servirán cócteles a las siete y la cena a las siete y media. Sed puntuales, por favor.

Lily sube la escalera recorriendo con los dedos los familiares remates del pasamanos. Desde la última vez que estuvo han cambiado la alfombra: la gris corporativa de cuando la casa Arcana era un centro de conferencias se ha reemplazado por una roja de hotel. Pero los tablones del suelo siguen crujiendo. Musitan que en el fondo nunca cambia nada, crujen en el quinto escalón y suspiran en el séptimo. Ella solía evitar estos escalones cuando jugaba al escondite, o los pisaba a propósito para engañar a Tom y que la buscara donde no tocaba.

Al llegar al descansillo de la primera planta, mira hacia el pasillo que conduce a la derecha. Algunas puertas están abiertas, otras cerradas. Le viene a la mente el recuerdo de despertarse en el dormitorio de la abuela Violet, de sostener la mano blanda como una polilla de su abuela. Se da media vuelta para ahuyentar la pena.

Mientras continúa el ascenso hasta la segunda planta, le van acudiendo más recuerdos. El domingo en el que ella y mamá tocaron el violín en el rellano; la noche en que no conseguía dormir y anduvo merodeando por la silenciosa casa; la vez en que ella e Isabelle... Cada paso desencadena nuevas escenas del pasado, como muelles cayendo por las escaleras.

Su dormitorio estaba y está en la segunda planta, en el ala este. Se detiene junto a la puerta. Al otro lado del pasillo están la habitación de Liliana y el antiguo cuarto de los niños. Le vienen destellos de ella jugando allí con sus primos. Es como ver pequeños fantasmas: su yo de siete años oculta una pelota debajo de una manta e intenta enseñarle a Ronnie que los objetos no desaparecen aunque no los veas. Y él, pequeñito, la mira atónito y va a comprobar, tambaleándose, si está en el armario.

—Está aquí debajo —le dice Lily, señalando la manta—. No se va, aunque la escondas.

Frente al cuarto de los niños está la antigua habitación de su madre. Lily recorre el pasillo hasta allí. Le cuesta respirar. Tiene la sensación de que alguien le estruja los pulmones y se los cierra, como un acordeón. El suelo del pasillo es de tablones de madera y ha permanecido intacto desde que la casa Arcana era una mansión privada en la década de 1920 y la segunda planta estaba reservada para el servicio. Los Armitage mantuvieron la misma distribución cuando ocuparon la casa y la convirtieron en un centro de conferencias, pero entonces fueron los propietarios quienes se quitaron de en medio.

Y la alfombra también es la misma. Una alfombra de color rojo oscuro que recorre el pasillo como un reguero de sangre que cae por la espalda.

Se da media vuelta. No se ve capaz de entrar en la habitación de su madre. Todavía no.

Así que abre la puerta de su viejo dormitorio. Nota algo como una mano en la garganta al ahogar un grito. La habitación está prácticamente igual que la dejó. Juega a encontrar las diferencias con su propio pasado.

Una pared está forrada de pósteres. Las Spice Girls posan junto a Eternal y Hanson como si se hubieran fusionado en un supergrupo todopoderoso de los noventa. Tori Amos sonríe con los labios cerrados. Christian Slater enarca una ceja. Y Gillian Anderson tiene una marca en los labios que le dejó Lily cuando practicaba cómo besar. Madonna la mira con ambición rubia, como si le preguntara qué ha hecho con su vida. Pero, en lugar de responderle, Lily se gira hacia su antigua cama, pegada a la pared. Sobre la almohada está sentada Christina, la muñeca que le hizo su madre unas Navidades. Christina es de trapo, con un vestido hecho con ropa de cuando Lily era bebé cortada en tiras y cosida a mano. Mamá siempre le decía que no había que tirar nada, que se podía aprovechar todo para hacer patrones.

Lily no recuerda haber dejado a Christina sobre la cama; de hecho, está segura de que, cuando su madre murió, metió la muñeca en el armario para no tener que mirarla. Contemplar todos aquellos puntos de adorno que su madre había bordado era como notar una aguja atravesándole el corazón una y otra vez, pero sin hilo que lo zurciera.

Liliana debió de dejar instrucciones de colocar a Christina en la cama. Liliana era blanda como los dátiles que le encantaba comer en Navidad. A Lily también le chiflaban, pero era consciente de que tenían un hueso dentro. Precisamente ese hueso dentro de su tía era lo que la había llevado hasta allí. Si lo piensa, es cruel que le hayan pedido que regrese a esta casa, con sus secretos escritos en las paredes, y que le pidan que sea ella quien arranque el papel para dejarlos al descubierto. Si Liliana hubiera querido desvelar la verdad, podría haberlo hecho en cualquier momento. ¿Por qué esperar hasta ahora? ¿Por qué pedirle a Lily que lo haga ella? Podría haberle dicho qué le había ocurrido a su madre y ya está. No es justo hacerla pasar por este trago.

Nota cómo el enfado se apodera de ella, como el *crescendo* de un coro de cuarenta miembros, con sus voces cada vez más altisonantes. No tiene por qué hacer esto. Por lo que a ella concierne, los secretos pueden seguir guardados. No piensa deshacer la maleta. Se irá y ya está.

Aún está a tiempo de regresar a Londres en coche y estar en su diminuto apartamento alrededor de la medianoche. O puede buscar una pensión de camino, si quedan habitaciones libres. Cualquier cosa menos quedarse aquí.

A menos que la nieve la detenga.

Se acerca a la ventana, evitando mirar hacia el laberinto. El crepúsculo ha dado paso a una oscuridad invernal. Farolas de estilo victoriano proyectan halos de luz dorada en los jardines posteriores de la casa Arcana.

Se ha formado un grueso manto de nieve en el suelo. Llega hasta la altura de las rodillas de la estatua que hay en el jardín. Es de una mujer, desnuda, salvo por la toga de piedra. De niña, Lily la compadecía y una vez había vestido la escultura, a la que llamaba Mary, con una parka y un gorro de lana. ¿Te molesta aún más el estar cubierta de nieve si por debajo estás desnuda? No importa. Nieva mientras piensa. Tendrá que irse ya. Las carreteras de la zona se vuelven peligrosas enseguida. La tía Veronica y el tío Edward fallecieron en un accidente de tráfico una noche como esta. Se da media vuelta para irse, pero se detiene. Nota una punzada que le hace volver la vista atrás. Sabe que no debería hacerlo, pero no es capaz de reprimirse y mira hacia el laberinto. El corazón se le acelera, la insta a correr, pero está paralizada, como Mary, la estatua. Quizá ella también se quedó congelada al mirar atrás y ahora tendrá que quedarse para siempre así.

El laberinto es enorme; en su día fue el más grande del Reino Unido. Cuando lo construyeron tenía las mismas dimensiones que la casa, antes de que le añadieran las alas este y oeste. Sus giros y callejones sin salida quedan a la vista con la nieve. Las partes superiores de los altos setos son blancas, mientras que los senderos permanecen en la sombra. Pero el recorrido ya no está tan definido como en el pasado; los setos no están podados con la misma precisión. Aun así, sus ojos son capaces de seguir la ruta hasta el escondite donde encontró a su madre. Y entonces la ve, como la ve cada noche en sueños que dejan sus sábanas echas un nudo: a su madre desplomada contra el seto, con el cuello en una pose extraña. Sus ojos miran fijamente hacia delante; no pestañea.

Lily agarra la pesada cortina y cubre con ella la ventana. Pero eso no impide que note el laberinto tras el terciopelo. Se le acelera la respiración, tanto que le cuesta controlarla. Nota un ataque de ansiedad en la garganta.

Intenta concentrarse en las sensaciones que la arraigan a su cuerpo, tal como le dijo su psicoterapeuta. Cierra los ojos. Nota la alfombra raída bajo los pies, su viejo escritorio contra las piernas.

Cuando se sosiega, abre los ojos. El escritorio también sigue tal como lo dejó. Sus plumas estilográficas y bolígrafos están ordenados en una fila, listos para ser escogidos. Las tijeras están junto a una escuadra. En la madera aún se aprecian manchas azules que dejó con sus huellas. Dos agujas de tricotar para niños sostienen el principio de una bufanda de lana. Un colorido ramillete de lápices de colores brota de una taza de los Simpson. Aún recuerda la última vez que se sentó en aquel escritorio. Había escrito una nota de despedida con el color favorito de Isabelle, el rojo. Le había tenido que sacar punta al lápiz y las virutas aún permanecen enroscadas sobre la mesa, como bichos bola con pintalabios. Saca el lápiz rojo de la taza. Lleva todo este tiempo esperando, sin usarse para lo que fue creado.

—Guardé la nota, ¿sabes? —le dice Isabelle desde la puerta.

Lily se da media vuelta, con el corazón desbocado. El lápiz cae al suelo de madera y rueda hasta el zócalo.

—Sigues dándome unos sustos de muerte —dice.

—Siempre has estado en tu mundo.

Isabelle entra, maletín en mano, y cierra la puerta, no sin antes comprobar que no haya nadie en el pasillo.

Por un instante, Lily vuelve a tener diez años y su madre se encuentra en el vestíbulo de la planta baja, canturreando, e Isabelle está en el umbral con su libro y una bolsa de manzanas, y ambas suben al desván para fingir ser Jo de *Mujercitas*. Allí buscarán palabras y harán crucigramas juntas, inventarán su propio idioma y compondrán canciones estúpidas. Siente un deseo imperioso de agarrar las almohadas y las mantas de la cama y subir al desván con Isabelle y construir allí un fuerte, como solían hacer, con las cajas, el diván y el maniquí de modista. Allí, bajo el dosel del ganchillo con agujeros de la abuela Violet, desempolvarían los años que se han aposentado entre ellas hasta que su amistad volviera a resplandecer.

Y entonces recuerda algo: ¿no estaba a punto de irse?

Isabelle se dirige a la ventana y, a unos pasos de distancia, abre la cortina para contemplar el jardín nevado.

—Tendrás que darte prisa si quieres irte. La carretera estará impracticable en menos de una hora.

Lily retrocede un paso.

—¿Cómo lo has...?

—No es que te estés poniendo cómoda, exactamente —la interrumpe Isabelle, señalando con un gesto de la cabeza la maleta aún sin deshacer de Lily—. Y lo entiendo. Esto está lleno de recuerdos. Seguro que has entrado aquí, has tenido un cara a cara con el pasado y has decidido que no tenías ganas de quedarte.

Isabelle la ha pillado por segunda vez.

Más motivo aún para marcharse.

Lily se apresura a coger su maleta, pero Isabelle la detiene posándole una mano en el hombro. Nota su tacto cálido.

—Liliana decía en su carta que, si venías, te permitiría averiguar más cosas sobre la muerte de tu madre.

—He vivido sin saberlas hasta ahora.

—¿De verdad dirías que estás viviendo? ¿O sencillamente finges hacerlo como fingías jugar al juego de Navidad, manteniéndote siempre en un segundo plano, con la esperanza de que nadie te vea articular sin voz las respuestas? ¿Vives como deberías, como le habría gustado a tu madre que vivieras?

Lily se desembaraza de la mano de Isabelle.

—Golpe bajo, Izzy.

La aparta de un empujón y coge su maleta.

Justo cuando abre la puerta, Isabelle le dice:

—No solo asesinaron a tu madre.

Lily se detiene. Se le encoge el estómago y tiene que apoyarse en la pared.

—¿Quién más? ¿Liliana? ¿Crees que las asesinaron a las dos?

—Lo sé. Pero no puedo demostrarlo. Y he intentado que la policía investigue, pero no encontramos pruebas. Dicen que fue sencillo. Liliana tuvo un ataque de asma que le provocó un fallo cardíaco.

—Entonces, ¿por qué crees que alguien la asesinó?

—Estaba convencida de que la matarían antes de que empezara el juego, por eso me hizo consignar las reglas y todo lo demás en el testamento. Liliana era una persona muy críptica y resultaba frustrante por ello, pero no deliraba. Es demasiada coincidencia que muriera cuando lo hizo.

—Y ella no creía en las coincidencias.

—«Busca el patrón» —decía siempre.

Y era cierto. Liliana creía que las palabras repetidas, ya fuera en un libro, en un poema o en el monólogo de alguien ebrio tras una cena, revelan algo si se presta atención. Habría sido una detective excelente.

—Pero ¿quién lo hizo? —pregunta Lily al cabo de un rato.

Isabelle cierra los ojos.

—Ojalá lo supiera. —De repente parece mayor, como si se hubiera echado un montón de años encima—. A estas alturas ya lo habría matado con mis propias manos.

Lily la cree. Y si Isabelle haría algo así por Liliana, lo mínimo que puede hacer es ayudar.

—Me quedaré un par de días —dice Lily—. Si las pistas no llevan a ningún sitio, me iré cuando deje de nevar.

Isabelle sonríe de oreja a oreja.

—Me parece bien —responde—. Entonces, ¿no te veré cuando regrese el día 5?

—Hará días que me habré ido.

Lily recuerda lo que Izzy ha dicho antes.

—¿Por qué has vuelto? Has dicho que tenías que marcharte.

—Primero tenía que hablar contigo, decirte lo que te quería antes de que nos interrumpieran. No quería que los demás supieran que seguía aquí. Prefiero no tener que soportar más a Sara fastidiándome.

—Pensaba que habías dicho que tú también seguías las reglas —dice Lily.

—Es que esto figuraba en las reglas, en las específicas para mí. —Isabelle saca una carpeta de su maletín—. Liliana me pidió que te entregara esto. Su regalo de Navidad para ti. Y, antes de que lo preguntes, no, no es hacer trampa.

Lily repasa las reglas mentalmente.

—¡Cualquier papel en la casa! —dice—. Lo pone en las reglas.

Abre la carpeta y comprueba su interior. Contiene un plano de la casa antes de que se añadieran las alas este y oeste.

—Pero supongo que esto sí que me da ventaja... —insinúa Lily.

Los ojos de Isabelle centellean.

—Flexibilizar las reglas sin llegar a romperlas es parte del atractivo. Recuérdalo cuando juegues. Tus primos, desde luego, lo harán. —Isabelle vuelve a adoptar expresión solemne—. Y una última advertencia: estoy convencida de que quien mató a tu tía quiere la casa, así que ten cuidado, por favor.

—Lo haré. Y doblegaré las reglas hasta que crujan, pero sin llegar a romperlas. Como las ballenas de un corsé.

Se sonríen y Lily nota que su conexión pasada empieza a fraguar de nuevo.

Nota una punzada, un tirón en la lana, cuando Isabelle se dirige hacia la puerta.

—¿Y ya está? ¿Me quedo aquí sola, con un potencial asesino, y tengo que descubrir quién es?

—Tienes a Ronnie y a Tom. —Isabelle señala hacia el escritorio—. Y Christina te hará compañía. Pensé que te recordaría el hogar que esta casa fue para ti en otro tiempo. Buena suerte —dice, y sale despacio por la puerta, como si ella también quisiera prolongar la conexión entre ambas el máximo tiempo posible. Se detiene en el pasillo y se apoya en el umbral—. Lo decía en serio, ¿sabes? Lo de tu nota de despedida. Aún la conservo.

—Debería haberte ido a ver antes de marcharme. Decírtelo todo en persona —responde Lily.

Pero se calla el colofón: quizás entonces me habrías respondido.

—Cuando crecí, me di cuenta de que tenías que irte de aquí para siempre —dice Isabelle.

—Pero no en aquel momento.

Isabelle clava la vista en el suelo e incluso desde el otro lado de la estancia Lily nota el destello de dolor que le hace fruncir el ceño. Luego Isabelle se encoge de hombros y dibuja una media sonrisa.

—No éramos más que unas niñas —dice, como si eso cubriera todos los años transcurridos como una nevada sobre un camino de piedra.

Pero Lily sabe que el daño no expresado también permanece,

como la pelota bajo la manta. Que no se vea no quiere decir que desaparezca. Las palabras no pronunciadas se acumulan en su interior desde la muerte de su madre, y más ahora. Le encantaría ser sincera con Isabelle, explicárselo todo.

—¿Sabes eso que has dicho sobre si yo tuviera un heredero? —pregunta Lily.

Isabelle asiente con la cabeza.

—Si tuviera uno en el futuro no tendría derecho a heredar, ¿verdad? Por el documento que he firmado...

—Técnicamente, según el testamento de Liliana, sí que podría heredar. Aunque tendrías que haber estado embarazada cuando firmaste los papeles. Si ya hubieras concebido un niño, entonces regiría el testamento antiguo de tu tía. —Isabelle suelta una carcajada—. Madre mía, cuánto le gustaban los tecnicismos...

Lily también ríe, y sacude la cabeza como si la idea de estar embarazada fuera la cosa más improbable del mundo. Pero su mano flota hasta su barriga encorsetada y la acaricia de arriba abajo. Intenta refrenarse, pero Isabelle ha visto su gesto.

—Dime que no estás embarazada —le ruega Isabelle. Ya no sonríe—. Porque eso dificultaría mucho las cosas. Podría ser incluso peligroso.

Sin la luz en los ojos, sus palabras suenan casi a amenaza.

—No lo estoy —responde Lily.

Isabelle asiente fingiendo estar más tranquila. Pero sigue sin apartar la vista del vientre de Lily.

—Sabes que puedes confiar en mí, ¿verdad?

Nada le gustaría más a Lily que confiar en ella. Se imagina cómo sería hablar sinceramente con Isabelle. Con cualquiera. Se volvería vulnerable, blanda. Un dátil sin hueso.

—¿Te imaginas que lo estuviera? —dice Lily, con voz despreocupada—. ¿Qué sabría yo de ser madre? Sería espantosa. No tendría ni idea.

Isabelle ríe, pero sigue sin sonreír. La conexión entre ellas está deshilachada en el suelo.

—Ándate con cuidado de todos modos —le advierte—. Si alguien en esta casa cree que supones una amenaza...

Deja la frase en el aire y sale de la habitación sin mirar atrás ni una sola vez.

Lily espera hasta oír a Isabelle bajar por las escaleras antes de cerrar la puerta, quitarse el vestido y pelear con los corchetes de la parte delantera de su corsé. Una vez desabrocha el último y afloja los lazos, respira profundamente. Se dirige a la cama y se tumba junto a Christina. Su mano vuelve a posarse en su vientre redondeado, y en el feto que revolotea en su interior.

Capítulo siete

L ily está en el laberinto de la casa Arcana. Las paredes están hechas de sangre congelada. En lo alto, el cielo es una mancha de tinta azul, con las nubes pintadas, nubes con forma de ovejitas, como las que dibujaría un niño. Mientras recorre los gélidos pasillos, con los pies desnudos ardiéndole en contacto con la nieve, oye a alguien cantar: *«En medio del sombrío invierno, hace mucho tiempo»*. Es una voz trémula, como de vibrato. Con puntadas de tristeza. Es la voz de su madre.

Siguiendo aquella voz como un ovillo de seda, recorre el laberinto hasta llegar al centro. Mamá está encapsulada en una de las paredes de la sección oculta. Atrapada en hielo, con sus manos ensangrentadas presionando contra él, como si estuviera al otro lado de un espejo. Su canto se agudiza hasta convertirse en chillidos.

Lily golpea las paredes, con los dedos presionados contra los de su madre, que abre y cierra la boca, sus ojos apremiantes. Intenta decirle algo a su hija, pero sus palabras se condensan y no le llegan. Lily araña el hielo con las uñas, pero no consigue rasgarlo. Las clava con tanta fuerza que se le resquebrajan y dejan a la vista una piel antes oculta. Su madre sonríe momentáneamente y se congela allí mismo. Se desploma en el suelo, como si hubieran cortado sus cuerdas de marioneta. Tiene la cabeza en un ángulo raro. Y tiene los ojos abiertos, pero ya no ve a Lily. Ya no ve nada.

Lily se despierta dando bandazos, agarrando con las manos el edredón. Su corazón sigue corriendo por ese laberinto, esperando encontrar un final distinto. Se comprueba las uñas: siguen en su sitio.

El gong de la cena reverbera como un lamento por toda la casa. Lily se estremece y pestañea, intentando zafarse de su sueño. Pero se queda aferrado a ella, no la deja ir. Todavía nota el hielo en la piel, huele la sangre y oye los gritos de su madre. Ahora que está embarazada le resulta tan difícil desprenderse de los sueños como de un corsé.

Lleva las piernas hacia un lado de la cama y se pone en pie. La habitación le da vueltas. Está aturdida. Le sube la bilis a la garganta. No debería haber comido tanto antes de echarse a dormir. Debe de haber dormido unas dos horas.

Vuelve a sonar el gong.

Se abren unas puertas en la planta inferior. Se oyen voces. Se oyen fuertes pisadas bajando la escalera mientras la voz estridente de la señora Castle asciende por la casa. La palabra «cócteles» nunca ha sonado tan amenazante.

Lily abre la maleta y aparta con los dedos la ropa hasta encontrar su vestido azul oscuro. Entonces forcejea con los corchetes del corsé, se aprieta más los lazos y pelea con el vestido para metérselo por la cabeza. No puede hacer nada más.

Unos minutos más tarde se reúne con el resto de los invitados en la planta baja, en el elegante salón de recepciones. Por los altavoces que hay colgados en las paredes suenan villancicos.

—Vaya, parece que alguien acaba de levantarse —dice Sara, señalándole a la cara a Lily. Una sonrisa socarrona corretea bajo sus labios como una rata bajo una alfombra roja.

—He echado una cabezadita —responde Lily—. El trayecto en coche es largo.

Gray se le acerca arrastrando los pies y le desliza sutilmente una polvera redonda en la mano. Luego se toca su propia mejilla sin mirarla a los ojos.

Lily se lo agradece y se da media vuelta. Se mira en el espejo de la polvera. La sombra de ojos se le ha corrido hasta unirse a las oscuras ojeras. En la mejilla derecha se le ha quedado grabada la puntilla de la funda de la almohada, que le ha dejado una mancha roja. No se la había mirado tan de cerca hasta ahora y había dado por sentado que era el mismo bordado de hojas de cuando era pequeña. Pero es el laberinto. Está por todas partes. Quizá fuera la insignia del hotel. El laberinto que tiene grabado en la mente ahora también ha dejado su impronta en su rostro.

—Ten —le dice Rachel, acercándose a ella para darle una toallita húmeda—. Ahora siempre las llevo encima.

Lily le da las gracias y se la pasa por toda la cara. Le resulta refrescante, aunque se lleve el resto de su maquillaje y la deje sintiéndose más expuesta.

—¿Cómo está Beatrice? —pregunta, refiriéndose a la hija de Rachel y Holly.

—¡Vaya! Ya era hora de que alguien preguntara por ella —dice Rachel.

Holly se les une, con una bebida en la mano.

—¡Está fantástica! Es la primera vez que nos separamos de ella más de una tarde. Mi madre se ha quedado cuidándola. Me cuesta creer que vayamos a pasar sin ella casi dos semanas. Eso es una eternidad en el tiempo de un bebé. Tengo la sensación de haberme dejado la mitad del corazón en casa.

—Siempre podéis regresar antes si la echáis tanto de menos —dice Sara, con una voz tan incrédula como revela su ceja arqueada—. Estoy segura de que significa más para vosotras que una casa.

Rachel vuelve la cabeza con rapidez para mirar a Sara.

—Hacemos esto precisamente por ella.

Holly explica con voz pausada:

—Yo me crie en un piso de una sola habitación en un bloque de viviendas. Me encantaría que Beatrice pudiera corretear por el jardín.

—¿Y qué hay de nuestro Samuel? —interviene Philippa—. ¿O de los otros niños que podamos tener? ¿No se merecen ellos crecer también aquí?

—No empecemos a discutir tan pronto, ¿de acuerdo?, que aún no ha comenzado la noche —dice Ronnie desde detrás de una mesa donde está sirviendo ponche para repartirlo entre todos los presentes—. Cualquier drama antes de las nueve es un culebrón.

La señora Castle entra con una bandeja.

—¿Un Dama Blanca, Lily? —le pregunta, ofreciéndole una copa de una bebida espumosa.

—Un poco insensible, ¿no cree, señora Castle? —dice Tom mientras baja por las escaleras, con los ojos centelleando—. Me refiero a servir un cóctel con el mismo nombre que el fantasma de la casa Arcana.

—¿Qué fantasma? —pregunta Holly, mirando tras de sí como si hubiera un espectro asomando la cabeza por encima de su hombro.

—Los fantasmas no existen —dice Ronnie—. Y si lo hacen, desde luego no viven aquí.

Lily le da la razón. Lo sabría si vivieran en la casa. Habría notado la presencia de su madre.

—Quizá tú nunca hayas visto ninguno, pero yo sí —dice Philippa—. Aquí mismo, en esta casa, cuando vinimos a echar un vistazo el mes pasado. Atravesó la pared como si pasara por una puerta. —Se estremece.

—Claro —dice Sara, con un *saracasmo* agudo—. Por supuesto que sí.

—No tienes ningún motivo para dudar de ella, Sara —dice Tom.

—Yo sé seguro que no hay fantasmas en esta casa —replica Sara, enseñándole el dedo en el momento en que pronuncia la palabra «seguro»—. Mi madre me reclutó para sustituir a una camarera que se puso enferma en una de esas fiestas cazafantasmas en el hotel hace unos años, en las que intentaban encontrar zonas frías, orbes y otras chorradas por el estilo. Y lo más aterrador que hallaron fue a una huésped del hotel caminando sonámbula en camisón.

—Ahí lo tienes: la Dama Blanca —dice Ronnie—. Me alegro de que lo hayamos aclarado. Y ahora, ¿puedo seduciros con mi brebaje especial?

Señala orgulloso la fuente de cristal llena de un líquido rojo oscuro donde flotan pieles de naranja, y ramitas de canela pelean con estrellas de anís.

—¿Qué lleva? —pregunta Lily.

—Lo único que no lleva es alcohol —responde Ronnie—. Lo he dejado.

—¿Cuántas veces te hemos oído decir eso? —pregunta Philippa, cruzando los brazos.

—Al menos veinte —responde Ronnie con una sonrisa—. Pero esta vez lo digo en serio. Ya me he despertado demasiadas mañanas en el jardín delantero y he saludado con la mano a la señora Rogers mientras ella chasquea la lengua en señal de desaprobación y se dirige al trabajo.

—Samuel se despertó en plena noche un día la semana pasada cuando Ronnie regresó de la fiesta de la oficina, y vio a su padre saliendo del Uber y dando traspiés mientras cantaba un villancico —explica ella.

—Te estaba cantando una serenata a ti —le replica Ronnie, sin dejar de sonreír, aunque ahora menos.

Pero Phillipa no lo mira. Se vuelve hacia Lily.

—Y luego se cayó de bruces y se quedó inconsciente. Había sangre por todas partes. Samuel gritó tanto que casi se nos cae la casa encima. «¡Papá está muerto!», decía.

El dolor vela el rostro de Ronnie. Cierra los ojos.

—Por eso mismo. Como he dicho, esta vez va en serio.

Lily le toca el brazo.

—Entonces yo beberé contigo —dice, alargando la mano para coger una copa caliente. La prueba, decidida a poner cara de que le gusta, aunque le revuelva el estómago. El olor de las especias es lo primero que percibe, seguido por el gusto de las ciruelas melosas—. Está delicioso —dice, y es sincera—. Chinchín.

Levanta la copa y todo el mundo la imita, algunos a regañadientes, otros de buena gana y otros con un entusiasmo que tiene mucho que ver con la promesa de más alcohol.

Toda su familia le da un sorbo a la bebida. Porque eso es lo que son, piensa Lily: salvo por los hijos de sus primos que se han quedado en sus casas, son los únicos miembros vivos de su familia. Todo lo que le queda. Liliana se convirtió en su figura materna cuando su madre murió, y ahora ya tampoco está. Lily nota otra oleada de pena. Crecer es como estar en la casa de *Diez negritos*, con los miembros de la familia cayendo hasta que solo queda uno.

Lily se nota ya llena cuando se sienta en el salón. Aún tiene el té de la tarde atravesado en el estómago. Solo cinco platos que digerir por delante.

Echa un vistazo por el comedor. Prácticamente no ha cambiado nada. Las viejas cortinas de tapicería se han reemplazado por otras de terciopelo verde, pero, aparte de eso, lo demás sigue igual. Los candelabros en las paredes de espejo crean un eco infinito de velas. Los suelos de madera se hunden en el centro de la estancia. La hiedra, tallada en el oscuro revestimiento de las paredes, estrangula la estancia.

Tal vez sea eso lo que hace callar a todos mientras la señora Castle sirve la sopa de tomate y estragón. No derrama ni una gota, ni una palabra, mientras va rodeando la mesa. Los bollitos de pan humean al abrirlos. Quizá todo el mundo haga caso de Ronnie y espere hasta las nueve en punto para empezar a hablar de verdad, pero Lily no piensa quedarse hasta entonces. La amargura empieza ya a cernirse sobre la estancia, el resentimiento se mezcla con el aire como veneno en una sopera.

Cuando la señora Castle ha acabado de servir a todo el mundo, se dirige a la puerta y les dice:

—Que disfrutéis de la sopa. Tenéis quince minutos hasta el plato principal.

Las cucharas tintinean en la porcelana. Se espolvorea sal, se muele pimienta.

Al sacudir la servilleta, Lily siente una necesidad infantil de atársela al cuello. Le resulta raro estar allí. Cuando era pequeña solía evitar la sala, porque los asistentes a las conferencias la utilizaban para reuniones y ella tenía que ser invisible como una estrella negra. Aunque a veces se sentaba en la cocina contigua y escuchaba las risas, las palabrotas y los aburridos vídeos de formación que se filtraban por los laterales del pasaplatos mientras ella y su madre les preparaban la comida.

Lily lo recuerda con tanta claridad que tiene la sensación de seguir sentada en el pasado, untando rebanadas de pan con margarina hasta los bordes y creando una torre de tostadas. Su madre siempre le dejaba coger una rebanada, ponerle queso, jamón o una cucharadita de mayonesa encima, y taparla con otra rebanada. Una mañana, la pila de pan se tambaleó demasiado y cayó al suelo. Y su madre fue rápida, pero TC, el gato de Isabelle que solía venir a jugar con ellas durante sus visitas, lo fue más, y se deslizó por entre las tostadas como si fuera la arena de una playa untada en mantequilla. Y para acabar usó una como cojín mientras se relamía las patas. Cuando Liliana entró y lo vio, se rio tanto que le saltaban las lágrimas.

Tom le da un golpecito suave en el hombro.

—¿Adónde te has ido?

Lily se sacude físicamente de encima el pasado como si fuera un perro saliendo del mar. Los recuerdos agradables son como una marea que te atrapa, pero también te hunde.

—Me he perdido en los recuerdos.

Le da una cucharada a la sopa. Es densa, compleja y ácida. Como la tía Liliana.

Tom asiente.

—Yo también. No paro de practicar los trucos de *mindfulness* y esas cosas que les recomiendo a mis pacientes, y luego entro en una habitación en esta casa y lo único que consigo ver es a mis padres. Debe de ser muy duro para ti, porque tú viviste aquí por un periodo más largo. Un poco como abrir una cápsula del tiempo.

Lily asiente. No se ve capaz de responder sin romper a llorar, así que calla. Tom la mira y luego apoya las manos en la mesa.

—Cambiemos de tema, pero debes saber que puedes venir a hablar conmigo de ello cuando quieras. Estaremos aquí unos días. No nos sentará mal aprovechar el tiempo.

—Estás de vacaciones —le responde Lily—. No deberías tener que hacerme terapia.

—Me ayudará charlar. Para mí también es raro. Aparte de Sara y Gray, somos los únicos que no tenemos pareja, así que, si no, nos pasaremos el tiempo de brazos cruzados. Y Sara no va a dejar que su hermano salga de su radar.

Tom mira hacia el otro lado de la mesa, donde ella está armando un alboroto mientras le coloca una servilleta en el regazo a Gray, que ve a Lily mirándolo y se pone como la grana. Pobre chaval.

—Somos un equipo. ¿Trato hecho? —Tom le tiende la mano.

Lily le da un apretón y asiente con la cabeza.

—Trato hecho. Y ahora cambiemos de tema: ¿qué has hecho con el abeto de Navidad?

Tom suelta una carcajada.

—Pues cuando he visto que han decorado la planta baja como si fuera la sección de adornos de unos grandes almacenes, lo he subido a mi habitación. Está allí en un rincón, apoyado en una pared y compadeciéndose de sí mismo. Parece un adolescente en una discoteca de música *indie*. Le pondré unas luces luego, para subirle la autoestima.

—Incluso los árboles reciben el tratamiento de autoestima patentado por Tom —observa Lily, recordando que su primo siempre la hacía sentir bien.

—¿Qué puedo decir? —replica Tom, abriendo las manos—. No puedo dejarlos... plantados.

—¡Venga ya! ¡Qué malo! —dice Lily, sacudiendo la cabeza.

—Hay cosas que nunca cambian —dice él.

Su sonrisa se desvanece y mira hacia otro sitio. Lily está a punto de preguntarle a qué se refiere, cuando Ronnie da unos golpecitos con su cuchara en la copa de cristal.

—Quiero proponer un brindis —dice, poniéndose en pie—. Tenemos muchas cosas por las que estar agradecidos: una casa cálida, comida y bebida en abundancia, y nos tenemos los unos a los otros. Se lo debemos todo a la tía Liliana, así que ¿por qué no brindamos por su recuerdo?

Las copas de cristal alzadas reflejan una constelación de llamas. La de Sara permanece sobre la mesa.

—¡Por Liliana! —grita Ronnie.

Lily y la mayoría de los presentes se hacen eco de su brindis, algunos con más ímpetu y sentimiento que otros.

—Por mamá —dice Gray, y cierra los ojos.

—¿No te unes al brindis por tu madre, Sara? —pregunta Tom.

—Ignórala —le susurra Lily—. No tiene sentido enfrentarse a ella.

—¿Por qué debería compartir un brindis cuando ella no compartió conmigo que había una habitación secreta en esta casa? —pregunta Sara.

—Yo diría que a Gray tampoco se lo dijo —replica Tom—, y a él no parece importarle.

Gray se encoge de hombros de forma apenas perceptible. Tiene la boca manchada de sopa de tomate.

—¿Alguno de vosotros lo sabía? —pregunta Sara, lanzando una mirada asesina a todos los comensales. Se detiene al llegar a Lily y la apunta con el dedo—. Tú viviste aquí. Seguro que sabes dónde está.

Lily niega con la cabeza.

—Solo viví hasta los doce años, y me habría encantado encontrar una habitación secreta, pero no fue así.

—Claro —dice Sara, con su típico *saracasmo* goteando como hielo derretido—. Y supongo que tampoco sabes nada de toda esa mierda críptica que mamá dejó en las reglas y en su carta.

—Yo quiero conocer los secretos de esta casa tanto como tú —dice Lily.

—Pues lo que me intriga a mí —interviene Philippa— es cómo va a saber Isabelle si estamos buscando pistas. ¿Hay cámaras de vigilancia también dentro de la casa, además de las de fuera? ¿En nuestras habitaciones, tal vez? Porque eso sería una invasión de la privacidad.

Holly mira hacia el techo.

—Yo no he visto ninguna —dice.

—Y si las hubiera, desde luego tú lo sabrías... —la corta Philippa.

Rachel se retuerce para mirar a Philippa.

—¿Qué pretendes decir con eso?

—Pues que todos sabemos que tu esposa es muy consciente de cuándo hay cámaras que la enfocan.

Philippa sonríe mientras da la última cucharada a su sopa.

—No hay necesidad de sacar ese tema ahora —dice Tom.

—No pasa nada —replica Holly con voz queda.

—Desde luego que pasa, cariño —la corta Rachel, poniéndose en pie y tirando de Holly para que la acompañe—. No tiene ningún derecho a ser tan engreída. —Apunta con el cuchillo de la mantequilla a Philippa—. Mi esposa no tiene absolutamente nada de lo que avergonzarse. Ya te gustaría a ti salir así de bien en pantalla...

Philippa también se pone en pie. Ronnie la agarra del brazo, pero ella se zafa de él. Sus gritos se elevan hasta las cornisas del comedor.

—¡Ya basta! —grita Gray, dando una palmada con ambas manos en la mesa.

Todo el mundo se gira hacia él, boquiabierto. Nadie lo ha oído gritar nunca. Sara parece más perpleja que nadie. Gray señala hacia la señora Castle, que está de pie en la puerta con una bandeja de carne en las manos.

—Traigo el plato principal.

—Pensaba que estaría demasiado atiborrado para cantar en el karaoke —comenta Tom mientras repasa la lista de canciones—. Pero cuando veo a otra gente cantar, me entran ganas a mí también.

Están en la sala de juegos, bajo las escaleras. Luces de discoteca destellan al ritmo de «I Wish It Could Be Christmas Everyday». Ronnie intenta convencer a Philippa de que cante con él, pero, en lugar de eso, ella se aparta y se sienta en una de las butacas que hay junto a la mesa de ajedrez. Ronnie se encoge de hombros y canta más fuerte.

Lily lo observa cerrar los ojos y sonreír de oreja a oreja mientras grazna con el coro. A Lily también le encantaba cantar. Quizá aún le gustaría si lo probara. Pero acalla ese pensamiento y también un estornudo. Le escuecen los oídos: es alérgica a oír desafinar a la gente.

—Vamos a hacer un dúo. Se nota que te mueres de ganas.

—No puedo —responde Lily.

—Venga, va. Sé que te fascina cantar. Quizá si te tomaras una copa, te desinhibirías un poco —le propone Tom.

—Esta noche no me apetece —contesta ella.

Lily escucha la risotada incrédula de su primo y decide no volver a coaccionar a nadie nunca más para que beba.

—Si no bebes en solidaridad con Ronnie, que sepas que él no va a darse ni cuenta. Está muy concentrado en el karaoke.

Lily vuelve a mirar a Ronnie y su sonrisa beatífica. Nota una punzada de tristeza por no ser capaz de acceder a ese lugar. Parece una bendición.

—Venga, te sentará bien —le insiste Tom con su característica mirada implorante—. ¿Por qué no cantamos «Fairytale of New York»? Sería genial.

Lily cruza los brazos.

—Aunque me apeteciera, nunca en la vida elegiría esa canción. Y te suplico que tú tampoco lo hagas.

Tom frunce el ceño. Luego recuerda la letra.

—Ostras —dice—. Lo siento. Lo he dicho sin pensar. —Se ha ruborizado, o quizá sean las luces—. ¿Y qué me dices de «Baby, It's Cold Outside»?

Lily está a punto de explicarle por qué tampoco sería buena idea, cuando nota que le vienen náuseas. De repente hace demasiado calor en la habitación y se siente aprisionada. No hay ventanas que abrir para que entre el aire fresco de la nieve. Y el sonido únicamente empeora las cosas: karaoke contra la máquina del millón, las bolas del billar cuando caen, los dardos clavándose en la diana con un golpe sordo. Lily se pone en pie, se estabiliza. Tom mueve la boca, pero no entiende lo que le dice. Tiene que salir de allí. Va a vomitar.

Mientras se dirige hacia la puerta, la visión le da vueltas como las luces rojas de los focos que salpican el suelo. Justo cuando se dirige hacia la biblioteca, tropieza. Alarga la mano, pero no hay nada a lo que agarrarse. Se protege el vientre mientras el suelo se precipita para golpearla.

Y entonces todo queda sumido en la oscuridad.

Capítulo ocho

—Se le han movido los párpados. —Tom habla con la boca muy cerca de la oreja de Lily—. Creo que está volviendo en sí.

—Menos mal —dice Philippa.

Y suena sincera, con voz preocupada.

A Lily le duele la cabeza. Se lleva la mano a la frente. También le duele. Debe de haber aterrizado sobre ella. Mira a su alrededor. La han llevado a la biblioteca y la han tumbado en el diván. El techo abovedado retrocede, alejándose de ella. Los libros parecen balancearse en las estanterías. Lily intenta incorporarse.

—No te muevas todavía —le dice Tom—. Podrías estar herida.

Se siente sumergida en hielo. El bebé. ¿Y si se ha lastimado con la caída? Y entonces el corazón le duele tanto como la cabeza. Es la primera vez que le llama «bebé». Hasta este momento, Lily ha intentado utilizar términos médicos: implantación, zigoto, feto, y otros no médicos, como «bola», para no sentirse apegada. Porque ¿qué pasará si el bebé no se implanta? ¿Qué pasará si se va, si se está yendo en ese momento?

—¿No deberíamos llamar a una ambulancia? —propone Philippa.

Tom se lleva la mano al bolsillo y se lo palpa. Luego dice:

—¡Joder! Se me había olvidado que se llevó nuestros teléfonos.

—¿Y qué se supone que debemos hacer en caso de emergencia? —pregunta Philippa.

Una emergencia. Lily siente una oleada de pánico al pensar en tener que ir al hospital.

—Necesito ir al lavabo —dice.

—Con cuidado. —Tom le tiende la mano.

Lily se agarra a él, pero la cabeza le sigue dando vueltas cuando tira de ella para ayudarla a incorporarse. Respira hondo y se pone en pie.

—Te acompaño. —Philippa le ofrece el brazo.

Lily se agarra a ella y juntas salen despacio de la biblioteca.

Lily no reza, porque no está segura de que haya alguien a quien hacerlo. Pero sí le habla mentalmente a su bebé, y todavía no puede creerse que lo esté llamando así. Le dice: «Quédate conmigo, pequeño». ¿Cómo puede llamarlo ahora? Lily piensa en la primera ecografía, a las doce semanas. En cuando escuchó el bumbum-bum acelerado de su corazón. En cuando vio por primera vez al inquilino en forma de alubia alojado en su vientre. Lily decide, por ahora, llamarlo «Habichuela».

Atraviesan la puerta antiincendios que comunica con la sala oeste y doblan a la izquierda para entrar en el lavabo de mujeres. Philippa la ayuda a entrar en el aseo y sale.

Lily cierra con pestillo y se sostiene en la pared. Nota el tacto frío de las baldosas en la palma de la mano mientras se arremanga la falda azul medianoche y se sienta en el inodoro. Sabe que estaría ridícula si la viera cualquiera. Parece un portarrollos de papel higiénico gótico.

Pero no le importa. Se remanga la falda y se baja las bragas. Es el movimiento que tantas embarazadas conocen. Comprobar si hay sangre, si hay manchas. Las hay que temen verlas y otras que temen no verlas. En cualquier caso, la sangre tiene poder sobre las personas con útero.

Pero, por ahora, no hay sangre. Ni retortijones.

Lily exhala y se da cuenta de que puede respirar más profundamente de lo normal. Mira por encima de su hombro y ve el lazo de su corsé enroscado junto al lavabo, como una serpiente de cinta negra. Alguien debe de habérselo aflojado mientras estaba inconsciente.

—¿Te encuentras bien, Lily? —le pregunta Philippa. Suena como si estuviera pegada a la puerta—. ¿Quieres que entre a ayudarte?

—Estoy bien —responde Lily—. Salgo en un minuto. Espérame fuera si prefieres.

Aguarda a que Philippa salga y luego tira de la cadena, a pesar de no haber usado el lavabo, y sale del cubículo. Al abrir el grifo, se mira en el espejo. Le está saliendo un chichón justo encima de la ceja izquierda. Más abajo, el bulto del bebé también se aprecia a través del corsé aflojado. Espera que ni Tom ni Philippa se hayan dado cuenta.

Cuando Lily se siente preparada para moverse, Philippa insiste en acompañarla a la cocina para que se tome una reconfortante taza de té de Yorkshire.

Philippa trajina por la cocina, pone la tetera en el fuego y busca unas galletas. La señora Castle está sentada a la mesa, observándolo todo con mirada escrutadora.

—Haced ver que no estoy —les dice, convertida en el paradigma de la mujer agraviada—. Estoy haciendo una pausa antes de alimentaros a todos otra vez. Apuesto a que esa pandilla espera un resopón a medianoche.

Mira a Lily y, por un momento, esta cree percibir preocupación en los ojos de la señora Castle. Pero ese momento pasa y enseguida el ama de llaves clava la vista en la corteza de un trozo de queso Stilton.

—Quería preguntarle algo antes de irme —le dice Philippa a la señora Castle—. Si hay alguna emergencia, ¿tiene usted acceso a un teléfono para poder llamar a una ambulancia?

—¿Y qué emergencia puede haber? —pregunta la señora Castle, dando una palmada con ambas manos en la mesa, como si se estuviera preparando para actuar.

—Lo dice en teoría —aclara Lily.

—Lily se ha caído —explica Philippa.

La señora Castle empieza a ponerse en pie.

—¿Te has hecho daño?

—No es nada. Me he desmayado. Pero estoy bien.

La señora Castle enarca las cejas.

—Liliana me dijo que te lo guardas todo para ti. Si te has hecho daño, dímelo.

—Créame —responde Lily—, no tiene que preocuparse por mí.

La mujer hace un mohín de indignación.

—Pero ¿y si hay alguna urgencia? —insiste Philippa—. ¿Qué hacemos en ese caso?

—Hay un teléfono fijo en mi habitación —responde la señora Castle—. Los demás se han retirado de las antiguas habitaciones del hotel para evitar que intentéis hacer trampas.

—¿Usted tampoco tiene móvil? —pregunta Lily.

—Isabelle se llevó también el mío —responde la señora Castle—, por si a alguno de vosotros le daba por robármelo e intentaba usarlo.

—¿Y cuándo los recuperaremos? —pregunta Philippa.

Sus pulgares teclean un teléfono invisible como si no supieran qué hacer sin uno a mano.

A Lily le sorprende comprobar lo poco que echa de menos llevar encima su móvil o el iPad que normalmente la acompaña a todas partes. Y, desde luego, no echa de menos la *app* a la que se supone que debe conectarse cada vez que note a la Habichuela moverse. Te dicen que mantengas la calma y continúes con tu vida como mejor puedas y, al mismo tiempo, has de llevar un recuento primero de los movimientos y luego de las pataditas. ¿Cuántas se consideran pocas? ¿Y cuántas son demasiadas? Como si Lily no tuviera ya bastantes preocupaciones.

La señora Castle cruza los brazos.

—El testamento establece que se guarden en la caja fuerte del despacho de los abogados Stirling hasta que acabe el juego.

Y ahora, si me disculpáis —dice la señora Castle, cerrando los ojos—, me gustaría echar una cabezadita durante cuarenta minutos. Y tú también deberías irte a la cama, Lily.

Agradecida por la vía de escape, Lily asiente con la cabeza y se pone en pie para marcharse. Philippa la acompaña. Suben las escaleras despacio, con Philippa sujetándola por debajo del brazo. Cuando llegan a la puerta del dormitorio, le da un abrazo rápido.

—Gracias —le dice.

Da la impresión de que a Philippa le gustaría contestar algo, pero Lily ya cierra la puerta.

Acostarse el día de Nochebuena solía ser un ritual mágico. Con los clientes de la sala de conferencias de vacaciones, Lily tenía toda la casa Arcana para ella. Después de cenar, se tomaba un chocolate caliente con nubes de algodón mientras le escribía una carta a Papá Noel. Luego colgaba su calcetín de la repisa de la chimenea del salón y dejaba la carta abajo. Mientras sonaban villancicos, junto a la carta dejaba una zanahoria para Rudolf y un pastelito de frutas navideño que habían hecho aquel mismo día para Papá Noel. Mamá le dejaba una jarra de Baileys porque estaba segura de que era su bebida favorita, por mucho que dijeran los demás.

En la planta de arriba, Lily encontraba un pijama nuevo y un libro sobre la almohada. Arropada por su madre, que siempre le cantaba la misma canción, se quedaba dormida escuchando las campanillas del trineo. Incluso cuando ya no creía en Papá Noel, seguía colgando el calcetín y se aferraba a la magia.

Hasta aquellas últimas Navidades. Encontrar a tu madre muerta el Día de San Esteban tenía ese efecto. Aquel fin de año arrojó su pijama nuevo al fuego y juró que nunca leería *La daga*, el libro que tanto se había alegrado de recibir apenas siete días antes. Y no lo ha hecho. Sigue tumbado al final de su estantería, junto a *Chicas enamoradas*, de Jacqueline Wilson.

Esta Nochebuena está en esa misma habitación, pero, en lugar de las campanillas del trineo, oye el viento en el exterior y a alguien dos plantas por debajo cantando a alaridos «Last Christmas». George Michael aconsejaba cuidar del propio corazón en Navidades. Y Lily siempre le hace caso a George Michael. La madre del cantante había muerto el mismo año que la de Lily y a ella le habría encantado poder expresar su pena con la misma elocuencia que él. Quizá perder a alguien a causa del cáncer sea diferente a cuando se quita la vida. Tal vez. Lily aún paladea la vergüenza que sintió por no ser suficiente para su madre.

Aunque ahora parece que otra persona pudo acabar con su vida y arrebatarle a su madre.

Lily se desabrocha el corsé, deja que su caparazón caiga al suelo y se acerca a la librería. Sigue habiendo pegatinas de cantantes de su época en las estanterías. Coge *La daga* y se lo lleva a la cama.

Se coloca a Christina en el regazo, se acomoda entre las almohadas y abre el libro. En la portada interior ve la dedicatoria de su madre con su firma en tinta verde.

A mi querida hija:
Que nada nunca nos separe. Y si estamos a mundos de distancia, derribemos los muros hasta volvernos a encontrar. Te quiero.
Mamá
Mil besos

Leer aquel mensaje la noche en que recibió el libro derritió a Lily por dentro como un chocolate caliente. Cuando lo releyó unas noches después, arrojó el libro a la otra punta de la habitación, indignada por la hipocresía. Esta noche lee un mensaje de una mujer de una edad no muy distinta a la que ella tiene ahora y que asegura que siempre estará ahí para su hija.

Se hace un ovillo, tumbada como una coma en la cama. Cuando deja de sollozar respira hondo. Ahora ya es mayor, puede hacer algo. Es hora de averiguar quién expulsó violentamente a su madre de este mundo.

Se da media vuelta para ponerse cómoda, se coloca un cojín

bajo el chichón incipiente y se encaja otro a la espalda para dormir sobre el lado izquierdo. Alguien en un foro de maternidad decía que tumbarse sobre el lado derecho podía provocar falta de oxígeno al feto... y que Dios te libre si te tumbas bocabajo, que es como Lily solía dormir. Igual que su madre. La mayoría de esas reglas no existían cuando Marianna estaba embarazada de ella. Podía beber, un poco, fumar un poco más y comer todo el queso que quisiera, aunque solo de pensarlo a Lily le vengan arcadas. Al menos las náuseas que siente ella por la mañana, por la tarde, todo el día y toda la noche empiezan a amainar, aunque podrían regresar, como un monstruo al final de una película de terror.

Una persona embarazada tiene infinidad de cosas de las que preocuparse. Muchas cosas que tomar y muchas otras que dejar de tomar. ¿Qué pasará si no es capaz de recordarlas todas? ¿Qué pasará si su cuerpo asume las riendas y acaba tumbada bocabajo por mera costumbre? ¿Y si se despierta una mañana y descubre que ha perdido a la Habichuela?

Justo entonces oye un golpecito en la ventana. Debe de ser el árbol de fuera, que golpea el vidrio. Mamá solía decir que era la manera que el árbol tenía de decirle que debía dormirse ya. Le tranquilizaría verlo, ver la rama que la conecta con su pasado. Se incorpora hasta acabar sentada, y abre la cortina alargando la mano. Pero cuando la ventana queda a la vista, no son los nudillos de los dedos de una ramita larguirucha los que repiquetean en el vidrio. Entonces recuerda que cortaron el árbol justo después de que falleciera su madre.

Vuelve a oírse el golpe, pero esta vez en la habitación. Como si estuviera dentro de las paredes, escarbando para poder salir. Y luego llegan los susurros. Siseos sibilantes. Como el viento a través de los juncos. Y después nada. El reloj hace tictac, marca el tiempo hasta sumirlo en el silencio.

Se pregunta si no se habrá quedado dormida o en duermevela y se lo habrá imaginado todo.

Y entonces oye su nombre:

—Lily.

La voz es demasiado floja, demasiado sutil para reconocerla. Pero le resulta familiar. Hace que le duelan los huesos y que anhele que la abracen.

—Lily, estoy aquí para ti —le dice la voz.

No le parece la voz de su madre. No puede serlo. No cree en los fantasmas, por supuesto que no.

—Lily —repite la voz.

La certidumbre fría como el hielo de que los fantasmas no existen se basa en el hecho de que nunca ha sentido la presencia de su madre ni la ha oído hablar. Y sigue sin hacerlo. No puede haberlo hecho.

Y, sin embargo...

—Lily.

Esa voz otra vez.

Su certeza corre el peligro de fundirse.

Intenta responder, pero no puede. Tiene la garganta congelada. Por un momento, piensa que tampoco puede moverse, y que probablemente esté sufriendo una parálisis del sueño. Pero entonces su mano se mueve, acatando su orden.

Aparta el edredón y sale de la cama. Nota el aire invernal en la piel al acercarse a la pared que comparte con la habitación de su madre. Lily espera que el frío la despierte y le permita hablar, pero sigue notando la boca tan seca como una tarta de frutas de varios años de antigüedad.

Apoya las manos en la pared, nota la textura del papel. Espera a que la voz vuelva a decir algo.

—Lily, no confíes en ellos —dice la voz.

El sonido procede de detrás de la pared. Es como si alguien estuviera golpeando en ella como hacía su madre para ayudarla a conciliar el sueño.

Lily traga saliva e intenta hablar.

—¿Mamá? —consigue decir al final.

El reloj sigue sonando, pero la voz se ha detenido. Tampoco se oyen ya arañazos. Lo único que queda es el silencio de la noche.

Capítulo nueve

—¡**F**eliz Navidad! —exclama Tom al ver a Lily bajar las escaleras. Él lleva una falda escocesa a cuadros rojos y grises en honor al clan de su madre. Tiene las piernas sorprendentemente bronceadas, teniendo en cuenta que se pasa la mayor parte del día en su consulta, asintiendo mientras sus clientes le explican sus problemas—. ¿Cómo te encuentras? —le pregunta, señalando hacia el pequeño chichón de su cabeza.

Lily se lo toca.

—Un poco blandengue, pero, por lo demás, bien —contesta.

—Fenomenal —responde Tom—. Permíteme que te diga que llevas otro vestido maravilloso.

Lily mira el conjunto que ha creado para hoy. Es de terciopelo rojo intenso, y le ha llevado muchas horas de trabajo añadir trufas de cacao bordadas a mano por toda la falda hasta la rodilla. Un vestido de alta costura con forma de caja de chocolatinas.

—Estás un poco pálida —le dice Gray a Lily. Está apoyado contra la pared, junto a la puerta del comedor—. ¿No has dormido bien?

—¿Por qué? ¿Has oído algo? —pregunta Lily, súbitamente preocupada porque la oyera llamar a su madre en plena noche.

Se ha despertado varias veces, y las paredes de la casa Arcana son delgadas.

—¿Qué tendría que haber oído Gray? —interviene Sara, que llega del salón.

Vuelve a ir vestida de marca. ¿Cómo podrá pagarse toda esa ropa? A Lily a veces le regalan muestras algunos amigos, y les añade piezas para ajustárselas a su talla. Pero las de Sara están hechas a su medida, y no es algo que una pueda permitirse normalmente con un salario de maestra.

—He estado inquieta toda la noche —explica Lily—. Salí a dar un paseo. No pretendía molestar a nadie.

Sonríe, esperando que con eso baste. Pero Sara no parece darse por satisfecha. La puerta del comedor, oculta en el revestimiento de madera, comunica con el vestíbulo.

—¿Pensáis entrar o no? —pregunta la señora Castle, saliendo por ella.

Lleva una ramita de acebo prendida en el cabello, pero ni siquiera eso le imprime un toque de alegría. Costaría encontrar a alguien con un talante menos festivo.

Lily entra, complacida por cualquier distracción que pueda alejarla de Sara. Lo sucedido esa noche sigue pesándole mucho y la ha dejado destemplada, como nieve caída.

El salón tiene un aspecto distinto de día. Las oscuras cortinas se han recogido y el huerto tapiado de la cocina se vislumbra a través de los ventanales de colores. El sol matinal se refleja en la densa capa de nieve y hace que parezca que el exterior resplandece. La mesa también está distinta. Hay pequeños calcetines rojos de Navidad en cada cubierto, con los nombres cosidos en los ribetes de terciopelo blanco. Bandejas de cruasanes, bollitos con chocolate y otras pastas se han dispuesto formando una hilera a todo lo largo de la mesa. A Lily le ruge la barriga. Ahora que está embarazada, siempre está llena y siempre tiene hambre.

—¿Cuándo nos darán la primera pista, señora Castle? —pregunta Philippa una vez están todos sentados a la mesa del desayuno.

—No hay pistas sobre las pistas —responde la señora Castle—. Esas son las reglas que me dieron.

—Pero tiene que poder ayudarnos un poco, ¿no? —Philippa pone una cara de súplica a lo Lady Di mirando a través de su espeso flequillo. Pero, en lugar de parecer tímida, lo que parece es bizca. La señora Castle le dedica una mirada asesina teñida de algo parecido a la enemistad. Sin apartar los ojos de ella, inclina la tetera. Le llena la taza a Philippa hasta el borde. El té tiembla. Philippa no podrá levantar la taza sin derramarlo. Nunca se ha servido un té de manera más agresiva.

—Cada cosa a su tiempo, cariño —dice Ronnie.

Philippa hace un sonido a medio camino entre un bufido y un relincho.

—Lo mismo me dijiste cuando montaste el restaurante.

—A algunas cosas, y a algunas personas, nunca les llega su tiempo —replica Ronnie en voz baja.

A Lily le gustaría estar sentada junto a Ronnie en lugar de frente a él. Le habría dado un apretón en el brazo o, inclinándose hacia él, un golpecito en el hombro. Debería decir algo, lo sabe. Pero se limita a mirarlo con una sonrisa que espera que le diga: «Estoy de tu parte».

Luego señala su calcetín y dice:

—Es tradición abrir los calcetines antes de desayunar, ¿no?

Lo que sea por evitar otra discusión. Y hasta sus patéticas capacidades deductivas le bastan para adivinar qué encontrarán dentro.

—Y yo que pensaba que tú no tenías nada de tradicional... —dice Sara con una sonrisa petulante—. Más bien lo contrario...

—¿Qué quieres decir? —se apresura a preguntar Holly.

—Pues que no puede decirse que Lily lleve un estilo de vida convencional.

—Ya basta, Sara —la regaña Tom con voz glacial.

Tom siempre la ha defendido. Aunque a Lily le gustaría que no tuviera que hacerlo.

—Lily tiene razón —dice Rachel—. Es hora de abrir los calcetines. ¡Que empiece el juego!

Nadie habla mientras cada uno de ellos saca un trozo de carbón.

—Vaya, parece que todos hemos sido malos —comenta Gray en voz baja.

Pero Sara sigue rebuscando en el suyo. Y acompaña con una mirada de triunfo su engreído «¡Ajá!» cuando saca una hoja de papel doblada.

La abre con las manos manchadas de polvo de carbón. Frunce el ceño y mueve los labios mientras lee mentalmente.

Lily busca su copia y también la lee. Oye cómo los demás hacen lo mismo. Impera una sensación de ocasión única, una cierta solemnidad. Como si todo el mundo notara el impacto de las palabras de Liliana.

—¿Puedo leerla en voz alta? —pregunta Gray. Sostiene su pista con reverencia, como si entregara el cáliz de la comunión en misa.

Todo el mundo lo mira boquiabierto. Que Gray quiera hablar en público es tan sorprendente como que alguien sople un matasuegras en un funeral y, a juzgar por la expresión de Sara, igual de bienvenido.

—Creo que a tu madre le habría gustado que lo hicieras —lo invita Tom en tono amable.

Gray toma aire. Le tiembla la mano, pero lee con voz serena, despacio, como si se bebiera las palabras.

A un elefante recuerdo hasta el final, in memoriam:
música de cámara, el sol poniente,
los lamentos de un aria, la luna naciente,
mi recuerdo es también mi gran gloria.
Si alguien hiere a un ser amado,
la punzada permanece bajo mi piel.
Estas Navidades, en este antiguo hotel,

todo cuanto sé os será revelado.
Un canto de muerte en asfixia resulta,
por la vida robada... Pero, ya basta, es suficiente.
En el bosque hallaréis la primera llave oculta,
entre zarzamoras y enroscados árboles velada,
entre huesos envueltos en tela y animales durmientes,
elefantinos arcones de la verdad truncada.

Se produce un silencio momentáneo. Lily consigue no romper en sollozos.

—¿Esto es una pista? —pregunta Holly, con los ojos como platos, mirando a Rachel en busca de apoyo.

Pero su esposa ya ha sacado un bolígrafo de su bolso y traza círculos alrededor de palabras.

—¿Qué se supone que debemos hacer con esto? —le pregunta Philippa a Ronnie, que sonríe.

—Es uno de los poemas de la tía Lil —responde—. Solía escribir sus pistas en verso. La tía Marianna, la madre de Lily, daba pistas musicales y la abuela era capaz de codificar casi cualquier cosa.

—Trabajó en Bletchley Park descifrando códigos de los alemanes durante la Segunda Guerra Mundial —explica Gray—. Era un genio. Y sus hijas, también.

Ronnie suelta una carcajada.

—¿Estás diciendo que mi padre fue el único hijo de Violet que no fue un auténtico cerebrito? Aunque, ahora que lo pienso, seguramente tengas razón.

Holly señala una parte del poema.

—De camino aquí pasamos por un bosque que...

Rachel le pone un dedo sobre la boca para acallar sus palabras.

—¿Es que no vamos a colaborar todos? —pregunta Holly.

Rachel la mira con tanto amor que a Lily le duele el corazón.

—Dudo que eso sea lo que prefiere todo el mundo —le responde.

Sara no dice nada. Retira su silla arrastrándola y sale de la habitación con aire resuelto. Lily la oye ponerse el abrigo y las botas de agua. La puerta principal se abre y luego se cierra de un portazo. Ronnie sonríe.

—Pues parece que Sara ya lo ha resuelto. Quizás haya heredado su genialidad.

Rachel le da unas palmaditas en el hombro a Holly.

—Yo también lo he resuelto ya —le susurra, tirándole del brazo.

Rachel le musita algo al oído a Holly mientras se dirigen deprisa hacia la puerta.

—¿De verdad? —pregunta Holly con un estremecimiento—. ¡Ay!

Rachel la hace guardar silencio y se marchan.

Philippa se pone en pie, con aire preocupado.

—¿No tendríamos que irnos también nosotros?

—¿Tú también has resuelto ya la pista? —le pregunta Ronnie con las cejas arqueadas, incrédulo.

—No lo necesito, si ellas ya lo han hecho. Basta con seguirlas.

—Pero ¿eso no es hacer trampa? —pregunta Ronnie.

—No recuerdo que las reglas dijeran nada de que no podamos subirnos al carro de quienes resuelven las pistas —responde Philippa—. Y Sara tiene ventaja: fue su madre quien las escribió. Me parece justo que nos ayude. —Se dirige apresurada hacia la puerta principal, desde donde le pregunta—: ¿Vienes o no?

Ronnie mira a Lily, encoge los hombros y abandona la estancia detrás de Philippa.

—¿Tú no vas, Gray? —pregunta Tom con voz dulce.

Él niega con la cabeza y acaricia el papel de su pista.

Lily también observa las palabras. Las relee, despacio. Nota una oleada de emoción y expectativa. Había olvidado cuánto le gustaban aquellas pistas, y resolverlas. La diferencia es que esta vez sabe que hay un código bajo el código. Relee las palabras moviendo en silencio los labios, nota la poesía en su boca. Los versos tienen un regusto agridulce, y una cierta dureza, como pasas ennegrecidas en una tarta requemada.

Liliana prescinde de toda sutileza en esta primera pista. Habla de muerte y de recuerdo. Sugiere que la verdad aflorará al final de esta época festiva, como una astilla clavada que se abre camino para salir de la piel. Le sorprende que nadie haya mencionado esa parte del poema. O están demasiado ocupados intentando averiguar dónde está la llave o prefieren no mencionar las acusaciones clavadas en los versos. Lily se lleva la mano a la garganta. ¿Se referirá a su madre con eso de «muerte en asfixia»? ¿De verdad murió así? Quizás encuentre la prueba de ello junto a la llave.

Repasa una vez más el poema y, de súbito, le viene una imagen a la mente.

—¡Lily! —exclama Tom, dando una palmada delante de su rostro.

Ella lo mira fijamente.

—Te habías vuelto a ir a otra parte —dice él, con el ceño fruncido por la preocupación.

—Lo siento —responde Lily—. Me he perdido en el poema.

—Te preguntaba si no deberíamos seguirlos nosotros también... Me da miedo perderme algo. ¿Y si encuentran la llave y no estamos allí?

—No te preocupes —contesta Lily—. No te vas a perder nada. Sé adónde van. Y se equivocan.

Capítulo diez

—¿Los ves? —le grita Lily a Tom desde la escalera. Tom ya está al final del descansillo de la planta superior, mirando hacia el bosque y el camino de entrada.

—Todavía no —responde.

Lily se le acerca, resoplando un poco. Se alegra de haberse puesto las zapatillas deportivas rojas, aunque no combinen con su vestido. Ya le duelen bastante los pies sin andar por la casa en tacones.

—¿Estás segura de que se equivocan? La pista decía que la llave estaba en el bosque —continúa Tom.

—Y precisamente por eso no está ahí —dice Lily, intentando recobrar el aliento—. Liliana nunca sería tan directa.

Traga saliva y reprime un eructo. La acidez asciende por su estómago mucho más rápidamente de lo que ella ha subido las escaleras. Debería haberse comido un cruasán para hacerse un colchón en la barriga.

—¡Ahí están! He visto un destello del abrigo rojo de Sara —dice Tom cuando Lily se le une junto a la ventana—. ¡Otra vez! No se movía tan rápido cuando jugábamos al béisbol... Ahí está, en el claro. —Hace una pausa, escrutando el bosque en busca de los demás—. ¡Y ahí está Ronnie!

—¿Recuerdas qué es ese claro? —pregunta Lily cuando consigue recuperar la respiración.

«¿No podrían haber instalado un ascensor en la casa en algún momento de su historia?», se pregunta. Se sienta en el alféizar. Nota cómo le palpitan los tobillos hinchados. ¡Qué maravilla estar embarazada!

Tom se vuelve hacia ella, con la cabeza inclinada, y deja de fruncir el ceño.

—Por supuesto. —Lee la pista que tiene en la mano—. «Entre huesos envueltos en tela y animales durmientes». Es el cementerio de animales. Pero ¿y eso de «elefantinos arcones de la verdad truncada»? ¿Acaso hay un elefante enterrado ahí? ¿O es para decirnos que no debemos olvidar? —Se le desvanece la sonrisa—. No estoy seguro de que me apetezca recordar ese sitio. Hamish está enterrado ahí.

Lily recuerda una carta que le envió Tom después de que sus padres fallecieran en un accidente de tráfico a escasos kilómetros de la casa Arcana. Su perro, Hamish, un adorable labrador al que le encantaba lamer a las personas, iba en el coche, pero consiguió sobrevivir a la colisión y regresó renqueante a casa. Fue Hamish quien condujo al ama de llaves hasta el vehículo siniestrado. Hamish murió unos años después, pero Tom le explicaba a Lily en sus cartas que nunca volvió a ser el mismo perro.

—Deberíamos ir al cementerio más tarde —propone Lily—. A saludar a Hamish.

Y a las otras mascotas que descansan en paz allí, incluido TC, el gato de Isabelle, que hacía reír a Lily tanto como la hacía estornudar.

—No se atreverán a excavar las tumbas, ¿verdad? —pregunta Tom.

Vuelve a tener aspecto de niño pequeño, preocupado por su perro.

Lily piensa que Sara o Philippa serían perfectamente capaces de profanar un cementerio de animales. Así es la gente con la que está pasando las Navidades.

Tom la ve dudar.

—¡Joder! Por supuesto que se atreverán. ¿Qué son unos cuantos huesos cuando hay una casa en juego? —Se aleja—. Voy a detenerlos. Les diré que están buscando en el lugar equivocado.

—Iré yo —dice una voz desde abajo.

Gray está de pie a medio tramo de las escaleras, mirándolos por entre los soportes. Está lívido como un espectro.

—Sara no hará caso de nadie más. Es posible que ni siquiera me haga caso a mí.

Se da media vuelta y desciende en silencio las escaleras.

—¿Cómo puede ser tan sigiloso? —pregunta Lily.

—Tú también lo eres —le responde Tom.

Ella se vuelve para mirarlo.

—¿Qué? —Acostumbra a verse a sí misma como alguien muy torpe, sobre todo ahora.

—Tú siempre oías de niña los pasos de la abuela. Y siempre sabías qué escalones evitar cuando jugábamos al escondite.

—Eso es verdad —dice Lily.

Tiene tantas cosas que reconsiderar...

—Y dime, ¿dónde crees entonces que está la llave? —le pregunta Tom.

—A Liliana le encantaban los anagramas, además de los casos atípicos y las rarezas —dice—. Por eso, lo primero que hay que buscar son anomalías, cosas que llamen la atención, algo que parezca un error o esté fuera de lugar. —Señala el verso «los lamentos de un aria, la luna naciente». Se saca uno de los lapiceros de color del bolsillo y subraya cuatro letras—. ¿Por qué estarán destacadas?

—Eso no tiene por qué significar nada —apunta Tom.

—Liliana nunca hacía nada sin sentido.

—Pues yo diría que todo este embrollo que ha montado es un error de dimensiones colosales —replica Tom. Parece muy triste—. ¿Por qué no legó la casa a los gatos ciegos y ya está, si es lo que quería?

—¿Tú por qué has venido? —le pregunta Lily.

Tom reflexiona.

—¿Quieres que te diga la verdad? Me gustaba la idea de volver a reunirnos en un lugar donde en cierto modo todos nos hemos quedado atrapados desde hace tanto tiempo. Pensé que podía resultar liberador, algo que nos ayudara a avanzar en nuestras vidas. —Suspira—. Pero a juzgar por cómo han ido la cena y el desayuno, me da la impresión de que he sido espantosamente ingenuo. No es la primera vez que me pasa.

Lily le da un apretón en la mano.

—Eres perfecto así. Y me gusta eso de la liberación, para los dos —le responde.

Tom le devuelve la sonrisa.

—A mí también. Y lo conseguiremos. Suele funcionar así.

—Como los rituales de Gray.

Tom asiente con la cabeza.

—Si uno le imprime significado a algo, ayuda a que se haga realidad.

—Liliana siempre decía que todo tiene un significado. —Vuelve a mirar la pista—. «Cámara» podría indicar uno de los dormitorios.

—Pero en el hotel hay un montón de habitaciones. ¿Por dónde empezamos?

—No sería una al azar. Y, si no me equivoco, nos indica exactamente de qué habitación se trata.

La alusión a la música y el aria significan que solo puede ser la de una persona. Pero tiene que asegurarse.

En el reverso de la pista, divide el verso, separando las letras:

LOSLAMENTOSDEUNARIALALUNANACIENTE

Desde el principio le ha parecido que «aria» es una clave, que no deja duda sobre dónde buscar. Para asegurarse del todo, la subraya, junto con las otras letras destacadas.

Y ahí está. Claro y sencillo. El primer enigma ha sido muy sencillo, casi como para calentar motores.

—¿Estás bien? —le pregunta Tom. La mira preocupado—. ¿Qué pasa?

Lily no responde. Se limita a reescribir abajo las letras destacadas, formando:

MARIANNA

Capítulo once

—No recordaba que la tía Marianna cantaba ópera —dice Tom cuando están frente a la puerta de la habitación de la madre de Lily—. ¿Qué cantó en uno de los espectáculos de mi padre?

Si cierra los ojos, Lily todavía oye la voz plateada de su madre elevarse sobre la terraza y los terrenos acariciados por el sol de la casa Arcana.

—Un aria de Mozart, creo. No sé el nombre en alemán. Algo parecido a «Reposa suavemente, mi dulce amor». Era su favorita.

Cuando vuelve a abrir los ojos, Tom la mira con tal compasión que Lily tiene que desviar la mirada.

—Deberías ser tú quien coja la llave —dice—. Era tu madre. Y tú has resuelto la pista.

—Todavía no sabemos si tengo razón.

—Por supuesto que sí. Casi se me había olvidado que tenía un bosque desmañado como papel pintado en las paredes. Por favor, tú eres quien se merece esa llave.

Lily niega con la cabeza. Se marea solo de pensar en entrar en esa habitación.

—No puedo. Todavía no. Preferiría que entraras tú por mí.

Tom tiene una expresión tristísima.

Lily nota que le tiemblan las manos y las alarga hacia él.

—Estoy hecha un mar de nervios. No sería demasiado útil ahí dentro. Además, piensa cuánto le fastidiará a Sara que seas tú quien encuentre la primera llave.

—Una manipulación excelente, Lily —le dice Tom—. Deberías ser psicoanalista. De acuerdo. Voy a entrar.

Se remanga la camisa, como si se dispusiera a adentrarse en una excavación arqueológica. Y, por lo que a Lily respecta, eso es lo que es: una excavación del pasado para que ella pueda construir un futuro.

—Mira primero en el armario —le dice Lily—. Creo que es a eso a lo que se refiere la pista con lo de «envueltos en tela». El armario de mi madre estaba forrado de algodón que ella impregnaba con unas gotitas de aceite de lavanda para ahuyentar a las polillas. Y... —Lily hace una pausa y se traga la bilis que le sube a la garganta—. Además, hay un arcón de fotos dentro.

—«Arcones de la verdad truncada»... —dice Tom—. ¡Claro!

Le pregunta una vez más si está segura de no querer entrar ella, y luego abre la puerta. Lo recibe una danza de motitas de polvo. Lily aparta la vista, con el corazón desbocado. Entrará, pero no hoy.

Apenas consigue respirar cuando oye cómo se abre la puerta del armario y la llave gira en la cerradura del arcón. La tapa emite un crujido cuando Tom la levanta.

—Aquí no hay fotos —le dice Tom—. Pero sí hay otra cosa. Espera. —El frufrú de una tela. Un tintineo metálico sobre las tablas del suelo—. ¡La tengo!

Tom sale corriendo con una llave de latón en la mano. Se la ofrece a Lily.

—Quédatela, por favor. ¡Tú has resuelto la pista!

Lily retrocede, con las manos en alto.

—Ya os lo dije. Yo no he venido para quedarme la casa.

Tom mira la llave y se la guarda en el bolsillo de sus vaqueros.

—Gracias —le dice—. De no ser por ti, estaría en el cementerio, intentando evitar que mis primos desentierren animales muertos. —Se lleva la mano a la cabeza—. Dios mío, espero que Gray haya llegado a tiempo.

Lily se siente súbitamente exhausta y le sobreviene una necesidad imperiosa de refugiarse en su habitación y cerrar la puerta. Pero no puede descansar. Tiene que sondear los niveles más profundos de la pista y encontrar lo que le desvela sobre su madre.

—Ve con los demás —le dice—. Diles que la búsqueda ha terminado.

—Voy —replica Tom—. Aunque me tienta dejarlos ahí hasta la hora de comer. —Le centellean los ojos—. Espera un momento.

—Y entra rápidamente de nuevo en la habitación de la madre de Lily y sale con un osito de peluche pelón—. He pensado que te gustaría —dice, tendiéndoselo a Lily.

—Es Ada. —Señala la etiqueta que hay en el lateral del osito—. El peluche con el que solía dormir mi madre...

Él se queda pensativo un momento y luego exclama:

—«Animales durmientes», ¡claro! ¡Y estaba sobre la cama!

Lily asiente mientras intenta cerrar el álbum de recuerdos que se acaba de abrir y le muestra momentos pasados en esa habitación. Los días en que su madre y ella tomaban el té con Christina y Ada. O cuando rescataban a Ada de los árboles enroscados del papel pintado. O ella de pie junto a la ventana, viendo cómo la ambulancia se llevaba el cadáver de su madre. Entonces recuerda la primera pista. ¿Cómo puede ayudarle a desentrañar qué le sucedió a su madre? Se vuelve hacia Tom.

—¿Había algo más en el arcón? Me ha dado la sensación de oír como un frufrú...

Tom vuelve a entrar corriendo en la habitación y sale con una tela verde enrollada al puño, que cuelga hasta el suelo.

—La llave estaba envuelta en esto.

La despliega y se la entrega a Lily.

Mientras examina los botones cosidos a la tela, a Lily se le encoge el corazón. Caen más imágenes a su alrededor, como hojas rotas.

—Es un abrigo —dice, con un hilillo de voz tan imperceptible que Tom tiene que agacharse para oírla antes de que se cuele por las rendijas de los tablones de madera del suelo—. Era de mamá.

—¡Vaya! —dice él—. ¿Quieres que lo vuelva a dejar dentro?

Lily se acerca el abrigo a la cara. Aspira fuerte, pero ni siquiera su superolfato de embarazada detecta ningún rastro del perfume de su madre. Un sollozo intenta abrirse paso por su garganta, pero logra contenerlo.

Con su visión periférica, ve los dedos de Tom darse golpecitos en la sien.

—Se supone que yo soy un profesional y tendría que estar preparado para ayudar con palabras sanadoras, pero al verte así... —Deja la frase en el aire y se encoge de hombros—. Lo único que se me ocurre es decirte que eres muy valiente.

Pero Lily ya está revisando las mangas del abrigo. Ambas están cubiertas de manchas oscuras, como si los puños se hubieran oxidado. Las manchas son del color de la sangre seca. Y con ello, Lily se retrotrae de repente al momento en que avanzaba dando tumbos por el laberinto y encontró a su madre desplomada en el suelo. Murió con aquel abrigo puesto.

Y Lily no se siente valiente en absoluto.

Capítulo doce

Lily va tambaleándose desde la habitación de su madre hasta la suya, aferrada al abrigo y a Ada.

—Voy a tumbarme —le dice a Tom.

Él la sigue, con la mano en la frente.

—No estoy seguro de que debas quedarte sola —duda.

—Estoy acostumbrada —responde Lily.

Y lo dice en serio. La soledad es la coraza de hielo seco que se ha construido para evitar que nadie se acerque demasiado.

—Aun así —replica Tom—, ven abajo conmigo un rato. Solo para ver la cara de Sara cuando le diga que has resuelto la pista.

—¿Podrías decir que has sido tú? Quien la ha descifrado, quiero decir...

Tom vuelve a fruncir el ceño.

—¿Por qué?

Porque a ella no le gusta destacar. Porque no le gusta que la miren. Porque no quiere hablar. Se limita a sacudir la cabeza a ambos lados.

—Si es lo que quieres... —responde Tom—. Pero debes saber que, en algún momento, te sentará bien ocupar tu lugar. Y brillar.

Lily debe de poner un mohín que revela lo trillado de ese comentario, porque su primo suelta una carcajada.

—Sí, ya lo sé. Suena cursi. Pero lo digo en serio. No puedes guardar silencio para siempre.

¿Se apuesta algo? Su madre lleva guardando silencio mucho tiempo.

Lily lo abraza, aunque solo sea para poner fin a su psicología barata.

—Ve y farda —le dice a su primo—. Yo bajaré dentro de un rato. Cuando ya no oye las pisadas de Tom en la escalera, Lily se cuela en su habitación, meciendo el abrigo. Y con mucho cuidado, procurando no tocar las manchas, lo extiende sobre la cama.

Recortado sobre el edredón, el abrigo es una silueta que ilustra la ausencia de su madre. Y está manchado con su sangre.

Lily tiene la sensación de que le han apuñalado el corazón con acebo.

¿Por qué guardó la tía Liliana el abrigo? ¿Y por qué dirigir la atención de Lily hacia él? Liliana llevaba la crueldad engarzada a la piel como las pasas de un bizcocho remojado en té, pero es imposible que sea solo eso. ¿O sí? Liliana no castigaría a Lily porque no quisiera acudir a aquella casa a pasar las Navidades. ¿O sí?

Recuerda el día en que su tía se la llevó en coche de la casa Arcana. Iba sentada en el asiento trasero, apretujada entre Sara y Gray. Sara tenía los brazos cruzados e iba clavándole el codo en el costado, pero ella casi ni lo notaba. Prácticamente no sentía nada. Era como si todo su cuerpo se hubiera quedado en aquella casa y se estuvieran llevando al resto de ella al sur, lejos del hogar donde su madre había vivido y muerto. Lily era un fantasma invertido: seguía viva, pero no en su cuerpo. Estaba entumecida, como si la hubieran metido en el congelador desde que había encontrado muerta a su madre.

La tía Liliana no había dicho nada durante los primeros kilómetros. Había conducido con los hombros encogidos, cerca de las orejas. No la había mirado por el retrovisor ni una sola vez.

Lily se llevó la mano a la llave de la casa Arcana que seguía colgando de su cuello. Se la presionó contra la piel para notar sus fríos dientes, para sentir algo. Todos los miembros de la familia tenían una llave. Se la regalaban el día en que cumplían cinco años como parte de una ceremonia que se celebraba en la terraza. Cada llave estaba enhebrada en cordel y la llevaban colgada del cuello. Era un símbolo de que pertenecían a la casa Arcana y de que la casa Arcana les pertenecía a ellos.

La abuela Violet fue quien le entregó a Lily la suya. Luego le sostuvo la mano mientras caminaban con los pies desnudos por el campo de florecillas silvestres.

—Las llaves te dan libertad, Lily —le dijo la abuela Violet—. Pero también te protegen. Velan por tu seguridad.

Pero a ella no la protegieron. Y a su madre tampoco. Lo único que hace el cordel es mantener las cosas atadas: los tallos de judías escarlata a las estacas para que no se enreden, los girasoles al bambú para que no se vayan en busca de otro sol. Ahora notaba los dientes de su llave clavados en la piel. Se frotó con ella la clavícula. Se clavó sus incisivos en la piel, y siguió clavándoselos, más hondo y más fuerte, hasta notar algo húmedo en la punta de los dedos. Se tocó la mancha caliente en su pecho. La mancha de sangre en su dedo le demostró que, pese a estar entumecida, seguía viva.

—Pero ¿¡qué haces!? —exclamó Sara, inclinándose sobre Lily y mirándole el pecho—. ¡Mamá, Lily está sangrando!

Entonces fue cuando la tía Liliana la miró por el retrovisor. Sus ojos se encontraron con los de Lily. Unos ojos tan fríos como la escarcha que se acumulaba en los bordes de las ventanillas del coche.

—Se ha clavado la llave —explicó Sara.

Lily sintió que la odiaba, y a la vez se sintió bien por ello. Se abrazó a sí misma. Si no podía sentir nada por fuera, al menos lo haría por dentro.

—Quítatela, Lily —le ordenó la tía Liliana.

—Pero si es mía —replicó Lily.

Había dejado tantas cosas atrás que tenía la sensación de que aquella llave era su última conexión con su madre.

—No la necesitas. No volverás a la casa Arcana.

—¿Nunca? —preguntó Lily notando un peso caer dentro de ella, aunque no supo determinar si era pena o alivio.

Quizá fueran las dos caras de un mismo sentimiento. La abuela Violet siempre le había dicho que «el miedo y la emoción son siameses que viven en lados opuestos de la misma puerta. Eres tú quien decides en qué habitación quieres vivir».

—Dale la llave a Gray —dijo la tía Liliana.

Lily notó a Sara tensarse a su lado.

Gray miró a Sara antes de girarse para mirar de nuevo a su madre.

—¿Por qué a mí? —preguntó—. Yo no quiero otra llave. Ya tengo una.

—Yo sí quiero la llave —dijo Sara—. La cuidaré mejor que Gray.

—Precisamente porque tú la quieres, es Gray quien debe quedársela —respondió la tía Liliana—. Has de aprender que no puedes tener todo lo que quieres. La vida no va a ser amable contigo, Sara. No eres ni lista, ni guapa ni amable. Vas a tener que utilizar alguna otra cosa para sobrevivir.

—No me parece justo que digas eso —la defendió Lily.

Se volvió hacia Sara y la miró intentando consolarla. Lo que la tía Liliana le había dicho a Sara debía de haberle dolido como una espina clavada bajo la piel.

Pero Sara le devolvió una mirada asesina. Quizá también supiera lo bien que sentaba experimentar odio.

—Lily, tú deberías saber mejor que nadie que la vida no es justa. La justicia es lo que les pasa a los demás. Cada uno ha de intentar aprovechar lo que tiene y conseguir su propia justicia.

Dicho aquello, la tía Liliana se concentró en la carretera, mordisqueándose el labio. Tenía el ceño fruncido y parecía absorta en sus pensamientos. A Lily también le habría gustado perderse. Le habría gustado ser un copo en las pilas de nieve que bordeaban la carretera. Una persona perdida en una multitud. Le habría gustado que no volvieran a verla nunca, diluida en la tormenta en que se había convertido su vida. Si siempre tenía frío, entonces no sabría que el sol no brillaba. Se quitó la llave del cuello y se la entregó a Gray. Los ojos plateados de su primo le sostuvieron la mirada un momento, suaves como el pelaje gris de un gato frotándose contra el rostro de Lily. Su bondad le provocaba casi la misma alergia. Apartó la vista y notó el dolor que irradiaba su primo al sentirse herido. Lily también decidió protegerse: se convertiría en su propio laberinto, erigiría muralla tras muralla y se perdería en su interior, hasta que nadie pudiera entrar y ella no pudiera salir.

Notó cómo Gray se deslizaba la llave en el bolsillo. Notó que se le atragantaba un sollozo, pero se lo tragó. No dejaría que Sara supiera lo que le pasaba por dentro. Al menos, sin la llave de la casa Arcana, no habría nada que la anclara al lugar que había matado a su madre. Porque eso era lo único en lo que podía pensar, en que algo dentro de la casa Arcana se había enrollado alrededor de su madre hasta que le había sido imposible verse a sí misma o a Lily. Porque de haber querido a su hija no se habría suicidado, ¿verdad?

No sabía qué había hecho que estuviera tan triste. El día anterior parecía encontrarse bien; había sacado el *pudding* navideño y se había reído cuando todo el mundo había aplaudido y gritado mientras lo flameaba. Y le había encantado el regalo que Lily le había hecho: una bola de nieve artesanal. Lily había pegado un oso polar de plástico a la tapa de un tarro de mermelada y luego lo había llenado con purpurina y vinagre. Su madre parecía encandilada al agitar el regalo y contemplar cómo caía la nieve plateada. Pero quizá solo hiciera comedia, como en la pantomima matinal que habían visto en York en Nochebuena. En el escenario, Pedro parecía ser todo amor, sonrisas y felicidad mientras ayudaba a Cenicienta; pero en la puerta de los camerinos, cuando Lily había acudido a pedirle un autógrafo, Pedro no le sonrió con los ojos y olía a tabaco y a *whisky*.

Si su madre actuaba, Lily debería de haberse dado cuenta. Sí que había habido un momento aquella noche en que le había comentado que quería decirle algo. Tenía la mirada seria y Lily se había sentido emocionada, pero justo en aquel instante la tía Liliana y el tío Edward habían entrado y ella se había quedado paralizada. Y entonces Lily había entrado en la otra habitación, la del miedo, pero no sabía por qué.

Las ramas que se agolpaban sobre las ventanillas del coche como *paparazzi* exigían saber por qué no había salvado a su madre. Ella también quería saberlo.

—Tía Liliana —dijo, y su voz sonó extraña en el coche, estrangulada como si tuviera vides enroscadas al cuello.

—¿Qué pasa, Lily? —le preguntó su tía.

Y otra vez la miró por el retrovisor para encontrarse con los ojos de la niña. Tenía mirada de enfado, dura como la tierra en la que habían depositado a su madre.

Lily sabía que tenía que preguntarlo, aunque por dentro todo le pedía no decir nada. Pero necesitaba saberlo.

—¿Por qué mamá hizo lo que hizo?

Liliana pareció mascar las palabras, como si fueran esos caramelos de tofe que siempre se quedan los últimos en la caja, los de envoltorio dorado que todo el mundo deja junto con los caramelos de fresa.

—No creo que quieras saber la respuesta a esa pregunta, Lily.

—Sí quiero —contestó Lily, haciendo una bola con todo el valor que pudo reunir y arrojándola al fuego para alimentarse.

—Tu madre nos dejó porque no hubo nadie que evitara lo que le ocurrió. Nadie la escuchó.

—Yo lo intenté —dijo Lily, y recordó cuando su madre entró en su habitación para arroparla en la cama y ella le insistió en que le leyera *La Nochebuena* en lugar de hablar sobre lo que su madre tuviera en mente.

—Pues no la escuchaste lo suficiente —replicó Liliana. Le brillaban los ojos como tierra escarchada resplandeciendo bajo el sol.

Pero sus lágrimas no cayeron; estaban atrapadas, congeladas—. Ninguno de nosotros lo hizo. No tiene sentido y no sé si alguna vez lo tendrá. Todos tenemos que averiguar qué podíamos haber hecho y qué haremos para compensarla por ello.

Guardaron silencio mientras la carretera se ensanchaba y los árboles retrocedían, como si temieran la furia de Liliana. Cuando su tía volvió a hablar, agarraba el volante como si fuese lo único real que tenía:

—Deberías preguntarte, Lily, y yo también me lo preguntaré: ¿qué podía haber hecho yo, y qué haré ahora?

Es una pregunta que la ha acompañado durante los últimos veintitantos años, colgada de su cuello como una llave de la que nunca ha podido desprenderse.

Lily se estremece. A veces, cuando le vienen recuerdos, es como si estuviera de pie detrás de una ventana, contemplando el pasado desde el otro lado del vidrio. En otras ocasiones la arrojan por la ventana hacia su yo anterior. Ahora nota el mismo entumecimiento que en aquel largo viaje hasta Grantchester. Como si apenas estuviera presente, como si fuera solo la impresión de un ángel de nieve perdido en la ventisca.

Sin embargo, ahora interpreta de otra manera la crueldad de Liliana, su abrupta afirmación de que Lily podía haber hecho algo más y que debería hacerlo también en el futuro. Su tía se culpaba a sí misma, no culpaba a Lily. Y quizá todas estas pistas que ha escrito, y por las que tal vez haya muerto, sean su intento de compensar a su hermana.

Tiene que haber algún motivo por el que Liliana especificó que la llave estuviera envuelta en el abrigo. Todo estará en las pistas. Liliana siempre se comunicaba en código.

Lily se saca el poema del bolsillo y vuelve a releerlo. «Elefantinos arcones de la verdad truncada», dice el último verso. El abrigo estaba en el arcón. Pero ¿qué hay en el abrigo que sea una verdad truncada? Se inclina sobre la prenda extendida en la cama y rebusca en los bolsillos, como un detective registrando un cadáver. No hay nada, solo pelusa.

¿Qué intentaba entonces señalar Liliana?

Tiene que ser algo relacionado con que su madre llevara puesto ese abrigo. Pero eso implicaría hacer aflorar imágenes de su último día de vida, en lugar de ahogarlas. Liliana le advertía en su carta que tendría que recordarlo todo.

Con el corazón balbuceante, Lily cierra los ojos e intenta darle la bienvenida a su pasado.

Los recuerdos la abren en canal, la arrastran hacia abajo. Habían estado jugando en el exterior, su madre y ella. Recuerda correr sobre la hierba escarchada, riendo. Recuerda tropezar con la raíz de un árbol y aterrizar en la mullida nieve. Recuerda a su madre levantándola y abrazándola. Lily prácticamente nota los botones del abrigo contra su mejilla, el hielo en sus pestañas. Le duele tanto revivir esos recuerdos que grita.

Abre los ojos, se acerca a la ventana y mira al exterior, intentando centrarse en el presente. Pero todo tiene el mismo aspecto que hace veintiún años. La nieve cubre las ramas de los árboles y se extiende sobre la tierra como un abrigo. Los recuerdos no quieren seguir ocultos, contenidos a presión. Se ve lanzándole bolas de nieve a su madre. Nota las mejillas quemándole por el frío y de tanto sonreír. No recuerda cuándo fue la última vez que le dolió tanto ser feliz.

Otros recuerdos de aquel día se arremolinan como fantasmas apenas entrevistos. Casi puede paladear las galletas de especias que el tío Edward preparó para acompañar el té aquella tarde. Casi oye a la tía Veronica cortando leña con Tom. Casi huele y nota la hoguera alrededor de la cual se sentaron aquella víspera de Navidad, el crepitar de la capa de hojas, la corteza crujiente de los malvaviscos, las hojas de periódico prendiendo con un humo de los colores de la tinta.

Aquella conversación la hace querer aproximarse. El instinto le dice que hay algo que necesita recordar. Su madre le había hablado mientras llevaba puesto aquel abrigo verde. Tenía los ojos clavados en el tío Edward mientras se inclinaba hacia ella y le susurraba algo al oído. Pero ¿qué le dijo? Lo único que recuerda es que tenía que ver con la puntilla.

Lily sacude la cabeza. Basta de pasado en el presente.

Los otros han regresado; los oye entrar arrastrando los pies en el vestíbulo, quitarse los abrigos y reclamarle a la señora Castle que les traiga un tentempié. Sara es quien grita más fuerte. Lily se pregunta cómo habrá reaccionado al decirle Tom que él ha resuelto el acertijo y ha encontrado la llave. Imagina el ceño fruncido de su prima y reprime una sonrisa.

Pero no quiere que la vean, no quiere que la interroguen sobre cómo ha resuelto Tom el enigma. Mentir no se le da bien. Y no soporta ver sus rostros acalorados tomándose todo esto como si solo fuera un juego.

Su abrigo y su gorro están en la planta baja, en el mismo sitio en el que sus primos trajinan en aquel instante. Mira el abrigo de su madre, que sigue sobre la cama. Con el corazón latiéndole aceleradamente, se acerca a él y, sosteniéndolo como si estuviera hecho de piel, mete un brazo por una manga y luego el otro. La recorre un escalofrío. Al otro lado del pasillo oye un portazo.

No hay nadie arriba; los habría escuchado. Pero se está levantando viento y corrientes de aire helado recorren la casa cual ladrones. El abrigo le sienta a la perfección. Es como si su madre volviera a abrazarla muy fuerte.

Se desliza por el pasillo, pasa frente a la habitación de Liliana y entra en el antiguo cuarto de los niños. Aparta sus recuerdos como si fueran telarañas y pone rumbo a la escalera trasera de piedra que conduce al desván, arriba, y a la despensa, abajo. Está a punto de descender por ella cuando oye un ruido. Algo raspa la madera del suelo sobre su cabeza. Hay alguien en el desván.

Lily sube la escalera de piedra. Prácticamente nota cómo los fantasmas de las versiones más jóvenes de todos ellos la esquivan corriendo, saltando los escalones de dos en dos.

Cuando llega a la parte alta, se tambalea con la extraña sensación de tener el tamaño inadecuado. La última vez que estuvo en aquel desván todavía no había dado el estirón como un girasol gracias al que había pasado de ser bajita a medir 1,73 metros en el espacio de unas vacaciones de verano. Ahora, estando allí, tiene la impresión de adentrarse en una versión en formato casa de muñecas del desván que conoció en otro tiempo.

Con los hombros encorvados y la cabeza gacha, mira a su alrededor, pero no ve a nadie. Percibe el olor a polvo y lino húmedo, y a una madera que podría empezar a pudrirse en cualquier momento. Aunque no hay ningún movimiento, alguien ha tenido que estar ahí arriba hace poco. Hay una huella de mano sobre la tapa polvorienta del antiguo piano vertical de su madre. Coloca la palma encima, sin tocar la huella. Es de una mano más grande que la suya, con dedos esbeltos. Quizá la de Isabelle o la de la señora Castle, si han ido a esconder una llave allí.

¿Contaría esto como buscar una llave? Supone que no. Además, ella no tiene ningún interés en ganar. ¿Qué iba a hacer con una casona como esta, llena de recuerdos, de ruidos inquietantes y de polvo?

Le da la espalda al desván y baja por las escaleras. Aquí no hay moqueta mullida, solo piedra, y el eco de las pisadas hasta la planta baja. Pero nadie la oirá bajar. Precisamente, el objetivo de la escalera de los criados es que los inquilinos de la casa no noten su existencia, ni cuando les llevan la comida y la bebida ni cuando transportan la ropa sucia, como si fueran células sanguíneas desplazándose por un cuerpo inconsciente.

Llega a la despensa, y de ahí sale al huerto. En otra época, cuando aquella era una gran casa señorial, la colada se hacía ahí. Sigue habiendo una cuerda de tender vieja que se extiende desde un muro de ladrillo desconchado a otro, y una tabla de lavar oxidada que los asistentes a las conferencias solían encontrar encantadora... y sobre la cual vomitaban cuando se emborrachaban. Su madre le había enseñado a lavar la ropa en ella con Christina, frotando su vestido contra las ranuras. Lily había llorado, porque pensaba que Christina acabaría rallada como una zanahoria de trapo. Ahora la gente solo hace referencia a las «tablas» para hablar de abdominales o de grupos de música *skiffle*, pero Lily prefiere no pensar en ello. Mira las mangas del abrigo. Hay una mancha marrón rojizo en el puño que parece fuera de lugar. Cualquiera pensaría que la naturaleza y la sangre simpatizan. Pero la luz hace que tenga un aspecto extraño. La observa más de cerca, sosteniendo la manga en alto, a contraluz. Lily ha tenido que limpiar muchos fluidos del vestuario que ha confeccionado. Todo necesita reparaciones, incluidas las personas. A ella le devuelven sus vestidos tras los bailes de máscaras, las bodas temáticas o las fiestas elegantes, con las enaguas rasgadas o los cierres de los corsés cedidos, desabrochados demasiado deprisa, ya sea a causa de la fogosidad o para evitar chafarse las costillas. Quizá debería limpiarlo. Bajarlo aquí más tarde, colocar las mangas sobre la tabla de lavar y hacer que el abrigo quede como nuevo.

Entra en el sendero nevado que serpentea entre arbustos de romero desvaídos y los ramilletes de las plantas de lavanda que impregnan de aroma el lugar en verano. Su madre solía salir aquí y cortar hojas de menta, cebollino y capuchinas para elaborar las recetas que servían a los huéspedes. Pero, a juzgar por lo que quedaba en los platos de los asistentes a las conferencias después de las comidas y las cenas, Lily había deducido que les gustaban más los tacos de carne y las patatas que los ingredientes que aportaban sabor a los platos de su madre. Aunque lo que más les interesaba era el vino.

La puerta del huerto antes estaba pintada de azul. Ahora se entreven trozos de madera podrida. Aún quedan algunos parches de pintura, lo cual es o bien admirable o un caso de negación extrema. Pero la podredumbre acabará imponiéndose a menos que alguien haga algo. La descomposición es el estado natural.

Abre la puerta al segundo empujón. Está combada y, además, tiene que apartar la nieve; oye cómo araña las losas del suelo.

—¿Se puede saber adónde vas, Lily?

Se sobresalta. La señora Castle está de pie tras ella, en la puerta de la despensa. Tiene los brazos cruzados sobre el pecho y una bufanda roja enrollada alrededor del cuello.

—Iba a salir a dar una vuelta —responde Lily.

—Normalmente, los huéspedes se consideran demasiado importantes para utilizar esta puerta. De hecho, ni siquiera saben que existe si no se la enseñamos.

—No muchos de ellos han crecido aquí —replica Lily.

La mirada evaluadora de la señora Castle la deja tan helada como el viento que le agrieta los labios y le irrita las mejillas.

—Supongo que no —responde. Guarda silencio durante un momento, con la vista perdida, y Lily se pregunta si debería irse. Entonces la señora Castle dice—: Te he oído trastear en el desván.

—He oído ruidos. Por eso he subido a ver quién había.

La mujer frunce el ceño.

—Los demás están en el salón tomándose una infusión.

Lily se encoge de hombros.

—No había nadie, a menos que yo haya visto. Liliana solía decir que esos ruidos los hacía la casa, que se movía a nuestro alrededor.

—A veces Liliana sabía cómo tranquilizar a la gente —observa la señora Castle.

«No muchas», le gustaría responder a Lily.

—Deberías tener cuidado si subes ahí —añade el ama de llaves, cruzando otra vez los brazos—. De hecho, deberías tener cuidado en toda esta casa.

—¿Por qué? —pregunta Lily.

—Porque este lugar le hace cosas raras a la gente.

—¿Como qué?

—Ya lo descubrirás. Me limitaré a decir que no imagino por qué alguien querría esta casona. —La recorre un escalofrío—. La historia es como la piel de las casas. Y esta tiene capas y capas de epidermis, y algunas de ellas callosas.

—Ese es precisamente uno de los motivos por los que no quiero ganarla.

—No te cansas de repetirlo.

Una sonrisa intenta abrirle los labios, pero se los muerde para mantenerlos cerrados.

—Lo único que quiero es resolver las pistas.

La señora Castle asiente despacio.

—Tom ha hecho lo que le pediste. Ha bajado y ha dicho que ha sido él quien encontró la llave. —Hace una pausa—. Pero no ha sido así, ¿verdad?

—¿Y por qué piensa usted eso? —pregunta Lily.

Ahora es la mujer quien no consigue reprimir la sonrisa. Se lleva un dedo a los labios. Lily se encoge de hombros.

—No entiendo qué importancia puede tener quién resuelva las pistas.

Pero le late muy rápido el corazón. Tendrá que ser más cuidadosa para que no la oigan sin querer.

—Entonces, ¿no te importa mentir? —pregunta la señora Castle.

—Yo no he dicho eso...

—No necesitas añadir nada más, Lily. Lo entiendo. No todo el mundo puede ser tan bueno como tu madre.

—¿Usted la conocía? —pregunta Lily, acercándose a ella, como si estar en su órbita fuese a acercarla a su progenitora.

La señora Castle asiente.

—Solía jugar con ella y con Liliana aquí. Era mayor que ellas, pero mis padres vivían en el pueblo. Yo acompañaba a mi madre los días en que venía a ayudar con la colada.

—Entonces, ¿usted también forma parte de la historia de la casa Arcana? —pregunta Lily.

—Formo parte de su piel, sí —responde la señora Castle—. ¿Por qué, si no, iba a haber aceptado estar aquí? —Una mirada atribulada le vela el rostro y luego desaparece como si no hubiera existido nunca—. Marianna era la niña más encantadora que existía. ¡Qué pena tan terrible lo que le pasó! Ese abrigo es suyo, si no recuerdo mal —dice, señalando con uno de sus huesudos dedos a Lily, que, cohibida, se abraza el pecho. —Te queda bien —añade la señora Castle sin más. Se da media vuelta para irse, pero antes de hacerlo se quita la bufanda y se la lanza a Lily—. Ten cuidado ahí fuera. Aquí hay fantasmas por todas partes, y te aseguro que no te gustaría quedarte a solas con ellos.

Lily atrapa la bufanda en el aire y se la enrolla al cuello, como si así pudiera evitar que las frías palabras de la señora Castle le lleguen al corazón. Lo último en lo que quiere pensar ahora es en fantasmas.

Fuera del cobijo del huerto, el viento se hace presente. Intenta colarse furtivamente por las mangas del abrigo así que ella cierra los puños como cuando era pequeña y los mete dentro de las mangas, de manera que solo le sobresalen los nudillos.

Sus zapatillas deportivas no son adecuadas para el exterior. Más del ala este, la nieve penetra la malla y sus medias atrapan el frío y lo retienen en los dedos de sus pies. Pero la insensibilidad es cómoda. Lo que provoca problemas es sentir.

A lo lejos, a su derecha, oye relinchos de los caballos procedentes de los antiguos establos. Pero es imposible. Hace muchos años que allí ya no los hay. Si hubiera alguna propiedad cercana a la casa Arcana, podría pensar que el viento transporta el sonido desde allí. Pero no hay fincas vecinas.

Lily intenta no pensar en ello. En lugar de eso, se concentra en la fuente que tiene delante. En verano, el agua brota como un plumero de su amplia pila de piedra y cae formando una húmeda *fleur de lis*; durante el invierno, el mecanismo se detiene y lo único que hay en la pila es un vacío de agua congelado. ¿Qué siente una fuente si no puede fluir? Desde la otra punta de la propiedad, el campanario de la capilla envía su fúnebre llamada a las pocas personas que aún rezan.

Al acercarse al laberinto, algo se retuerce en su interior. Aquí es donde podría descubrir algo más. Su interior cobija más recuerdos. Algo que desencadenará lo que su madre le dijo aquel último día.

Lily permanece de pie en la entrada. Los setos se ciernen sobre ella a ambos lados. Delante, la nieve es un sendero blanco que conduce a giros, recovecos y sombras. Su madre solía decirle: «Siempre se encuentran respuestas en un laberinto. Ni siquiera tienes que saber la pregunta; la búsqueda te la revelará». Y en cierto sentido, tenía razón. Recorrer aquel laberinto había llevado a Lily a reflexionar sobre las cosas; concentrarse en llegar al centro implicaba que su cerebro podía desviarse en otras direcciones. Quizá por el hecho de no ser lineal, los pensamientos regresan un poco más elaborados de lo que estaban.

Pero no puede entrar.

Es como si los pies se le hubieran helado y se hubieran adherido al suelo. El miedo se ha apoderado de ella y no le permite pasar a la habitación de la emoción.

Alarga el brazo y toca una pared del laberinto, de abeto suave punteado por agujas de acebo, con la hiedra abriéndose camino y llegando hasta el último rincón, como los cotilleos.

Fragmentos de recuerdos dan volteretas a su alrededor, como aquel día en que podaron el laberinto y ella e Isabelle permanecieron de pie cerca, con las hojas cayendo sobre ellas cual confeti verde.

O aquella otra vez en que hubo una jornada de puertas abiertas en el centro de conferencias y vio a dos mujeres besándose y entrando en el laberinto dando traspiés, sin separar los labios, y pensó por primera vez, al menos de manera consciente, que le gustaban tanto los chicos como las chicas.

O el día en que encontró a su madre en el laberinto discutiendo con la tía Veronica sobre algo que tenía que ver con... no recuerda de qué hablaban. Sus palabras están atrapadas dentro del laberinto, y ella no consigue entrar.

Sea lo que sea que hay ahí dentro, hoy no lo va a encontrar.

Se abren las contraventanas que dan a la terraza. La risa de Philippa se desparrama sobre la nieve, junto con el olor de la comida de Navidad que se está cocinando. Lily sigue sin verse con fuerzas para enfrentarse a ellos. Se aleja de la casa.

Tras el sauce que lloró sobre ella y su madre está el pozo de hielo. Le recorre un escalofrío al verlo. Cuando crecía no le dejaban entrar allí, por si se quedaba encerrada. Era la única parte de la propiedad que tenía prohibida. Y, por supuesto, ella había incumplido la regla infinidad de veces. Isabelle y Lily solían cronometrarse la una a la otra para comprobar cuánto tiempo eran capaces de permanecer sentadas sobre el hielo. Lily llamaba a los bloques «balas de hielo», porque parecían el equivalente invernal de las balas de heno bañadas por el sol que bordeaban los campos en época de cosecha.

La puerta del pozo está congelada. Los dedos se le ponen rígidos al intentar mover el cerrojo para abrirla. Intenta calentarlo con su vaho, que dibuja ondas sobre el metal oxidado. Lo mueve adelante y atrás hasta que por fin cede y la gruesa puerta se abre con un inhóspito crujido.

Busca el interruptor de la luz y lo acciona, pero no pasa nada. Busca fuera los restos de un jardín de rocalla cercano, donde encuentra una piedra grande que utiliza para falcar la puerta y evitar que se cierre. Aun así, dentro del pozo de hielo está oscuro. Y hace muchísimo frío.

Se oye el crujido de pisadas fuera, en la nieve. Son pasos lentos, calculados, que se detienen junto a la puerta. Tienen que haber visto sus huellas en la nieve, conduciendo hasta donde se encuentra ahora. Espera que la dejen en paz, no tener que mantener una conversación trivial con uno de sus primos menos agradables, rodeados por hielo. Sería demasiado ilustrativo. Y no hay posibilidades de que este se derrita aquí; hace siglos que mantiene las relaciones familiares frías y eso no va a cambiar ahora.

La piedra se mueve. La puerta se cierra. Vuelven a echar el cerrojo. Todo queda fundido en la oscuridad.

El corazón le tamborilea en el pecho. Grita:

—¡Estoy aquí dentro!

Fuera no percibe ningún ruido. Quizá no la hayan oído. Es posible que, con la puerta cerrada, el sonido quede atrapado en el interior, igual que mantiene fuera el calor y la sangre caliente. Entonces los pasos se alejan lentamente. Y si ella oye las pisadas en la nieve, entonces quienquiera que sea tiene que haberla oído a ella. Aporrea la puerta metálica, con fuerza. Se detiene, pero la única respuesta que oye es su propio corazón diciéndole que corra. Pero no puede ir a ningún sitio. El pánico la invade y la paraliza en el sitio tal como antes la paralizó a la entrada del laberinto.

Alarga la mano, pero no ve nada de nada. Es el tipo de oscuridad que te absorbe, que te convierte en parte de ella. No la cubre, ni siquiera se la traga, es como si hubiera desaparecido en su interior. Pero eso también tiene algo de tranquilizador. No existir suena tentador. Aparta ese pensamiento de su mente.

«Piensa —se dice—. Mantén las piernas y la mente activas. Busca una salida».

Al avanzar, camina sobre algo afilado. Vuelve a extender la mano y toca hielo. Acaricia la superficie. Cuando era pequeña, le confundía que el hielo quemara. Una vez había preguntado durante una cena en la casa Arcana: «Si el fuego y el hielo son opuestos, entonces ¿el fuego puede congelarte?». A fin de cuentas, el resplandor alrededor de una llama es de un color azul frío. El tío Edward se había reído entre dientes y le había dicho que pecaba de lista y que debería tocar el fuego para comprobar lo frío que estaba.

Hacía mucho tiempo que no pensaba en eso. Toca las balas de hielo otra vez, contando las costuras que separan unas de las otras. Hay muchas, apiladas en un lado del refugio. Tiene la sensación de estar tocando fuego con la mano. La introduce en el bolsillo del abrigo, la abre y la cierra. Por un instante, alberga la esperanza de encontrar algo ahí dentro que pueda ayudarla, un mensaje de su madre, ayuda mágica del pasado para el presente. Pero lo único que hay es pelusilla.

Alarga la otra mano, en busca de la pared. No recuerda que hubiera otra puerta, pero la memoria nos hace trampas. No sabe por qué Liliana le ha encargado la tarea de recordar algo. La memoria distorsiona los hechos como los espejos de feria.

—¡Ay!

Se ha pinchado el dedo con algo.

Lo coge: es un picahielos. Si quisiera hielo, le sería útil. Pero lo que ella necesita ahora es su teléfono. Si no hubiera regresado a la casa Arcana, no estaría ahí sino en Londres, disfrutando de unas Navidades tranquilas en compañía de Netflix. ¿Cómo va a ser capaz de cuidar de un bebé si ni siquiera es capaz de salir de un nevero?

Regresa a la puerta y la aporrea con fuerza con el picahielos. *Pum. Pum. Pum.*

Lily entra en un ritmo, golpeando la puerta y dejando que su grueso metal por todo el recinto resuene como el gong de la cena. El silencio entre ambas cosas es frío.

Aporrea la puerta durante lo que le parece una eternidad, aunque perfectamente podría haber sido un solo minuto, antes de tener que sentarse. Nota la piedra fría bajo la mano al apoyarse. Sentarse en el suelo con un corsé puesto no es fácil. Al agacharse, oye cómo el abrigo se desgarra por las sisas. No ha sido capaz de conservarlo de una pieza ni una mañana. Se le llenan los ojos de lágrimas. Así será como la encuentren, si alguna vez tienen que entrar al pozo a por hielo. Lily convertida en un polo, con lágrimas de dolor adheridas a su azulado rostro.

El cansancio la arropa como otro abrigo. Siente más calor que estando despierta. Nota el tirón, el cordón que la conducirá a un sueño del que posiblemente no despertará.

Capítulo trece

Semisumida en una deriva somnolienta, Lily se despierta al oír descorrer el cerrojo. La puerta rasca el suelo al abrirse.

—¡Aquí estás! —exclama Tom. Tiene las mejillas rojas y la larga melena despeinada. Suda, como si hubiera estado corriendo—. Te he buscado por todas partes.

Lily sale del pozo de hielo, se aleja del sepulcro de su útero. Una vez fuera nota el aire caldeado por el sol a pesar de la nieve. De la casa le llega el olor a leña, que le da la bienvenida. O casi.

—¡Estás tiritando! —exclama Tom, al tiempo que se quita su abrigo y la envuelve en él.

Su preocupación por ella la calienta por dentro como un resplandor. Se pregunta si la Habichuela también la notará.

—¿Cómo me has encontrado? —pregunta Lily mientras caminan penosamente por la nieve de regreso a la casa.

—Pues me ha ayudado oírte aporrear la puerta como si fueras un miembro agresivo de la sección de timbales de una orquesta —dice Tom riendo—. Subí a tu habitación a ver cómo te encontrabas, pero no estabas. Luego recorrí toda la casa, preocupado por si la señora Castle me veía y pensaba que estaba buscando la pista de mañana.

—Alguien me ha encerrado ahí dentro.

—Por supuesto —dice Tom, deteniéndose en seco—. El cerrojo estaba echado. Pero seguro que lo han hecho sin querer.

Lo dice con los ojos abiertos como platos y con una mirada tan azul como el cielo que se extiende detrás de él. Es asombroso que algo tan claro pueda arrojar nieve.

Lily se encoge de hombros.

—He pedido que me dejaran salir. Es imposible que no me hayan oído.

—Es verdad. Yo te he oído en cuanto he salido al exterior. —Tom guarda silencio un momento—. ¿Vas a preguntarles a los demás quién ha sido?

Lily vuelve a tiritar. No desea hablar con sus primos sobre esto.

Tom la escruta con una de sus miradas comprensivas que hace que Lily sienta ganas de darle la espalda y llorar, y no en ese orden.

—Sé que debería hacerlo —dice Lily.

—Te propongo algo —dice Tom—. Diré que era yo quien estaba ahí dentro.

—No puedes seguir rescatándome —le reprocha Lily—. No soy una princesa.

—Nadie lo diría, bonita —dice Tom con su mejor (o más bien «pésima») sonrisa ladeada de Humphrey Bogart.

La verdad es que se parece más a Colombo. Pero es a Colombo a quien uno necesita en momentos de crisis. Ella debería ser más como Colombo. O como Bowie. Siempre que la tía Liliana le daba un consejo, acababa reduciéndolo a: «QHB, querida: "¿Qué haría Bowie?"». Pero David Bowie, por muy luminoso que fuera y que vaya a ser siempre, no era célebre por resolver delitos. O quizá sí. Quizás haya sido el mejor detective encubierto que haya existido. Quizá en su papel en *Twin Peaks* interpretara a su yo real para el celuloide.

—Control de tierra a Lily —dice Tom.

Está de pie delante de ella, haciéndole señales con la mano.

—¿Qué pasa? —pregunta ella.

—Llevo hablándote minutos, explicándote cosas realmente interesantes, fascinantes, te lo aseguro, y tú no has dejado de mirar el vacío y sonreír.

—Lo siento, me he quedado absorta un momento.

—¿Podrías dejar de hacer eso? —le pide Tom—. Ya tengo bastante de lo que preocuparme aquí sin que tú te evadas mentalmente.

Tom se frota la frente, con el ceño tan fruncido que sus arrugas parecen dibujar un crucigrama.

Lily le toca el entrecejo. Se alisa como el papel cuando lo estiras.

—No tienes que preocuparte por mí —le dice—. Sé cuidar de mí misma.

Y no es verdad, pero él no tiene por qué saberlo.

Tom asiente.

—Ya lo sé. Es culpa mía. Me implico demasiado. Siempre he pecado de lo mismo. Con mis pacientes consigo manejarlo, pero con mi familia, no.

—¿Por qué estás preocupado ahora, aquí, en la casa Arcana? —le pregunta Lily. El instinto le dice que hay algo que debería saber, algo que no encaja.

Tom niega con la cabeza.

—Por nada en particular.

Un instinto de detective infalible: Colombo nunca se habría equivocado.

—Sara está siendo muy desagradable —continúa Tom—. Gray necesita ayuda, pero yo tengo una relación demasiado próxima a él y no puedo dársela. Ronnie tiene que plantarse. Rachel está más feliz que nunca y no quiero que eso cambie y...

—¿Y yo? ¿Estás preocupado por mí? —pregunta Lily, aunque no sabe si quiere que su primo responda que sí o que no.

—Bueno, como siempre —responde Tom con una sonrisa.

—¿Y vas a decirme por qué?

—Porque lo tienes todo guardado en una nevera —contesta—. Si no supiera que es absurdo, pensaría que te has encerrado tú misma para no tener que hablar con nosotros. Pero es imposible que lo hayas hecho, ¿no?

—Creo que ni siquiera sería capaz.

—Pues eso. Lo que me afecta es estar aquí, rodeado de fantasmas y de personas que piden a gritos ayuda y al mismo tiempo me chillan que mantenga las distancias. Es todo y nada al mismo tiempo. Eso es lo que me preocupa. Pero nadie necesita ni pide mi intervención. Así que, y solo lo preguntaré una vez: ¿hay algo que te gustaría decirme?

—¿Como qué? —pregunta Lily, con la esperanza de que no sepa interpretarle la expresión. ¿Qué sabe Tom, si es que sabe algo?

—Diría que con eso ya me has contestado. —La tristeza cristaliza la risa de Tom—. Me gustaría que me dijeras lo que te pasa.

—Lo haré —responde ella—, cuando pueda.

Caminan en silencio hasta llegar al final de la terraza. Las hojas caídas sobre la nieve parecen interrogantes. Aguantaron mucho tiempo sin caer, pero al final el invierno puede con todos.

Al subir las escaleras, el salón y la biblioteca quedan a la vista. Varios de los invitados están de pie junto a la ventana de la sala de estar, con las tazas en alto. Ríen, con las bocas abiertas y las cabezas echadas hacia atrás. Desde donde están Lily y Tom, el silencio hace que su gesto resulte macabro.

—Fantasmas —dice Lily—. Has dicho que estábamos rodeados de fantasmas.

Recuerda la voz que oyó anoche tras la pared.

—Siempre, ¿no? —pregunta Tom. Vuelve a fruncir el ceño—. Lo que pasa es que aquí los oigo mejor.

—¿A tu madre y a tu padre? —pregunta Lily.

Tom asiente con la cabeza.

—He entrado en su dormitorio —le explica—, el que ocuparon después de que tú te fueras. Estaba todo cambiado. Lo convirtieron en una de esas elegantes *suites* de hotel. No lo sabía. No había venido de visita desde entonces. No me apetecía.

—Al menos tú te has atrevido a entrar —le anima ella, recordando lo que sintió frente a la puerta del dormitorio de su madre; la invocación a entrar y el campo de fuerza generado por ella misma que la retuvo fuera.

—Espera a que te cuente lo que ha pasado —dice Tom—. Estoy seguro de haber oído la voz de mi padre.

—¿Del tío Edward? —pregunta Lily.

Le vienen a la cabeza imágenes de Edward. Lo ve sonriendo y guiñando el ojo mientras repartía regalos. Lo ve correr buscando los huevos de chocolate en el jardín, con las cintas de su sombrero artesanal de primavera revoloteando a su espalda. Lily lo adoraba, y había muerto poco después que su madre. El círculo de Lily, que no sentía afinidad con Sara, con Gray ni con Rachel, se había quedado reducido a Liliana, Ronnie y Tom. Ni siquiera veía ya a Isabelle.

—Y luego he oído a mi madre —dice Tom, con la voz quebrada como la cáscara de una nuez—. Y he salido de allí corriendo, llorando.

Lily asiente, aunque nunca le gustó la tía Veronica. Rara vez sonreía. Era una mujer muy fría. El último recuerdo que tiene de ella antes de su muerte es en el funeral de su madre. Veronica se arreglaba los pendientes mientras le decía:

—Te acompaño en el sentimiento, Lily.

Palabras que podía decir cualquiera y que carecían de significado.

—Lo siento muchísimo —replica ella, que sí lo dice de corazón. Sabe mejor que nadie lo que es perder a los padres. Ella nunca tuvo padre, ni siquiera sabe quién fue. Se lleva la mano al vientre. Se pregunta si la pequeña Habichuela lo sabrá alguna vez.

Entran juntos y se oye un grito de alegría desde la otra punta del salón.

—¿Dónde os habíais metido vosotros dos? —pregunta Ronnie.

Está de pie delante del fuego, se les acerca y les pone una mano en el hombro a cada uno. Su expresión de alivio vuelve a reconfortar a Lily.

—He encontrado a Lily en el pozo de hielo —explica Tom—. Y luego alguien nos ha dejado encerrados a los dos allí dentro. Lily lo mira, volviendo la cabeza hacia él con rapidez. Le había dicho que diría que él se había quedado encerrado. Aunque la verdad es que carece de importancia.

—¿Qué hacías allí dentro? —le pregunta Sara a Lily. Sus ojos son estrechos como un canal e igual de fangosos. Lily no consigue ver el fondo en ellos. Probablemente esté formado por cieno y por una amargura suficiente como para llenar varios carritos de supermercado—. No te habrá pedido Tom que soluciones otras pistas por él, ¿verdad? Va contra las reglas.

—Y todos sabemos cuánto respetas tú la tradición y el seguir las reglas —apunta Rachel.

—Creo que sería más oportuno preguntarse quién nos ha encerrado —dice Tom, y así consigue desviar la atención de Lily.

—Espero que no penséis que he sido yo —responde Sara.

Lo dice con el pecho henchido, como una gallina indignada.

—No tengo ni idea de quién ha sido —dice Tom, abriendo hacia fuera las manos en un gesto de franqueza que Lily reconoce de su propia terapeuta—. Si no, no lo preguntaría.

—Yo he estado aquí con Rachel, Holly y Ronnie todo el tiempo —dice Philippa.

Todos se vuelven a mirar a Sara.

—He sido yo —dice Gray en voz baja desde su asiento junto al fuego. Se pone en pie y sostiene en alto un par de auriculares. Le cuelgan los cables de la mano. Se acerca a Lily—. He ido a dar un paseo. Iba escuchando música. He visto la puerta abierta y la he cerrado. Debería haber mirado dentro. Lo siento muchísimo.

La mira con unos ojos brillantes como las monedas de diez peniques que la abuela Violet solía darles a sus nietos como semanada. Las remojaba en vinagre tan ácido como podía ser a veces su lengua y luego las soplaba hasta que la reina parecía cinco años más joven.

—No ha pasado nada —dice Tom—. Así hemos comprobado que el pozo de hielo funciona bien. Lily estaba congelada cuando ha salido.

—¿Y tú no? —pregunta Sara—. ¿Incluso habiéndole dejado tu abrigo?

La mirada de Sara no es tan reluciente como la de su hermano. Está deslustrada por el tiempo y la maldad. Lily se apunta mentalmente escabullirse un momento antes de la cena de Navidad para cambiarse. No sabe cómo explicarles a sus primos que lleva puesto el abrigo manchado de sangre de su madre.

—Ya me conoces —le dice Tom con una sonrisa—: yo siempre estoy caliente, por mucho frío que haga.

Y sube y baja las cejas haciéndole ojitos.

Sara suelta una exclamación de indignación. Se vuelve hacia su hermano y le dice:

—Será mejor que lo que estabas escuchando fuera tu viejo iPod y no algo que deberías haberle entregado a Isabelle.

Gray sostiene en alto un modelo antiguo de iPod Shuffle. Lily tenía uno igual. Liliana les regaló uno a cada uno de sus hijos, entre los cuales para ella se incluía Lily, cosa que Sara nunca ha superado.

—Vale —dice Sara—. Porque no me vas a servir de nada si tienes que irte a casa.

Gray agacha la cabeza. Lily se acerca a él y le pone una mano en la espalda. Él se inclina hacia ella como un galgo marcando territorio ante alguien que visita una perrera.

—Lo siento —le susurra Gray.

—No lo has hecho queriendo —le responde Lily también en voz baja.

—No, no me refiero a lo del pozo —dice Gray, con un hilo tan delgado de voz que es prácticamente vapor.

—¿Entonces?

Sara se les acerca y Gray se queda con la boca abierta, como un pez atrapado en un anzuelo.

—Y si Gray os encerró a los dos, ¿cómo habéis salido? —pregunta.

Lily nota que Tom se queda congelado a su lado, como si hubiera pasado toda la noche en el pozo de hielo.

—Conseguí forzar la puerta —dice por fin.

—Se te da fatal mentir, Tom —señala Sara.

Justo en ese momento entra la señora Castle con una bandeja de canapés.

—Dentro de una hora serviré la cena de Navidad —dice. Deposita la bandeja con un ruido metálico sobre la mesa—. Volovanes rellenos. Servíos las bebidas vosotros mismos.

Los mira a todos como si quisiera que desaparecieran por el tiro de la chimenea y no regresaran; gira sobre los talones y se marcha. Sus botas retumban en las baldosas.

Se hace el silencio por un momento, y luego Tom dice:

—¿A que no va a ser una cena de Navidad fácil de olvidar?

Capítulo catorce

—¿Dónde están las galletitas crujientes? —pregunta Ronnie mientras se sientan—. Una cena de Navidad sin galletitas es como una cena de Navidad sin pavo... o sin discusiones familiares. Este sombrero me encanta. Tengo la cabeza ideal para llevar sombrero.

Lo demuestra moviéndola a un lado y a otro.

—Debes de estar bastante satisfecho contigo mismo, Tom —dice Sara—. Por conseguir esa primera llave. Espero que la hayas guardado en un lugar seguro.

Tom sonríe. Se da unas palmaditas en el bolsillo superior.

—Aquí la tengo.

—A mí me preocuparía que alguien me la robara —dice Philippa.

—¿Por qué iba a querer nadie birlarme la llave? —pregunta Tom.

Gray suelta una carcajada. Todo el mundo lo mira. Se tapa la boca inmediatamente con la mano, como si se avergonzara de haber dicho nada.

—Todos queremos las llaves —dice Philippa—. De lo contrario, no estaríamos aquí. No tiene sentido fingir candidez.

—¡Caray, qué palabra tan culta para la mesa de Navidad! —apunta Sara.

—Lo siento. No pretendía desconcertarte, Sara —dice Philippa—. Significa que no tiene sentido hacerse el inocente, engañar...

—Ya sé lo que significa —la ataja ella.

—Esto empieza a ponerse serio —responde Tom—. Es Navidad, ¿sabéis? Podemos disfrutar. Con galletitas crujientes o sin ellas, con llave o sin llave.

—Claro, ¡¿qué vas a decir tú?! —replica Philippa—. Tienes una. Y, además, estás en mucha mejor posición que nosotros para conseguir más.

—Toma —le dice Tom, sacándose la llave del bolsillo y tendiéndosela desde el otro lado de la mesa.

Philippa alarga la mano para cogerla.

—No puedes regalarla sin más, Tom —interviene Sara.

—¿Por qué no? —Deja la llave en la mano de Philippa—. Yo he venido a divertirme, no a ganar.

Philippa sonríe orgullosa mirando la llave, como si la hubiera encontrado ella. Luego se aleja de la mesa para ir a guardarla en su bolso de mano.

Se abre la puerta y la señora Castle entra portando un salmón ahumado entero. Lily lo huele desde la otra punta de la estancia y aparta la mirada, como si hacerlo fuera a detener la pestilencia.

—La señora Castle me ha explicado antes que el salmón se cura aquí mismo —informa Philippa—, en el antiguo ahumadero, como se ha hecho durante siglos. Se prenden astillas de madera de los árboles caídos en la finca y se dejan arder durante días. El humo se va filtrando poco a poco en el pescado.

—Un poco como te pasa a ti —dice Sara—, que te vas filtrando en nuestra familia para echar mano del dinero.

—Sara, cariño —le señala Tom con amabilidad—, en realidad, ese dinero no es ni nuestro ni tuyo.

—No te atrevas a llamarme «cariño», Tom —replica ella.

Se miran fijamente. El silencio es tal que se oiría caer una guirnalda de oropel.

—¿Puedo dejar ya la maldita bandeja en la mesa? —pregunta la señora Castle.

Las palabras y las botas de la señora Castle rompen el silencio. Todo el mundo se recuesta en sus sillas. Cuando deposita la bandeja justo delante de Lily, ella coge furtivamente una cuña de limón y la esconde en su puño. Se la lleva a la nariz y respira. La ráfaga cítrica ahuyenta el olor del pescado ahumado... hasta que todos los comensales cogen sus tenedores y pelan un trozo de salmón. Lily constata que nunca volverá a comerlo. Solo mirarlo le da asco: carne desollada desmenuzada en platos. Es demasiado humano.

—Bueno, propongo que todos comamos con apetito y nos divirtamos —dice Tom, frotándose las manos mientras la señora Castle sale de la estancia y cierra la puerta de golpe tras ella.

Una vez que Philippa, insistente y triunfal, ha trinchado el pavo y se lo han comido junto con lla guarnición de verduras, salvo un poco que Gray ha pedido que guarden para preparar la carne picada con col que comerán el Día de San Esteban, todos se dirigen caminando como patos al vestíbulo. Lily no quiere volver a ver otra col de Bruselas en mucho tiempo. No ha comido mucho. Lo suficiente para mantener las náuseas a raya.

—El *pudding* de Navidad se servirá en noventa minutos —anuncia la señora Castle.

—¡No, por favor! —exclama Ronnie, llevándose una mano a la barriga.

—Sin que sirva de precedente, estoy de acuerdo con Ronnie —dice Sara.

A Lily le complace comprobar que el rostro de Sara se ha vuelto del color que indica el nombre de su hermano.

—Creo que hablo en nombre de todos si le digo que lo guarde para mañana, señora Castle —propone Rachel.

Sara mira a su prima como si quisiera advertirle de que, por supuesto, no ha hablado en nombre de todos, pero se ha atiborrado tanto que articular una palabra queda fuera de sus capacidades... por una vez en la vida.

Lily se pasa el resto de la tarde intentando desembarazarse de su familia. No es algo que le resulte fácil a nadie. En todo el país, millones de personas estarán jugando a ese mismo juego de esperar, además de a las adivinanzas, al Monopoly y a otras tantas cosas insufribles.

Pese a las protestas previas por estar demasiado llenos, consiguen hacer hueco para comerse dos docenas de tartaletas, con su crema de coñac y mantequilla al coñac y regadas con unas copitas de coñac. Ronnie prepara su propia crema de sirope de arce, lo cual permite que Lily se le una como gesto de camaradería sin que se note que lo hace para evitar el alcohol. Le fascina que nadie se haya dado cuenta todavía de que no ha bebido nada desde que llegó a la casa Arcana. Pero eso no va a durar.

Cuando proyectan *Los Teleñecos en «Cuento de Navidad»* en la sala de juegos, en la pared, Lily consigue escabullirse para estar a solas. Se acomoda en un sillón en el extremo opuesto, apoya los pies hinchados en un taburete y contempla el paisaje por la ventana. Desde ese sitio puede ajustar su campo de visión de manera que el laberinto quede fuera de él. Decide contemplar la hierba del jardín silvestre. En la distancia, el campanario de la capilla apunta a un cielo nublado.

Philippa entra y deja una taza de té con demasiada leche en la mesita que hay al lado de Lily. Se ajusta el chal sobre los hombros mientras comprueba que no haya nadie alrededor:

—¿Podemos hablar? —le susurra.

Lily asiente con la cabeza, porque ¿qué otra cosa puede hacer dadas las circunstancias?

Philippa aproxima una silla y se sienta un poco demasiado cerca de Lily.

—Solo quería decirte que sé por qué has venido. Y que puedo ayudarte.

El corazón de Lily empieza a latir tan rápido como el de Habichuela.

—¿A qué te refieres?

¿Cómo sabe que Lily intenta investigar la muerte de su madre? ¿Y cómo podría ayudarla? ¿Tiene acaso alguna información sobre lo ocurrido?

—Lo que no entiendo es por qué te molestas en jugar —continúa Philippa—. Podrías haberle dicho a Isabelle Stirling que estás embarazada y la casa sería tuya.

Al comprender lo que ocurre, Lily se lleva una decepción.

—Te diste cuenta cuando me desmayé —conjetura, llevándose la mano al vientre.

—Cuando te aflojé el corsé —le aclara Philippa.

—Esperaba que Tom y tú no os hubierais dado cuenta. Pero ¿cómo no ibais a hacerlo?

—No creo que Tom se diera cuenta. Apartó la mirada.

—Tan caballeroso como siempre.

—No deberías llevar ese corsé estando embarazada. Podrías dañar al bebé.

Ese es otro motivo para mantener su embarazo oculto. Le evita recibir lecciones dudosas y que no ha pedido de gente que no puede reprimirse de darlas.

—Históricamente, las mujeres solían llevarlos para contener el vientre —es todo lo que responde Lily, ciñéndose a los hechos—. Según se decía, producían «bebés mejores» porque sujetaban los músculos de la barriga y la espalda de la madre. El objetivo era reducir la alta tasa de mortalidad de los niños, no incrementarla. Diseñé este corsé teniendo en cuenta mi embarazo. Cuando me lo quito por la noche, me duele la barriga.

—Es imposible que estés de más de dieciocho o diecinueve semanas —le dice Philippa—. Espera a superar las treinta. Entonces sí que resulta incómodo... —Se lleva la mano al final de la columna—. Y ya nunca más volverás a tener la misma espalda.

—Lo capto. Gracias —dice Lily—. Y lo tendré en cuenta. Estoy de veintiuna semanas. Me hicieron la última ecografía el lunes pasado. Lily recuerda ver a su hija jugando con el cordón umbilical que las une. Recuerda el sobrecogimiento que sintió. El terror.

—Yo también tenía miedo —dice Philippa—. Con Samuel. Hasta que coronó. Luego no dejaba de insultar a Ronnie por darme un hijo tan cabezón.

—La verdad es que sí tiene una cabeza como para llevar sombrero —responde Lily. Y entonces recuerda las palabras anteriores de Philippa—. ¿A qué te referías cuando me has dicho que podías ayudarme?

—He pensado que podrías conservar esta casa como un hotel. Tienes derecho a quedártela, porque estás embarazada del heredero. Y Ronnie y yo podríamos regentarlo. Bueno, yo lo regentaría y Ronnie daría rienda suelta en la cocina. Salvo por el presupuesto. A mí se me da mejor controlar ese aspecto. Así evitaríamos arruinarnos... otra vez.

—Es una idea maravillosa, pero...

—Es una gran idea —la interrumpe Philippa. Le brillan los ojos al imaginar un futuro posible en pleno florecimiento—. Piénsalo. Tu pequeño podría jugar con Samuel y tú podrías dejar esa caja de zapatos que es tu apartamento. ¡No pongas esa cara! Ronnie ha estado allí y me lo ha contado. Aquí tendrías espacio para hacer las cosas que te apetecieran. Podrías montar un negocio y confeccionar tu propia ropa. —Señala el vestido de Lily—. Más gente tendría que ver estos vestidos. Estás ocultando tu talento, además de a tu bebé.

—Suenas como la tía Liliana —dice Lily.

Se imagina a sí misma viviendo en la casa, con Ronnie en su elemento, y lanzándose de verdad al mundo de la moda. Imagina también estar cerca de Isabelle. Pero en algún recoveco de su mente, el laberinto la acecha. Nunca conseguirá escapar de los recuerdos viviendo aquí.

—Lo lamento, pero no puedo. Seguiría atada a esta casa en mi cabeza.

—Entonces, ¿por qué has venido? ¿No será solo porque una vieja te lo haya pedido?

—Pues, sí. Principalmente por eso.

Philippa cruza los brazos y la mira con escepticismo.

—Tienes la misma expresión que Ronnie cuando oculta algo.

Lily aparta la mirada. No dice nada. Las mentiras piadosas no disimularán los oscuros secretos que busca.

—Piénsatelo —le dice Philippa—. Ni siquiera tendrías que involucrarte. Se me da bien esto, y harías feliz a Ronnie. ¿Te lo pensarás?

Lily duda y luego asiente con la cabeza.

—Me lo pensaré.

No lo hará, pero al menos así se quitará a Philippa de encima.

A través de la puerta abierta que comunica con el salón se oye el ruido de vidrio cayendo.

—No nos habrá oído nadie, ¿verdad? —pregunta Philippa.

—Espero que no —responde Lily.

Anochece cuando Lily detecta una nueva oportunidad de escabullirse. Al llegar más comida, esta vez en forma de tabla de quesos de Yorkshire, tiene una arcada.

—Me voy a la cama —dice—. El viaje y la mala noche me están pasando factura.

Tom se golpea el pecho con el puño y Ronnie se acerca a ella para darle un abrazo. Holly se despide de ella con la mano, con las mejillas tan sonrojadas como bayas de acebo en un vino de larga maduración. Los demás ni siquiera se molestan en mirarla.

Al subir las escaleras, los recuerdos vuelven a arremolinarse en su cabeza. Pero uno en particular permanece de manera insistente. Recuerda subir a dormir aquel día de Navidad, antes de que su madre muriera.

A ella le habría gustado quedarse despierta. ¿Quién no quiere quedarse despierto hasta las tantas a los once años? Bajó sigilosamente y se sentó en el escalón que no crujía. Alargándose el camisón para taparse las rodillas y no tener frío, oyó las conversaciones achispadas y los chasquidos y las risas de los adultos mientras jugaban al Tragabolas de Ronnie. Su primo ni siquiera había tenido ocasión de estrenarlo aún y Lily pensaba en lo injusto que era eso cuando oyó los golpecitos del bastón de la abuela Violet en el suelo del vestíbulo. Lily casi la llamó, porque a su abuela no le importaría que estuviera allí escondida; probablemente habría sonreído, la habría aplaudido y le habría guardado el secreto. Pero justo entonces apareció la tía Liliana. Lily supo por el ímpetu de sus pasos en las baldosas que estaba enfadada.

Se encogió tanto como pudo y se quedó muy quieta, como una estatua cuando no suena música.

—¿Has oído lo que me ha dicho esa víbora? —preguntó Liliana.

Lily entrevió el rostro de su tía. Nunca la había visto tan enfadada.

—La he visto hacer una mueca de desprecio al inclinarse sobre Marianna. Y no he podido más —respondió la abuela.

Lily no pudo evitar inclinarse hacia delante para escuchar la frase siguiente. Tenía los pies en el peldaño de abajo. Crujió y la delató.

Liliana miró hacia arriba y la vio. Lily vio el miedo atravesar el rostro de su tía con unas pisadas tan rotundas que le dejó huellas en la frente.

En cambio, la abuela Violet no miró hacia arriba, pero sí dijo:

—Lily sabe escuchar. La gente haría bien en no infravalorarla.

—Yo no lo hago —había respondido Liliana.

—A mí me han infravalorado toda mi vida —añadió su abuela. Y fue entonces cuando miró hacia arriba y vio a Lily encorvada en las escaleras—. Y siempre me ha parecido muy útil.

—Pues no parece que eso te haya detenido —replicó Liliana

con lo que Lily interpretó como una nota de envidia, aunque quizá también fuera de orgullo.

—Lo pagas de otra manera, pero te permite escabullirte por los huecos, como el viento a través de las paredes o como los fantasmas en una casa. Escucharlo todo y no decir nada hasta el momento en que más asuste a los demás.

Lily se deslizó escaleras abajo. La abuela Violet le tendió los brazos y Lily se abalanzó a ellos. Los tablones del suelo ya podían hacer todo el ruido que quisieran. La abuela era bajita, pero tan achuchable y cálida como un peluche sin costuras, y capaz de abrazar. Parecía tan fuerte..., como si ni siquiera el cáncer que le corría por las venas como la carcoma pudiera arraigar en ella y hacer que se desmoronara.

Entonces su madre salió al vestíbulo y la abuela soltó a Lily.

—Esta pequeñaja debería volver a la cama —dijo.

Su madre asintió. Parecía cansada. Tenía los ojos ensombrecidos. Acercó a Lily a los pies de la escalera y, tras darle un beso en la coronilla, le dijo:

—Arriba, Lily. Ahora iré a darte las buenas noches.

Y Lily subió aquellos mismos peldaños, despacio, uno tras otro, hasta llegar a su habitación. Se metió en la cama, se acurrucó con el edredón hasta el cuello y esperó. Y esperó. Pero su madre no llegó a subir.

Y Lily no volvió a verla viva.

La Lily de treinta años está tumbada en la cama, tapada con el mismo edredón. Debajo, sostiene muy cerca el abrigo de su madre. Las mangas de tela acunan a Lily en un abrazo fantasmal. En parte, se siente avergonzada y espera que nadie descubra nunca lo que está haciendo. Pero en parte también sabe que le ha faltado algo desde aquella noche, que sigue esperando a que su madre suba las escaleras y le dé las buenas noches.

Si el abrigo no tuviera manchas de sangre, podría quedarse

dormida así. Pero no puede dejar de pensar en ellas. Cubren las mangas, y también hay algunas en el dobladillo del abrigo, donde debieron de gotear mientras moría. ¿Por qué nadie lo limpió? Lily se endereza y enciende la lámpara de su mesilla de noche. Observa con atención las manchas, como si estar cerca de la sangre de su madre le ayudara a notarla en sus venas.

No puede refrenarse, se inclina hacia delante y lame la sangre. Por supuesto, no sabe a nada.

Enfadada consigo misma, se levanta de la cama. Quizá si limpia la sangre conseguirá erradicar también sus propias manchas.

Lily entra en el cuarto de baño de su habitación y abre el grifo de la bañera. Necesita sal, así que se echa por encima la bata, baja de puntillas las escaleras y se dirige a la despensa. Se oyen murmullos procedentes del salón, pero, por lo demás, la casa duerme. Cuando vuelve a subir, con el salero en el bolsillo, oye a alguien moviéndose en la primera planta. Sube a toda prisa el siguiente tramo de escaleras antes de que la vean.

Quince minutos después, el abrigo verde de su madre está en remojo en su bañera. Parece mecerse mientras se hunde en el agua salada. La solución salina debería reblandecer la sangre, como si le quitara la costra a una herida, y luego intentará limpiar las manchas con detergente y pasta de bicarbonato. La lejía es el último recurso, porque entonces tendría que teñir el abrigo de verde, y nunca conseguiría el mismo color. Las manchas de sangre nunca acaban de irse del todo.

Oᐧᐧᐧ

Capítulo quince

Un lamento despierta a Lily. Al principio piensa que ha sido suyo, que se ha despertado gritando de su pesadilla: había quedado atrapada en el hielo y su madre intentaba llegar hasta ella.

Entonces lo vuelve a oír: un quejido estridente y lastimero procedente de la planta de abajo.

Aún está oscuro. Podría seguir soñando. Podría ser una de esas pesadillas recurrentes en las que sueña que se despierta, una y otra vez.

—¡Nooooo, por favor, no!

Ensordecedor y apremiante, el quejido recorre la casa.

No es ningún sueño.

Lily busca a tientas la luz y se apresura a salir de la cama, desprendiéndose del sueño como de un sudario. Lleva el corsé atado flojo mientras corre por el frío suelo. El lamento llega una y otra vez de la planta baja. Parpadea ante unas luces que corretean y chocan entre ellas. Otras puertas se abren y cierran con fuerza, otras pisadas se unen a las suyas mientras baja corriendo las escaleras.

Aminora el paso al ver a Tom debajo de la escalinata, tapándose la boca con la mano. Holly y Rachel están junto a él. Holly está enterrada en los brazos de Rachel, que mira por encima de la cabeza de Holly y tropieza con la mirada de Lily. Le caen lágrimas por la cara.

Lily pasa junto a ellas y lo ve.

Ronnie está arrodillado sobre una baldosa negra.

—No, por favor, no —dice, balanceándose adelante y atrás, sosteniendo algo entre los brazos.

Lily no entiende lo que ven sus ojos. Entonces la imagen se enfoca: las manos de Ronnie cubiertas de sangre. Un rastro de sangre por todo el pasillo, desde la entrada hasta la biblioteca. Un brazo que resbala de su regazo. La cabeza de Philippa desplomada hacia atrás. Sus ojos abiertos, unos ojos que no ven. Tiene un cuchillo clavado.

Lily se descubre caminando hacia Ronnie y agachándose junto a él. Él se aparta de ella ligeramente, como si no quisiera consuelo. Se aferra con más fuerza al cuerpo de Philippa y se balancea con más intensidad.

—¡Llamad a una ambulancia! —grita Ronnie, girando el cuello de un lado a otro para mirar a todo el mundo—. ¿Qué hacéis ahí parados?

—Creo que ya no está con nosotros, Ronnie —le dice Lily con dulzura.

Él niega con la cabeza y zarandea a Philippa. Lily aparta la mirada de la cabeza colgante.

—No. No me dejaría —dice él—. Sabe que no puedo vivir sin ella.

Despacio, Lily extiende la mano más allá de Ronnie para agarrarle la muñeca a Philippa. Presiona dos dedos en el punto vulnerable entre los tendones.

—No hay pulso, Ronnie —dice.

Él se curva sobre el cuerpo de su esposa. Sus lamentos regresan y se elevan en un eco hasta la galería de los trovadores. Lily recuerda haber oído ese sonido antes. Lo emitió ella misma, cuando encontró a su madre. Oír a Ronnie llorar así hace que salte la costra de heridas viejas.

—¿Qué vamos a hacer? —pregunta Sara.

Lily levanta la vista. Sara está de pie sobre ellos, con los ojos como platos, como si necesitara abrirlos al máximo para asimilar lo que pasa. Al fin una reacción humana... Junto a Sara, la boca de Tom continúa abriéndose y cerrándose, como si intentara hablar pero no pudiera.

—Eso no puede habérselo hecho ella —dice Holly.

El silencio es elocuente. Lily mira a su alrededor en el vestíbulo. Están todos: Ronnie, Sara, Gray, Rachel, Holly, Tom, la señora Castle y ella misma. Quienquiera que haya apuñalado a Philippa podría estar en la casa.

—Es el cuchillo de trinchar —observa Gray en voz muy baja—, el que Philippa utilizó para cortar el pavo.

Tiene los ojos nublados por lo que ven, cual piezas de plata empañadas.

—¡Llamad a una ambulancia! —vuelve a gritar Ronnie.

—Es demasiado tarde para eso, primo —dice Sara, que se inclina hacia delante y le da unas torpes palmaditas en el hombro.

—¡Cierra el pico, Sara! —grita Ronnie.

—No te preocupes. Voy a llamar —le dice Lily.

Ha hilado la bobina interior de la pena muchas veces y sabe que él seguirá dando vueltas hasta el lugar más seguro y más oscuro: la negación. Ronnie le hace un gesto de asentimiento.

—Gracias. —Acto seguido, se inclina sobre Philippa y le susurra al oído—: Levántate, cariño. Hay que irse a la cama.

Se aferra a la esperanza como la hiedra a una casa encantada. En cualquier momento, estará pensando, Philippa se sacudirá el polvo de encima, se pondrá en pie, hará algo muy molesto y todo volverá a la normalidad.

Pero a Ronnie ya nada volverá a parecerle normal.

Lily se levanta y le hace una señal a Tom para que ocupe su lugar junto a su hermano.

Tom asiente con la cabeza. Luego pone cara de psicólogo y se sitúa junto a Ronnie.

—No te preocupes —intenta tranquilizarlo—. Nosotros nos ocuparemos de ella.

Ronnie sigue susurrándole al oído a Philippa. El amor que desprende su voz se clava como un alfiler en el corazón de Lily. Ella entra en la cocina, donde la señora Castle está rellenando la tetera, con mano temblorosa.

—Tenemos que llamar a la policía —le dice.

—No podéis —responde el ama de llaves, con la voz entrecortada, como si intentara no llorar.

—Philippa está muerta y alguien la ha asesinado. Tenemos que pedir ayuda.

—Por teléfono no, es imposible. Las líneas han caído con la tormenta de nieve.

—¿Qué tormenta? —pregunta Lily.

Mira el jardín por la ventana. La luz de la cocina revela cuánta nieve ha caído durante la noche. La nieve llega a un tercio de la altura de la puerta podrida y sigue nevando. El viento azota la capa superior de nieve y la convierte en enaguas de gasa blanca.

—He intentado contactar con la policía en cuanto la he visto. Pobrecilla. Justo la otra noche preguntaba qué hacer en caso de emergencia...

—¿A nadie se le ocurrió que esto podía pasar? —pregunta Lily.

—¿Que alguien acabara asesinado en Navidad, en lugar de recibir un regalo? Pues aunque suene raro, no, no se nos ocurrió —responde la señora Castle.

Y al acto se tapa la boca, como si intentara tragarse sus palabras.

—¿«Nos»? ¿Planeó usted el juego de Navidad con la tía Lil? —pregunta Lily.

La señora Castle sacude la cabeza a lado y lado.

—Liliana insistió en escribir las pistas y las reglas sola. Ya sabes cómo era. Isabelle y yo solo nos ocupamos de la logística. Se suponía que nadie debía salir malparado.

—Pues no ha sido así. Tendremos que ir en coche a avisar a la policía.

—Si la cosa no empeora... —observa la señora Castle.

—¿Cómo podría empeorar?

—Nunca hagas esa pregunta —le contesta la mujer—. El destino tiene tendencia a responderla.

Capítulo dieciséis

Tom está en la puerta principal, poniéndose con prisas el abrigo.

—¿Cuál es la comisaría más cercana?

—La de Bedale, quizá —responde Rachel—. ¿O tal vez la de Ripon?

—Voy a comprobarlo —se ofrece Gray, llevándose la mano al bolsillo en busca de su teléfono. Entonces cierra los ojos—. Lo siento. Se me olvida que los hemos entregado.

—¿Alguien puede explicarme otra vez por qué aceptamos hacerlo? —pregunta Tom, enrollándose una bufanda alrededor del cuello.

—Por las maravillosas reglas de mamá —responde Sara—. Reglas que dicen también que cualquiera que se vaya renuncia a su derecho a reclamar la casa.

—¿No pensarás que vamos a seguir adelante con el juego? —pregunta Lily.

—¿Por qué tendríamos que parar? —replica Sara con las cejas en alto.

—Philippa está muerta —contesta ella con la voz más baja que puede para no herir a Ronnie.

Regresa adonde Ronnie sigue sentado con la cabeza de su esposa apoyada sobre el muslo. Se esfuerza por no ver el cuchillo ni la sangre.

—Lo siento mucho, pero ya no podemos hacer nada por ella —dice Sara—. Estoy siendo práctica, nada más.

—Estás siendo cruel y empecinada —dice Tom, tan enfadado que le vibra la voz.

—Quizá —responde Sara—. Pero yo me quedo. La línea telefónica se restablecerá en algún momento. Entonces llamaré a la policía. Pero, por supuesto, los demás podéis largaros. Así yo me quedaré con la casa.

Rachel se asoma en el vestíbulo, atrapada entre Tom y Sara. La señora Castle se apoya en la pared como si necesitara su solidez. Se queda mirando el retrato de Liliana que hay en la pared. Probablemente se pregunte cómo se ha visto involucrada en esta familia.

—Esperad —dice Sara, levantando el dedo—. ¿Qué ha pasado con la llave que Tom le dio a Philippa? —Alza la voz y se vuelve hacia Ronnie, que sigue sentado en el suelo con el cuerpo de Philippa—. Ronnie, ¿viste qué hacía con la llave?

Ronnie no se vuelve. Le acaricia la cabeza a su esposa como si quisiera que se durmiera. Lily espera que ni siquiera haya oído a Sara.

—¿Cómo puedes preguntarle eso? —dice Holly.

Rachel la abraza más fuerte.

—Ella ya no va a necesitarla, ¿no? —responde Sara—. Y no nos engañemos, Ronnie tampoco la utilizará.

—Eres repugnante, Sara —le dice Tom.

Sara vuelve a encogerse de hombros. Pero Lily está de pie junto a ella, lo bastante cerca como para ver que toma aire entrecortadamente. Quizá incluso Sara tenga sentimientos.

—Bien —dice Tom, sacándose las llaves del coche del bolsillo—. ¿Alguien tiene cadenas para las ruedas?

Todos niegan con la cabeza.

—¿Y vosotros os tenéis por gente de Yorkshire? ¡Menuda pandilla! Está bien. ¿Y alguien tiene un atlas, un mapa o un puñetero globo terráqueo? Lo que sea, siempre que me lleve a la comisaría más cercana.

Su voz reverbera en el vestíbulo.

La señora Castle parece despertarse con su volumen. Se dirige al buró que hay en la recepción y abre un cajón.

La voz de Tom también se abre paso hasta Ronnie.

—Chisst, Tom —musita él—. Philippa está durmiendo.

Le acaricia el pelo una y otra vez.

—De acuerdo, Ronnie, cariño, hablaremos bajito —dice Rachel, mirando a su hermano con tanto amor que duele.

La señora Castle rebusca en el cajón, farfullando para sí misma.

—¿Tienes GPS? —le pregunta Rachel a Tom.

—Utilizo el móvil —responde Tom con la mandíbula apretada—. Pero no lo tengo encima.

—Te puedo prestar el GPS de mi coche —propone Lily, enrollándose la bufanda—, aunque es un poco viejo. Se me ha bloqueado varias veces viniendo hacia aquí. Y dudo que la conexión sea mejor con la ventisca.

Tom asiente con la cabeza, como si no esperara otra cosa de una noche como esta.

Lily espera ser capaz de leer las otras pistas más tarde; nada en las reglas dice que no pueda hacerlo. Pero, por ahora, Philippa ha sido asesinada y Ronnie necesita ayuda. Y eso es mucho más importante que resolver un misterio de hace décadas.

Tom la abraza muy fuerte. No está segura de si es él o ella quien tiembla.

La señora Castle suelta un «¡ajá!» y agita un atlas de carreteras sobre su cabeza.

—Os acompaño —anuncia, sonriéndole a Lily—. El mapa nos llevará hasta allí.

Diez minutos después, Lily y la señora Castle están en el coche de Tom. Rachel y Gray despejan la nieve del camino a paladas mientras Tom rocía con líquido anticongelante los parabrisas delantero y trasero. La nieve cae incesante, burlándose de sus intentos.

—Quizá me he precipitado al hablar —dice la señora Castle.

—Pensaba que no le gustaba tentar al destino —replica Lily.

—Espero que me demuestre que me equivoco —responde ella, pero su voz no transmite demasiada esperanza.

Tom entra e introduce las llaves en el contacto.

—Venga, Kristeva —dice—, hazme el favor de encenderte.

—¿Cómo has llamado al coche? —le pregunta el ama de llaves.

—Julia Kristeva —responde Tom—. Es una crítica psicoanalítica.

—Ya sé quién es —dice la señora Castle, cruzando los brazos.

Julia Kristeva acelera, intentando llegar con sus neumáticos a la gravilla.

—Venga —la anima Tom—. Tú puedes.

Lily se acurruca en el asiento trasero. La calefacción de los asientos empieza a funcionar. Se imagina cómo sería tenerlos en su viejo Mini. También hay un soporte para bebidas. Mataría por un café.

No. No lo haría.

El motor arranca y el coche empieza a moverse. Le parece escuchar a Gray cantando victoria, pero podría ser el viento susurrando entre los árboles. Tom se inclina hacia delante en su asiento, intentando mirar al otro lado del cristal. Los limpiaparabrisas están activados, pero su campo de visión debe de ser prácticamente nulo.

—No me parece buena idea conducir —dice la señora Castle.

—Pues no se me ocurre qué más hacer —contesta Tom, con lágrimas en el fondo de su voz.

—Tampoco es que estemos demasiado seguros en la casa —tercia Lily.

—La tía Liliana no debería habernos juntado a todos —sentencia Tom.

—No imaginaría que alguien podía morir —replica el ama de llaves.

Pero Liliana sabía que alguien había sido asesinado antes en la casa Arcana. ¿Y qué pasa si eso tiene algo que ver con la muerte de Philippa?

La señora Castle busca con la mirada a Lily en el retrovisor. Se lleva un dedo a los labios.

Al empezar a descender por la empinada carretera de acceso, el coche resbala. Tom lo mantiene en ruta, pero cada vez avanza más lento. Nieva con más intensidad. Copos de nieve cubren las ventanillas como una intricada puntilla.

A ambos lados, el bosque se cierne sobre ellos como si intentara penetrar en el coche para ponerse a resguardo. Quizá sea mejor que Lily se marche. Incluso la tía Liliana admitiría que le ha dado una oportunidad al juego de Navidad. No esperaría que Lily permaneciera en la casa después de morir otra persona. Al fin y al cabo, Liliana se marchó cuando su hermana falleció, y se llevó a Lily con ella.

Y entonces un pensamiento la asalta. Quizá su tía se la llevara de allí para que estuviera segura, para alejarla de quienquiera que asesinara a su madre. Pero entonces, ¿por qué exponerla ahora nuevamente al peligro?

El coche se ha detenido. Tom pisa el acelerador otra vez, pero las ruedas solo tragan tierra, hielo y gravilla. Están atascados.

Tom intenta abrir la puerta, pero un montón de nieve se lo impide. Baja la ventanilla y asoma por ella la cabeza todo lo que puede. La tormenta irrumpe en el vehículo, les escupe aguanieve en la cara.

—Apenas veo nada —grita Tom—. Pero parece que hay un árbol caído en la carretera. ¡Tendremos que apartarlo!

Lily se suelta el cinturón y abre su puerta un poco.

—Por este lado hay más sitio —grita—. Señora Castle, si sale usted, entonces Tom podrá saltar hasta aquí.

Asienten y Lily espera que la hayan oído. El viento intenta cerrar la puerta, pero no sabe determinar si es para mantenerla en peligro o alejada de este.

Empuja la puerta con las piernas. Consigue abrirla el tiempo suficiente para salir por ella. Apoya la espalda para proteger su vientre. Nota el rostro lacerado. Incluso con el abrigo y las capas de ropa que lleva puestas, no tiene más calor que si hubiera salido en camisón.

La señora Castle sale como puede del coche, seguida por Tom. Con las cabezas gachas, acurrucados uno junto a otro, Lily, Tom y el ama de llaves rodean el coche para averiguar qué bloquea el camino. Entre ráfagas de viento, vislumbran el árbol caído un instante. Uno de esos robles inmensos, cortado a la altura de la rodilla, está atravesado en la carretera. Sus ramas asoman bajo las ruedas del coche. Cruje, susurra y se estremece: está muriendo ante sus ojos.

—Debe de haberlo derribado el viento —dice la señora Castle.

Tom no dice nada. Con los brazos cruzados y los ojos entornados para hacer frente al aguanieve, se abre camino hasta el pie del árbol caído en busca de las raíces. Lily va tras él. Las ramas le arañan las extremidades. Tom señala hacia el tronco, que está cortado como una loncha de salami, dejando a la vista los anillos que revelan su edad. Lily no es ninguna cirujana forestal, pero no cree que una tormenta pueda cortar un roble limpiamente en dos.

—No podemos moverlo esta noche —grita Tom—. Es demasiado peligroso.

Lily asiente con la cabeza. Los tres regresan cogidos por los brazos, tal como Lily caminó con Philippa hace menos de dos días. No sabe si es la mejor manera de afrontar la ventisca, tres personas a lo ancho en lugar de en fila india, pero le resulta más reconfortante.

Recorren pesadamente el camino de regreso. Lily jamás había pensado que se alegraría de ver la casa Arcana elevándose a través de la nieve. Entonces recuerda qué le aguarda: un lugar donde se cometen asesinatos y del que alguien les ha impedido irse.

Capítulo diecisiete

—Estás temblando —dice Holly cuando Lily vuelve a entrar en la casa.

Le frota los brazos y la abraza con fuerza. Ella clava la mirada en el suelo y siente una alegría extraña al ver las pantuflas con pompón de Holly.

—Va, va —dice Sara con el ceño fruncido—. No es Lily quien necesita que la consuelen ahora.

—Le castañetean los dientes, Sara —la corta Holly con sequedad por primera vez en presencia de Lily—. ¿A ti qué te pasa?

Sara retrocede. Tuerce el gesto, pero parece no saber qué contestar. Entonces Lily oye el sonido de sus muelas, como el de esas dentaduras de plástico que se accionan con cuerda. Tiene que haber sentido un frío similar en algún momento de su vida. El día en que encontró a su madre había caminado descalza por la nieve. Ahora ni siquiera se nota los dedos de los pies, y da gracias por ello. Levanta la mano y ve que está temblando.

—No sé qué me pasa —duda.

—Tienes hipotermia —le explica la señora Castle.

—Tenemos que hacer que entre en calor —dice Holly.

La rodea con el brazo y la guía hacia el salón. De camino, Lily no puede evitar mirar hacia la biblioteca. Ronnie sigue allí sentado, en el suelo. Pero ahora ya no se mueve. Parece una de las estatuas del jardín.

—Se niega a levantarse —le informa Holly tan bajo como puede.

—Y tampoco nos deja que nos llevemos a Philippa —añade Rachel.

—Mejor —dice la señora Castle en un susurro—. Ya es bastante malo que él la haya tocado. Aunque ¿quién puede culparlo, pobrecillo? —Se le suaviza la expresión un instante, y luego vuelve a tensarse como si la hubieran almidonado en su estado natural—. Convendría no moverla ni un centímetro más hasta que llegue la policía, aunque dudo que eso vaya a pasar en breve...

—¿Qué ha ocurrido? —pregunta Rachel.

—Había un árbol atravesado en el camino —explica—. Esta noche no podemos salir de aquí, al menos en coche.

—¡Oh, no! —exclama Holly mientras ayuda a Lily a sentarse en una butaca. Lily vuelve a encontrarse arropada en una manta. Philippa la había cuidado de manera muy similar, y ahora está muerta—. Pobre árbol. Era tan grande. Debía de tener muchos años ya...

—Exacto. Y esa es nuestra prioridad ahora mismo —dice Sara—. Un árbol que no soporta una pequeña tormenta.

—Lo habían cortado deliberadamente —aclara la señora Castle con una voz tan afilada que podría talar el árbol.

—¿Y quién iba a hacer algo así? —pregunta Holly con los ojos redondos como unas bayas del bosque, rojos por el cansancio y de tanto llorar.

—Quizá la misma persona que ha matado a Philippa —responde Gray.

Está de pie junto al fuego, con las manos a la espalda, como si se esforzara por no gesticular.

Nadie sabe qué responderle. El fuego llena el silencio con su leve siseo. El viento agita las ventanas de guillotina. La casa cruje a su alrededor.

—¿Alguien nos va a traer un té? ¿Un café? ¿O preferiblemente algo más fuerte? ¿O acaso tiene que hacerlo la señora Castle también, con todo lo que acaba de vivir? —dice Sara, y clava la mirada en Holly.

—Por supuesto —responde Holly confusa—. Ya lo preparo yo.

Se pone en pie, con expresión de perplejidad, y sale del salón arrastrando los pies.

Sara espera hasta que los pasos de Holly ya no se oyen.

—No quería decirlo delante de una extraña, sobre todo tan dulce e ingenua como Holly...

—Es mi mujer y forma parte de esta familia —la interrumpe Rachel con una mirada fulminante—. Y no tienes ni la menor idea de cómo es, aunque supongo que a ti cualquiera te parecerá dulce e ingenuo, Sara.

—Me lo tomaré como un cumplido —responde Sara, poniendo los ojos en blanco.

Rachel se levanta.

—Te lo puedes tomar como quieras y metértelo por el...

—No creo que necesitemos entrar en detalles biológicos, Rachel —la ataja Tom—. Venga, Sara, por el amor de Dios, di lo que tengas que decir de una vez.

Sara mira hacia Gray en busca de apoyo, pero su hermano tiene la vista clavada en las llamas, como si quisiera desaparecer con las chispas por la chimenea.

—De acuerdo. Bueno, está claro que debemos cuadrar nuestras coartadas para cuando llegue la policía.

—El único motivo por el que deberíamos cuadrar nuestras historias sería que uno de nosotros fuera el asesino —responde Tom.

—Es que uno de nosotros es el asesino, querido primo —sentencia Sara—. O eso, o alguien se coló en la casa durante la tormenta, mató a Philippa mientras dormíamos y taló un árbol para asegurarse de que no saliéramos de aquí.

—No es imposible —dice Gray con la voz teñida de esperanza.

—Pero sí bastante improbable, ¿no crees? —replica Sara—. Pensaba que habías estudiado Lógica en la universidad.

Gray parece a punto de decir algo, pero se detiene. Lily sabe perfectamente cómo debe sentirse. Todas esas palabras embotelladas durante décadas, envejecidas en barrica de roble y a la espera de ser servidas.

En el vestíbulo, Ronnie empieza a sollozar. Lily se pone en pie, pero se siente débil, nota cómo la oscuridad invade los márgenes de su visión como una fotografía vieja.

—Ya voy yo —se ofrece Tom, abandonando enseguida del salón—. ¡Ya voy!

Lily respira hondo. Si la muerte de Philippa está conectada tanto con la de su madre como con la de la tía Liliana, y le cuesta creer que no sea así, a menos que la propia casa esté embrujada, entonces necesita redoblar esfuerzos. Pero debe hacerlo sin llamar la atención. Ahora es cuando tiene que demostrar de verdad de lo que es capaz... si es que es capaz.

—Si vamos a cuadrar nuestras «coartadas» —dice Lily mascando las palabras, intentando pensar mientras habla—, entonces tenemos que saber qué estaba haciendo cada uno de nosotros en el momento de la muerte de Philippa.

—Yo estaba dormida —se apresura a decir Sara—. Me enteré al oír a Ronnie.

Ante la mención del nombre, todos guardan silencio un instante y escuchan su llanto acallado y los susurros consoladores de Tom en el vestíbulo.

—Y yo —dice Lily.

Tanto la señora Castle como Rachel y Gray aseguran lo mismo: estaban dormidos y unos ruidos en el piso inferior los despertaron.

—Pues o alguno de nosotros miente —dice Lily— o lo hicieron Tom o Holly, o bien alguien de fuera.

—O Ronnie —apunta Gray.

—¿Acaso no lo estás oyendo? —pregunta Sara—. ¿Te suena a alguien que ha matado a un ser querido?

En ese momento el llanto de Ronnie se parece más a un bramido. Suena como si su piel no pudiera contener tanto dolor.

—No tengo manera de saberlo —responde Gray, mirando a su hermana a los ojos—. Y me estoy limitando a aplicar la lógica, tal como me has sugerido.

Lily piensa en el camino de acceso.

—Quizás haya imágenes de las cámaras de las verjas —dice Lily—, pero tendremos que hacerle llegar un mensaje a Isabelle para comprobarlo.

—Si tuviéramos manera de hablar con ella, también podríamos contactar con la policía —tercia Rachel.

—Y hay algo más de lo que deberíamos hablar —añade Sara—. ¿Qué vamos a hacer con el cadáver de Philippa?

—Ya os lo he dicho: no conviene moverlo —responde la señora Castle—. Y tampoco deberíamos acercarnos a la entrada de la biblioteca. Los forenses querrán encontrarlo todo tal cual estaba.

—Usted misma ha dicho que Ronnie ya la había movido.

Y es verdad. A juzgar por la sangre que hay en el suelo, Lily tiene la impresión de que Ronnie se dejó caer al verla tumbada en el umbral y la arrastró para cogerla entre sus brazos.

Del vestíbulo llega el murmullo grave de la voz de Holly, seguido por el lento sonido de sus pantuflas al arrastrarse sobre las baldosas. Entra portando una bandeja. No aparta la vista de las tazas apiladas y de la enorme tetera hasta haberlas depositado en la mesa. Tom la sigue con otra bandeja, esta con café y montoncitos de galletas. A Lily le rugen las tripas. Disimula el sonido tosiendo. Tener hambre en un momento como este parece irrespetuoso.

—Me preocupa Ronnie —dice Tom, acercándose de nuevo a la puerta para tener a su hermano a la vista—. Se niega a separarse de ella. Todavía está intentando despertarla.

—Está en *shock* —dice la señora Castle—. Acaba de encontrar muerta a su esposa. —Niega con la cabeza—. ¿De qué otra manera podría reaccionar? Es la cosa más devastadora que podría ocurrirle.

Holly se acerca más a Rachel.

—Opino que deberíamos moverla —dice Tom.

—Vaya, por una vez estamos de acuerdo —replica Sara—. Eso es justamente lo que decía yo.

—Pues ahora preferiría haber cerrado la boca —responde Tom.

—Tendríamos que dejarla donde está —opina Lily—. Moverla podría echar por tierra la investigación. No tenemos ni idea de qué hacer.

—No podemos dejarla ahí en el suelo —replica Holly—. Es muy incómodo.

—No creo que eso le importe —dice Sara, pero no con crueldad—. Pero hay otro motivo para moverla. No pretendo ser desagradable... —Sara pone su cara de «digo las cosas como son»—, pero no tardará en empezar a oler mal.

—Por favor, Sara —exclama Tom, con la cara arrugada por la repugnancia—. Pensaba que no podías sorprenderme más, y vas y dices eso.

—Pues es la verdad —responde Sara—. Todos sabemos que es cierto. Explícaselo tú, Gray.

—Déjalo en paz, Sara —la corta Tom—. ¿Por qué iba a saberlo Gray?

—Porque los enterradores acostumbran a saber muchas cosas sobre la muerte —responde Sara.

Sonríe al ver las caras de conmoción de todos los presentes. Disfruta sabiendo cosas que los demás ignoran.

—Empecé la formación hace poco, en septiembre —explica Gray, sin despegar los ojos de la moqueta.

Lily siente una oleada de paz al pensar que alguien tan tierno como Gray se ocupe de los muertos. Si ella muriera, le gustaría que Gray estuviera presente, con la cabeza gacha y las manos a la espalda.

Sara le da un golpecito en el brazo a su hermano y él retrocede.

—Díselo, Gray. Diles que la casa empezará a apestar si la dejamos donde está.

Holly se tapa la boca con la mano y gira la cabeza para apoyarse en el hombro de Rachel. Lily desearía tener a alguien en quien poder hacer lo mismo.

—Mira que de pequeña eras una niña encantadora... —dice la señora Castle.

—No, no lo era —responde Sara.

Y tiene razón.

En el vestíbulo, Ronnie rompe a llorar otra vez. A Lily se le parte el alma. Necesita abrazarlo. Y ese dolor debe de ser solo una enésima parte de lo que él siente por Philippa.

Lily se pone en pie despacio para evitar marearse. En su interior, la Habichuela se retuerce y gira como la conversación. La reconforta. Contenta de dejar el grupo, Lily sale de la estancia. Tom le agarra la mano cuando pasa junto a él y le da un apretón.

Lily le pone una mano en el hombro y Ronnie levanta la vista.

—Ya sé lo que vas a decirme —dice, enjugándose la cara de mocos y lágrimas—. Sé que se ha ido, pero no puedo dejarla.

—Lo entiendo —responde Lily. Se acomoda a su lado—. No voy a pedirte que hagas nada que no quieras hacer.

Ronnie se inclina hacia ella. Lily siente que sus sollozos la agitan. Se pregunta si la Habichuela también los notará.

—Háblame de Philippa —le propone Lily—. Explícame todo lo que amas de ella.

Lily sabe que aún no debe utilizar el tiempo pasado. Será Ronnie quien decida cuándo hacerlo.

—De ella me encantan todas las cosas importantes, y también sus pequeñeces. Me gusta que sepa cómo acabará la película cuando apenas ha empezado. Y que le gusten tanto las rosas amarillas después de llover —dice Ronnie, bajando la vista hacia Philippa. La mira y habla con ternura.

—Cuéntame más cosas —lo invita Lily, acariciándole la cabeza.

—Ama a Samuel con tal ferocidad que siempre le digo que parece una leona. Lo calma hasta que se queda dormido leyéndole la predicción del tiempo. Le gusta la fruta y el chocolate con almendras, pero quita las almendras y me las da a mí. Y siempre se sienta en primera fila en el cine porque le gusta que la imagen inmensa de los actores la haga sentir delgada. Chupa el azúcar de las palomitas, es capaz de pelar un pescado en menos de treinta segundos y se come el mismo plato que le he preparado una y mil veces y todavía me da consejos para que lo mejore, y eso es bueno, es genial, porque yo quiero hacerlo lo mejor que pueda para ella.

Ronnie rompe en sollozos y empieza a mecerse de nuevo.

—Muy bien —lo reconforta Lily—. Sigue contándome.

Y lo hace. Habla durante lo que se antojan horas sobre el duro suelo acerca de todas las pequeñeces y las grandes cosas que adora de la mujer que yace muerta sobre su regazo. No parece ver el cuchillo que tiene clavado en la espalda, solo a la mujer a quien ama. Lily anhela sentir ese tipo de amor, pero mira qué ocurre cuando lo pierdes.

—Estaba tan emocionada por venir aquí —continúa Ronnie sacudiendo la cabeza y apartándole el pelo a Philippa para que no le tape los ojos—... Estudiaba gestión de hoteles, me preguntó infinidad de cosas sobre la familia... incluso empezó a hacer pasatiempos cuando le dije que a la tía Liliana le gustaban los anagramas. Nunca la habría traído de haber sabido que esto podía...

No consigue acabar la frase. Vuelve a agitarse con los sollozos, y lo único que Lily puede hacer es abrazarlo.

—Me dijo que volvería —sigue. Ella tiene que aguzar los oídos para entenderlo, apenas lo oye entre los sollozos—. Eso es lo que no consigo sacarme de la cabeza. Si hubiera bajado con ella...

—¿Por qué bajó? —pregunta Lily, con el corazón latiéndole más rápido.

Ronnie se encoge de hombros.

—Estaba adormilado. Dijo que quería comprobar si alguien estaba bien.

—¿Alguien? ¿O algo?

Ronnie cierra los ojos y pone gesto de intentar recordar. Luego suelta un suspiro de frustración.

—Alguien, creo. Pero no lo sé. —Se vuelve hacia Lily con los ojos abiertos como platos y las aletas de la nariz en movimiento—. ¿Por qué no lo sé? Fueron las últimas palabras que me dijo. Debería haberla escuchado mejor, debería haberle dado un beso, haber venido yo en su lugar.

Lo único que Lily puede hacer es abrazarlo hasta que, al final, se le agoten las lágrimas. Ronnie se derrumba, con la barbilla clavada en el pecho. Parece pequeño. Sus labios agrietados se mueven, pero no sale sonido por ellos, como si estuviera rezando en silencio por Philippa.

Al oír unos débiles pasos cerca, Lily alza la vista y ve a Gray de pie junto a la escalera.

—Debería descansar —dice Gray—. Va a ser un día largo para él.

Lily asiente. A Ronnie se le cierran los ojos.

—¿Crees que podrías acompañarme a descansar un rato? —le pregunta.

Ronnie duda y luego asiente.

—Pero ¿qué pasa con...?

—Nosotros cuidaremos de Philippa por ti —le asegura Lily.

Gray está de pie junto a ella. Los mira con una expresión llena de empatía y de compasión. ¿Cómo es posible que haya salido así cuando Sara carece de esas cualidades? ¿Cómo es posible que Liliana lo hiciera tan bien y tan mal? ¿O acaso no tiene nada que ver con cómo seas como madre?

Lily no sabe si prefiere que sea la naturaleza o la crianza lo que más influya en la Habichuela. Ambas son sospechosas.

—Yo me encargaré de ponerla cómoda —le dice Gray a Ronnie—. Iré a buscar un cojín para colocárselo debajo de la cabeza.

—Uno de esos rojos festivos —le dice Ronnie—. Le encantaba la Navidad.

Capítulo dieciocho

Ya es de día cuando Lily se despierta de su siesta. La Habichuela también lo ha hecho, y ahora se contonea en su acogedora *suite*. Parecía que no conseguiría volver a dormirse, pero el ruido blanco del viento contra las ventanas la arrulló hasta hacer que dejara de pensar en la muerte.

Aunque no por mucho tiempo. Es San Esteban, el aniversario del fallecimiento de su madre.

Descorre las cortinas y contempla el terreno cubierto de blanco. No puede escapar. El laberinto y los eventos de hace veintiún años siguen tan frescos y fríos en su memoria como la nieve de la noche que se acumula en el exterior.

Lily entra en el cuarto de baño y enciende la luz. Retrocede, desconcertada. Hay una forma humana tumbada muy quieta en la bañera. Entonces lo recuerda: es el abrigo de su madre. Sigue en remojo. El agua tiene un color rosado. Pero el abrigo es verde.

Y entonces ve las manchas en las mangas, o más bien ve que ya no están. Prácticamente han desaparecido. Y eso significa que no eran manchas de sangre.

Una vez que se ha puesto el vestido del día, de luto negro al estilo victoriano, hace un alto en su descenso por las escaleras para comprobar cómo está Ronnie.

Abre la puerta despacio, llamándolo por su nombre. En la oscuridad de las cortinas echadas, lo ve hecho un ovillo sobre la cama. Sigue dormido, fuera de combate. Tiene el edredón y la manta arrugados a los pies de la cama, como si hubiera estado luchando con ellos. Abraza una almohada como si abrazara a su mujer.

Lily mira al otro lado de la cama. El antifaz de Philippa, su crema de manos y sus libros de bolsillo están esparcidos sobre ella. La policía los llamará «sus efectos personales». No hay rastro de la llave.

Sin embargo, los cajones de la mesita de noche están abiertos. Lily se acerca caminando despacio para comprobar si la llave está en uno de ellos, pero no ve nada en medio del amasijo de braguitas, medias, maquillaje, diademas y cremas hidratantes. Cuando Ronnie visitó el apartamento de Lily por primera vez, le dijo que Philippa se volvería loca con tanto desorden. De manera que, o bien Ronnie ha estado rebuscando entre las cosas de su mujer como si sus efectos personales pudieran contener algo de ella, o ha sido otra persona quien lo ha hecho, quizás en busca de la llave.

Ronnie gime en sueños y Lily lo tapa delicadamente con el edredón. Agarra la almohada con más fuerza. Mejor que siga dormido y sueñe con Philippa.

Una vez en el piso inferior, Lily escucha una tetera hirviendo en la cocina. Resulta extraño que la vida continúe cuando alguien muere. Es entonces cuando se da cuenta de que el cadáver de Philippa ya no está. Y de que han limpiado su sangre del suelo.

Tom sale del comedor frotándose los ojos. No se ha afeitado. Las oscuras ojeras lo hacen parecer mayor.

—¿Qué ha pasado? —pregunta Lily—. ¿Y Philippa?

—Cuando bajé ya no estaba. Fui a echar una cabezadita y en ese rato Sara y Gray la trasladaron al pozo de hielo.

Lily mira a su alrededor como si lo viera todo por primera vez. El salón, con tiras de luces apagadas y pino reseco, se le antoja aún más lúgubre. Ayer era un simulacro de una celebración que no tuvo lugar y ahora es un velatorio. Imagina a Philippa tumbada en la oscuridad. Lily se estremece, como si pudiera notar el frío severo en la piel de Philippa.

—¿Qué va a decir Ronnie cuando se despierte y averigüe que está allí? Querrá ir con ella. No podemos atarlo para retenerlo.

Tom niega con la cabeza.

—Dudo que se despierte antes de un par de horas, como mínimo. Pero no tengo ni idea de qué hacer cuando lo haga. Estoy entrenado en este tipo de cosas, pero no sé qué decirle.

—Quizá hayamos conseguido salir de aquí antes de eso. Entre todos deberíamos ser capaces de mover el árbol.

—Esa es la otra mala noticia —dice Tom.

—¿Qué pasa ahora?

—La señora Castle ha oído en la radio que toda la zona está oficialmente aislada por la nieve. Es imposible transitar por las carreteras. La policía no puede llegar hasta nosotros y nosotros no podemos llegar hasta ellos.

—Estamos atrapados —dice Lily.

Y, aunque no lo expresen, sabe que ambos piensan lo mismo: están atrapados en la casa Arcana con un asesino.

Salvo Ronnie, están todos sentados en la sala matinal de la planta superior. Las tazas de café se les enfrían en las manos. Solo las grandes mansiones como esta tienen estancias para las distintas horas del día. Los invitados se desplazan por la casa como sombras alrededor de un reloj solar.

El nombre de la estancia es apropiado. Lirios de invierno derraman lágrimas sobre la mesa. Ni siquiera los rayos de luz que se filtran a través de la ventana evitan la tristeza fúnebre. Lily tenía previsto llevar su vestido como tributo a su madre y a Liliana. Nunca se le pasó por la cabeza que tendría un uso más inmediato. Aunque le falten las palabras, al menos con la ropa puede demostrarle a Ronnie cómo se siente.

Tom se acerca y se sienta en el brazo del sillón de Lily.

—¿Cómo estás? —le pregunta en un susurro. Señala el vestido negro que Lily cosió a mano para que parezca como si mil plumas de cuervo cayeran en cascada a su alrededor—. Sé que esto debe de ser difícil. La muerte de Philippa el mismo día que la de tu madre...

Su franqueza estremece a Lily. Nota que los ojos se le llenan de unas lágrimas difíciles e intenta contenerlas. No llorará, aquí no. No servirá de nada.

—Estoy bien —dice.

Tom asiente con la cabeza. Le toca el brazo con delicadeza.

—Cuenta conmigo si necesitas hablar.

Lily ni siquiera puede asentir por miedo a que las lágrimas empiecen.

—De acuerdo —dice—. ¿Has visto a Ronnie?

Tom afirma con la cabeza, con rostro serio.

—Le he dado otro sedante.

—No soy capaz de imaginar siquiera cómo debe de ser perder a tu pareja.

—Tienes que tener una relación muy íntima con alguien para saberlo —responde Tom. Y al darse cuenta de la mirada rápida de ella añade—: Hablo tanto de ti como de mí. Ninguno de los dos ha permitido nunca que nadie se nos metiera bajo la piel.

Lily aparta la vista y guarda silencio. ¿Qué se dice cuando alguien da en el blanco?

Sara los observa. Lily nota sus fríos ojos desde el otro lado de la estancia. Desearía saber por qué no le cae bien a Sara. Le dan ganas de serenarla, de hacer las paces, sobre todo en días como hoy. De extenderlo todo suavemente como mazapán sobre un pastel oscuro y grumoso. No es un aspecto de ella que le guste especialmente. Sí que ayuda a mejorar algunas situaciones, pero tiene su coste.

Tom también se ha dado cuenta de la presencia de Sara. Lily nota que se pone rígido, siente cómo se le contrae la musculatura del brazo.

—¿Quieres decir algo, Sara? —pregunta Tom—. Tengo la impresión de que sí.

Lily le da un codazo, indicándole que se calle, que no empeore las cosas. Lo consigue. Lo oye soltar el aire despacio, nota cómo se relajan sus músculos. Está haciendo los ejercicios de respiración que aprendieron juntos en la clase de *mindfulness* del año pasado. A Tom se le da mucho mejor que a ella, que solo consigue ser consciente de cómo los minutos avanzan arrastrándose lentamente en las clases, en lugar de soltar los pensamientos como si fueran globos y contemplarlos ir a la deriva por el cielo de su mente sin sentir apego por ellos, con los cordeles revoloteando libres conforme se alejan flotando. Pero se aferra a esos cordeles. No consigue dejarlos ir.

—Estaba pensando en lo bonito que es que os llevéis tan bien; parecéis dos tortolitos —dice Sara.

A Lily no siempre se le da bien captar el *saracasmo*, pero esta vez aterriza como Papá Noel cayendo por la chimenea.

Tom vuelve a ponerse rígido.

—¿Y qué tiene eso de malo? —pregunta.

—Ah, nada. A mí me parece bien que los primos se enrollen. Lo que pasa es que me gustaría que Lily se aclarara de una vez.

Es como si la acabaran de cortas en rodajas, como un salmón. Abre la boca para decir todas esas frases que se le ocurrirán por la noche, pero que ahora se le atragantan y no acaban de salir. Nunca es capaz de replicar cuando alguien hace un comentario ofensivo o la amenaza en la calle cuando va cogida de la mano o besando a otra mujer. O cuando está con un hombre y dan por supuesto que es heterosexual y se siente privilegiada y segura, pero borrada. No sabe defenderse. Está decepcionando a todo el mundo, a toda una comunidad, incluso a sí misma.

En cambio, Rachel y Tom no parecen tener ese problema. Como si compartieran un aliento protector, responden a la vez. Rachel dice:

—¿A qué te refieres con eso?

Y Tom:

—Para el carro, bonita.

Lily nota a Sara erizarse en la otra punta de la estancia.

—¿Bonita? —pregunta, como si escupiera una almendra rancia.

—Lily tiene derecho a que le guste quien sea —responde Tom—. No tiene que aclararse ni aclararte nada a ti. Y en cuanto a tu insinuación insidiosa, solo decirte que es ridícula.

Lily lo nota vibrar contra su brazo. Tom se agarra las manos, como si tratara de no abalanzarse sobre Sara y darle un puñetazo.

Gray posa una mano en el brazo a Sara y niega despacio con la cabeza. Sara se pone en pie y se dirige a la chimenea. Coge una almohadilla perfumada de las varias que hay sobre la repisa y le arranca los clavos de olor como si intentara arrancarse las palabras de Tom de la piel.

—Si tuviéramos la siguiente pista —dice—, no estaríamos haciéndonos compañía.

—¿Por qué no sales fuera? —le propone Rachel—. A ver si el aire fresco te limpia esa boca *bifóbica* que tienes.

Lily siente una llamarada de gratitud hacia Rachel. Holly le sonríe.

Gray camina de un lado para otro, frotándose la cabeza.

—Ha muerto una persona —dice—. No deberíamos hacer esto.

—¿Hacer qué? —pregunta Tom.

Gray mira a Sara.

—Discutir —responde en voz baja—. Es una falta de respeto.

Una mueca de desprecio recorre el rostro de Sara.

—Eres patético, ¿sabes?

Justo entonces entra la señora Castle.

—Hora de comer —dice, con la calidez de una parrilla que no

ha estado en contacto con el fuego durante años.

—Pero si acabamos de desayunar —se queja Holly, que aún tiene migas de cruasán en el pelo.

Lily tiene que contenerse para no quitárselas.

—En eso consisten las Navidades, ¿no? —replica la señora Castle—. Alguien se pasa el día cocinando y los demás se pasan el día comiendo. Y luego, barra libre de antiácidos.

—¿Así que nada cambia? —pregunta Lily.

—Yo solo hago mi trabajo, señorita.

Tiene aspecto de que preferiría hacer cualquier otra cosa. Y Lily no la culpa.

—No creo que Liliana quisiera que el juego de Navidad continuara con un muerto de por medio —dice.

—Nada puede interponerse en la agenda de tu tía, Lily. Deberías saberlo. El juego de Navidad continúa.

Le sostiene la mirada, y Lily tiene la sensación de que intenta decirle algo.

Capítulo diecinueve

Se ha dispuesto una comida tradicional del Día de San Esteban en el salón: bandejas con las sobras de las verduras del día anterior descansan junto a otras llenas de tacos de pavo y solomillo de cerdo al refresco de cola. Una hilera de salseras con *chutney* casero hecho con ingredientes de la finca recorre el centro de la mesa.

—Mi padre habría llamado a esto «carnes horneadas de funeral» —dice Tom, repasando la mesa.

Lily alarga la mano para coger el *chutney* de manzana especiada y castaña ahumada, y abre la tapa. El aroma le trae un recuerdo agradable. De caminar, bien abrigada, por el huerto de la casa recogiendo manzanitas pequeñas y ciruelas maduras para la tarta Yorkshire que preparaba la abuela Violet. Es una versión azucarada del *pudding* de Yorkshire que se elabora con fruta del tiempo. Recuerda comerla en silencio en la mesa de la cocina, con cucharadas de nata y sonrisas de párpados pesados. Si no fuera por el asesinato de Philippa, podría imaginar una época en la que los recuerdos de esa clase le harían más soportable la estancia en la casa Arcana. En lugar de ello, hay muerte sobre más muerte. La casa es una fosa.

En la mayoría de los hogares, el Día de San Esteban, los co-

mensales arrasarían con las verduras y no quedaría ni una loncha de jamón en la mesa. Pero, en la casa Arcana, la comida permanece intacta.

—Deberíamos hablar de anoche —anuncia Lily con cierta di-
ficultad.

—¿Podemos ahorrárnoslo? —sugiere Sara.

—Lily tiene razón. Tenemos que averiguar quién mató a Philippa —la respalda Holly.

—¿Y cómo propones que lo hagamos? —inquiere Sara—.
¿Que vayamos por ahí preguntándonos los unos a los otros dónde
estábamos en el momento de la muerte y si vimos u oímos algo?

—Pues... sí, supongo que sí —responde Holly mirando a Lily,
que asiente con la cabeza.

—Sería una forma de empezar —dice Lily.

—De acuerdo entonces —conviene Sara—. ¿Alguien vio u oyó
algo extraño anoche, incluido el asesinato de Philippa Armitage?

Nadie responde. Las cabezas niegan.

—Ahí lo tenéis. Como si alguien fuera a admitir algo...

—Quizá no sea de la familia —apunta Gray, con una chispa
de esperanza en los ojos.

—¿Crees acaso que fue la señora Castle con el cuchillo en el
vestíbulo? —pregunta Sara, con un *saracasmo* tan contundente
que podría hundir un cadáver en el agua.

—Ese tonillo es del todo innecesario, Sara —le espeta Rachel—. Es increíblemente desagradable que hables así de Philippa.

—Pensaba más bien que pudo ser alguien que viniera de fuera
—responde Gray—. Un extraño.

—Eso sería muy conveniente, ¿no? —dice Rachel, mirando
a Sara.

La señora Castle vuelve a aparecer para apagar las luces. La
puerta se cierra. La estancia queda bañada por la tenue luz amarilla
de las tardes invernales, que tiñe de color sepia a todos los presentes.

Vuelve a abrirse la puerta y la señora Castle entra con un

pudding navideño en llamas. Lo porta como una antorcha olímpica, con el fuego bailando como una silueta de James Bond alrededor del oscuro postre.

—Me pedisteis que lo guardara para hoy, así que aquí lo tenéis —dice, depositándolo sobre la mesa—. Tened cuidado porque, si encontráis algo dentro, no es comestible.

—Ya corto yo un trozo para cada uno —se apresura a ofrecerse Sara, seguramente imaginándose que hay pistas ocultas en su interior. Mira fijamente el *pudding*, como si quisiera arrancarle el corazón.

—Tengo que servirlo yo. Es otra de las cláusulas de mi contrato. —La señora Castle coge un cuchillo y lo introduce en el *pudding* navideño. A Lily le llega el aroma de las especias y ve las nueces pecanas y las cerezas desde la mitad de la mesa: en la casa Arcana, los *puddings* no se elaboran con guindas glaseadas como narices de payaso. Todo el mundo, incluida Lily, se inclina hacia delante mientras se van sirviendo porciones de *pudding* en cuencos. Sara coge su cuchara del postre. Le da un codazo a Gray para que haga lo mismo. Y él lo hace. Sostiene la cuchara ante sí como uno de esos guardias de tráfico que indican con una señal a los niños cuándo cruzar la calle.

Una vez se han repartido los cuencos, Lily abre con cuidado su *pudding*, negro como la melaza. Todo el mundo hace lo mismo. Pero nadie encuentra una pista, y la mayoría de ellos se recuestan en sus sillas.

Holly es la única que ha rodeado su *pudding* con un foso de natillas al coñac. Empieza a comer.

—¡Ay! —exclama, frunciendo los labios.

Se mete la mano hasta las muelas y saca un dedal de plata.

—Ya os he dicho que tuvierais cuidado —dice la señora Castle.

Sara coge el dedal y le da vueltas como si buscara una pista oculta. No encuentra nada.

—Diría que esto es para ti y para tu pequeño taller de costura —le dice a Lily, lanzándoselo.

Lily agarra el dedal sin pensar. Tiene grabados el laberinto de la casa Arcana y la dentellada de Holly.

Media hora más tarde, la señora Castle entra empujando un carrito de camarera con el segundo plato.

—Por favor, más comida no —se queja Holly.

Lily no la culpa, después de la aventura con el *pudding* de Navidad.

—¡Galletas y queso, para crujirse de risa! —exclama Tom.

Nadie se ríe de su gracia. El queso es de verdad, pero, en realidad, lo que trae la señora Castle son grandes galletas navideñas típicas, de las que llevan pequeños regalos dentro. La señora Castle coloca una delante de cada comensal. Están envueltas en papel dorado brillante y son enormes, con el escudo de los Armitage en el centro y una decorativa cinta amarilla a topos rojos atada en cada extremo.

—Dadas las circunstancias, he pensado que a Ronnie no le importaría que sigamos adelante —anuncia—. He ido a preguntárselo, pero sigue dormido.

Tom le tiende a Lily un extremo de su galleta y ambos tiran con fuerza en sentido opuesto. La galleta emite un chasquido y Lily da una sacudida hacia atrás. Tom, que se ha quedado con el trozo más grande, lo agita sobre la mesa. Caen un sombrero, un papel enrollado y algo pesado.

—Ya ganarás tú la próxima vez —dice.

Lily recoge la baraja de cartas que ha caído y se la entrega a Tom.

—Tu botín —dice.

Él se pone el sombrero rosa y desenrolla la consigna. La lee frunciendo el ceño.

—Creo que deberíais abrir vuestras galletas.

Todos agarran un extremo de una galleta y tiran de ella a la cuenta de tres. Rollos de papel, gorros y regalos vuelan por la estancia entre chasquidos. Cuando cada uno de ellos tiene su pista en las manos, Tom lee en voz alta el mensaje.

¡Ah! ¿Os sentís como cacao en coñac caliente? Ese calor...
¿Como huesos en la nieve? Sabed que hay secretos mudos
en anécdotas, villancicos y cinta amarilla en lazos y nudos,
formando una corona de pino cual serpientes del terror.
Mentiras envejecidas en barricas, tapadas hasta la eternidad,
o hasta que se elabore vino con uvas pacientes
y, con el dulce arrepentimiento del verano, fluyan como fuentes.
Mas yo no puedo esperar meses, no queda tiempo en realidad:
este invierno, mi secreto a la luz saldrá, con toda su amenaza.
Y también los vuestros... por más que trotéiss Cual hojas masticadas,
tripas, lomos, expuestos en su debilidad; pecados apilados,
mentiras rasgadas que a vuestro pasado os atan, caerá vuestra
[coraza.
En lágrimas os desharéis, imparables como cascadas.
El inicio y el final del linaje pondrán fin al pasado.

Holly saca un estuche de su bolso y extrae tres lápices, uno rojo, uno azul y uno negro. Aprende rápido. Saca un poco la lengua mientras empieza a trazar círculos alrededor de las palabras.

Lily se concentra en el poema. Se siente rara. Ronnie está allí arriba, devastado, mientras ellos siguen jugando a este estúpido juego. Pero el poema la acerca un paso más a desvelar la verdad. ¿Qué otra cosa puede hacer?

Lo relee despacio, bebiéndose las palabras a sorbitos, como un *whisky* caro. Saborea las intensas notas cítricas del poema y el gusto acaramelado. Se le deshace un anagrama en la lengua. Pero las notas de base, el corazón del poema y las pistas que supuestamente Lily debe encontrar tardan un rato en aparecer. Paladea las palabras en la boca, calentándolas hasta que le queman las encías. Hay tanto sabor en esos versos, tanta turba, tanto humo. ¿Por qué nadie más percibe la negrura en el corazón del poema?

—Es obvio que la tía Liliana quiere que bajemos a la bodega —dice Rachel—. Todas esas referencias al coñac y al vino, al envejecimiento en barricas y los tapones... Pero, dada la persecución como gansos salvajes de ayer, supongo que la llave no está ahí abajo.

—Está claro —dice Sara, pero parece molesta porque Rachel y todos los demás, a juzgar por sus asentimientos, se hayan dado cuenta.

—Y también creo que es evidente adónde señala —continúa Rachel, mirando fijamente a Sara, sin pestañear, desafiándola.

Rachel apoya las manos en la mesa y retira hacia atrás la silla con el trasero.

Sara se pone en pie de un salto y sale corriendo del comedor.

Rachel la sigue de cerca, a su vez seguida por Holly, que deja tras de sí lápices, bolígrafos y gomas de borrar esparcidos sobre la mesa. Gray le dedica a Lily el fantasma de una sonrisa, se encoge de hombros y las sigue.

—¿Vamos también? —pregunta Tom, señalando hacia la puerta—. No me gustaría perdérmelo.

Lily se pone en pie y Tom le retira la silla y la agarra del brazo, en un gesto paródico de galantería. Caminan lentamente hacia la puerta, con el suelo de madera crujiendo bajo sus pies como si aplaudiera su espectáculo. La casa debe de echar de menos todo eso, piensa Lily, las grandes celebraciones, los disfraces y los bailes, las coqueterías y los banquetes.

Tom y Lily salen al vestíbulo.

—Me vuelve a parecer demasiado obvio —dice Lily—: la biblioteca.

—Ya sé a qué te refieres —responde Tom—. Pero «apilados», «mentiras» «tripas», «lomos»... ¿Qué otra cosa podría ser?

Al acercarse al lugar oyen el sonido desgarrador de libros aterrizando en el suelo. Lily acelera el paso. Sara está arrojando sin cuidado al suelo fila tras fila de libros. El olor amarillento de las páginas viejas queda escrito en el aire.

—¿No te parece que deberías ser más cuidadosa? —pregunta Lily.

Se agacha a recoger algunos libros y les alisa el lomo, refrenándose de besarlos para curarlos.

—¡Cállate, Lily! —le espeta Sara, hojeando los libros y luego tirándolos a un lado—. Hemos venido a buscar una llave, no a comportarnos como bibliotecarios.

—Lily tiene razón —dice Gray. Está de pie en un rincón, con un libro contra el pecho, esforzándose por no mirar la escena—. Aquí hay libros que tienen mucho valor... —Hace una pausa, como si buscara la página correcta—, libros muy preciados.

Parece haber dado con las palabras exactas, porque ahora Sara mira cada libro como si fuera un cheque y se asegura de que no reboten al dejarlos caer.

En el pasado, esta biblioteca fue el santuario de las mujeres de la familia Armitage. La abuela Violet solía sentarse en el sillón rojo y destartalado que hay junto a la chimenea contemplando las estanterías como si fueran una vista panorámica del mar. La tía Liliana se sentaba en el largo escritorio que ocupa el centro de la estancia y recorría con sus dedos versos de poemas. Y su madre se sentaba a lo indio en el suelo, con Lily en su regazo, mientras le enseñaba a leer. Este es un lugar sagrado y Lily no consentirá que se profane.

Se acerca a comprobar si Gray ha encontrado el libro correcto. No es el que busca ella, pero sí es uno que le gusta. *Guía del autoestopista galáctico*. Es el favorito de Gray, además de su serie radiofónica, su serie televisiva y su película preferidas. Es su guía para la vida. Durante dos años, en su adolescencia, solo vistió pijama y un batín.

Lily se dirige lentamente hacia la sección de poesía, intentando hacer caso omiso de la masacre, de los libros caídos, de las palabras laceradas. Cree saber dónde está la llave, pero lo último que quiere es que Sara la consiga. Cualquiera menos ella. Sara no sabría cuidar de esta casa, la convertiría en apartamentos; de ser necesario, ella misma se sentaría en una excavadora y la demolería, eso sí, tocada con un casco de Prada.

En realidad, a Lily le importa poco lo que le suceda a la casa. Podría arder en llamas o ser derribada y le daría igual. Probablemente debería ser destruida. Deberían arrancarle las páginas. Encierra demasiada tristeza para permanecer intacta en su estado actual. Pero no le apetece que Sara se beneficie de su propia pérdida, ni de la muerte de Liliana.

La sección de poesía está al fondo. Era el lugar favorito de la tía Liliana.

Está llena de libros y también contiene algunos panfletos escritos por su tía. Si Lily no va errada, debería buscar en la «R». Ha sido el «trotéiss» lo que la ha alertado. Liliana no cometería la errata de repetir la «s». Seguro que tiene una razón de ser. Y luego ha visto la referencia a «Invierno, mi secreto», un poema que Liliana leía cada año de su autora favorita, Christina Rossetti. Rossetti es un anagrama de «trotéiss».

Lily posa la mano en los libros de poesía y desliza los dedos hasta llegar a la «R», notando cómo los lomos se ondulan bajo ellos. Es como si se flexionaran bajo su tacto, como un gato que arquea la espalda al contacto. Nota un cosquilleo en la nariz, como si solo pensar en felinos la hiciera estornudar. Racine, Rich, Rilke, Rimbaud, Roethke..., pero Rossetti no está. Ni siquiera el hermano de Christina.

Debe de haberse equivocado. Está viendo pistas donde no las hay. Y, de ser así, nunca averiguará qué le sucedió a su madre.

Se une a los demás en su búsqueda entre los libros, aunque solo sea para evitar que sigan estropeándolos. Gray recorre las paredes, presionando todos los paneles como si estuvieran en una película de Indiana Jones y fuera a aparecer un pasaje secreto. Aunque, pensándolo bien, según decían las reglas del juego de Navidad, sí que hay una sala secreta que Lily no ha visto nunca. De niña supo que existían las cámaras secretas y anduvo en busca de una, pero lo máximo que encontró fue un armario oculto. Esta casa sabe guardar bien sus secretos.

Cuando han revisado todos los libros de la biblioteca, y debe de haber miles, Rachel dice:

—Igual era un doble farol. Quizá sí que está en la bodega.

—No me sorprendería de mi madre... —conviene Sara.

Ambas se dirigen al vestíbulo. Holly las sigue. La puerta de la bodega está al lado del lugar en el que Ronnie sostuvo en brazos a Philippa durante tanto rato anoche. Lily oye cómo sus pasos se ralentizan y desaparecen en el sótano. La última vez que bajó ahí, Gray la dejó encerrada mientras todos los primos jugaban al escondite. Lily contó hasta cien y luego, al sentirse atrapada, contó todas las botellas. Las paredes estaban húmedas, como si sudaran.

Cuando al final la dejaron salir, le preguntó a Gray por qué lo había hecho. Él se encogió de hombros, con el flequillo cayéndole sobre sus ojos plateados.

—Sara no quería que la encontraras.

Parecía creer que esa era una explicación suficiente. Tal vez también fuera el verdadero motivo por el que, tantos años después, la encerró en el pozo de hielo. Quizá, una vez más, Sara no quería que Lily ganara.

Tom está sentado en la butaca en la que su padre, Edward, solía echarse un sueñecito por las tardes. Está junto a la chimenea, de espaldas a los libros. Tiene clavada la mirada en un fuego apagado, como si sus recuerdos prendieran sus propias llamas.

Lily se le acerca y le posa una mano en el hombro. Tom se sobresalta y mira a su alrededor. Sus ojos la enfocan.

—Lo siento, estaba muy lejos —le dice.

—Ojalá yo también —responde Lily.

—Si pudieras estar en otro sitio, ¿dónde estarías? —le pregunta él, enlazando sus manos en la que Lily supone que es la postura que adopta para escuchar como psicólogo.

—En Australia —responde Lily sin pensárselo dos veces—. Con este invierno convertido en verano y sentada en una plaza de Sídney, con un libro.

—Como la tía Liliana —dice Tom—. Siempre tenía uno al alcance de la mano, y se aseguró de que todos nosotros también. Lily hace un gesto afirmativo con la cabeza. Liliana incluso instaló una librería fuera de su dormitorio con una selección de libros que pensaba que a los niños les gustarían, o, mejor dicho, que deberían gustarles. Eran sus favoritos, si bien cambiaban cada semana. Estaba delante de la habitación de Lily y ella cogía uno cada día, como frutas de un huerto. Unos eran amargos y otros maduros. A menudo eran crudos, pero siempre alimentaban.

¿Y en qué otro sitio podría haber dejado sus preciados poemas de Christina Rossetti, si no allí?

—Tengo una idea de dónde puede estar la llave —anuncia Lily.

Tom mira a su alrededor en la biblioteca, como si contemplara el caos por primera vez.

—Dudo mucho que encontremos nada aquí.

—Acompáñame —le dice Lily, y sale de la habitación.

Al atravesar el vestíbulo, desde la bodega sube como la espuma el tintineo de botellas movidas y de cajas empujadas por el suelo de piedra. Eso mantendrá a los demás ocupados un rato.

Pero cuando Lily y Tom se encuentran ya en el primer descansillo de la escalera, ella oye unos pasos rápidos que se acercan desde el vestíbulo.

—¿Es ahora cuando echamos a correr? —pregunta Tom, con los ojos centelleantes.

—Intenta correr con un corsé y este vestido puestos —responde Lily.

—¿Adónde se supone que vais vosotros dos? —les grita Sara desde el pie de las escaleras.

—Vamos a buscar una cosa a la habitación de Lily —responde Tom, volviéndose para mirarla—. No tiene sentido que todos bajemos a la bodega.

Le pone una mano en la espalda a Lily y le da un empujoncito para que se vaya. Está intentando ganar tiempo.

Lily sube rápidamente el siguiente tramo de escaleras y gira a la derecha. Tras ella, Tom intenta detener a Sara.

—¡Quita de en medio, Tom! —le grita ella.

Rebosante de adrenalina, Lily recorre el pasillo a toda mecha. La Habichuela da volteretas en su vientre como una animadora interior.

Al llegar a la librería, ve a Sara avanzando hacia ella, resoplando. Lily revisa los estantes. Y entonces la ve, en la estantería del medio: una caja verde con una etiqueta manuscrita que dice «Rossetti».

Nota el tacto tosco de la caja en sus dedos. Está a punto de abrirla cuando Sara se la arrebata.

—*Santa Rita, santa Rita...* —empieza a canturrear Sara.

Abre la caja y la llave está dentro.

—*... lo que no te dan no lo quitas* —responde Tom, que aparece tras ellas, resollando.

—*Si no lo agarras bien, te lo quitan* —le corrige Sara, y sostiene en alto la llave—. Ahora es mía.

Capítulo veinte

A tardece. Nubes de color gris cisne se apelotonan en el cielo, listas para arrojar más nieve. La sesión de tiro a la paloma tradicional del Día de San Esteban se mantiene aunque la casa esté de luto, aunque la paloma de mentira sea indiferenciable del cielo, aunque la nieve les llegue a la altura de los muslos. La señora Castle ha salido vestida con traje de pesca y botas de agua a prepararlo todo.

—Lo pone en mis reglas —es todo cuanto les ha dicho.

—¡Plato! —grita Sara.

Tom libera una paloma de arcilla en el aire.

Un disparo conmociona el cielo. La arcilla se hace añicos.

A todos los primos se les ha formado en el arte de sacrificar arcilla desde una edad muy temprana. La abuela Violet se aseguró de que así fuera; primero les enseñó y luego, cuando ya no era capaz de accionar el gatillo, le pidió al tío Edward que ocupara su lugar. Decía que era tradición en el campo jugar a cazar palomas el día de Todos los Santos. Pero no quería que ningún animal muriera en el proceso.

A Lily nunca le ha gustado esa tradición, pero no quiere quedarse sola en estos momentos, de manera que está sentada en una silla del jardín, observando.

Sara recarga la escopeta.

—¡Plato! —vuelve a gritar.

Tom lanza otra paloma. Pero esta vez Sara falla. El disco cae al suelo intacto, listo para utilizarse otro día.

—Otra vez —grita Sara, levantando el arma, con la voz teñida de irritación.

—Has disparado tres veces, Sara, bonita —le dice Tom—. Cede el turno a otra persona.

Sara se le acerca con paso firme. Con su chaqueta Barbour y sus botas de agua Hunter, parece que esté a punto de expulsarlo de sus tierras.

—Te he dicho que no me llames «bonita», Tom —le dice—. Y, ya que estamos, ¿por qué no dejas de impostar ese acento? Hace años que no vives en Yorkshire. Has perdido el derecho a tenerlo. Y, si por mí fuera, también perderías la casa.

—Tom tiene tanto derecho a reclamar la casa como cualquiera de los presentes —interviene Rachel, acercándose para respaldar a su hermano.

—«Cualquiera de los presentes» no —responde Sara, mirando a Rachel—. Los cónyuges solo están aquí para ayudar.

Holly mira a Lily y luego agacha la cabeza. Le clava un fuerte puntapié a la nieve.

—Ahora ya solo queda un cónyuge.

Levanta la vista hacia la habitación de Ronnie, en la primera planta. Las cortinas están echadas. Aún no ha resucitado.

—Eres aún más desagradable que de niña —le dice Rachel a Sara.

—Debe de ser porque entonces no me conocías lo suficiente —responde ella.

—Confiaba en que no fuera a más —dice Tom, mirando a Sara con repugnancia.

—Pues no confíes tanto —replica ella—. Nunca deberías haberle confiado esa llave a Philippa. Ah, y te recomiendo que guardes las otras a buen recaudo, si tienes la suerte de encontrarlas.

—Yo confío en todos vosotros, bonita. Lo contrario conduce

a la paranoia —le responde Tom con un acento de Yorkshire tan denso que se podría extender como mantequilla en un panecillo.

Tom sonríe, pero tiene la mirada más gélida que Lily ha visto jamás en sus ojos.

—¿Dónde crees que guardó Philippa la llave? —pregunta Sara.

Rachel se encoge de hombros.

—Probablemente en su habitación.

—Supongo que ahora la llave es de Ronnie —musita Sara—. A menos que alguien se la quitara a Philippa cuando la asesinaron...

—¿Crees que la mataron por una llave que podría o no ser la que abra una puerta secreta que tal vez no exista? —le pregunta Tom, con un tono que revela exactamente lo improbable que considera esa opción.

Sara apunta el arma hacia el cielo.

—Algún motivo tendrían para matarla. Y alguien lo hizo. Por lo general, como es bien sabido, el asesino es el marido.

—No, Sara —dice Lily. Se le escapan las palabras de la boca—: Ronnie nunca haría algo así.

—¡Plato! —grita Sara, y dispara al cielo vacío.

—Voy adentro —anuncia Lily. No necesita compañía si es esto lo que le aporta—. Aquí hace demasiado frío para mí. Estoy acostumbrada a los inviernos de Londres.

—Pero si ahora es mi turno —se queja Tom—. Te vas a perder mi brillante actuación.

—Tú siempre brillas —le dice Lily—. Te miraré desde la ventana de mi dormitorio.

Lily se da media vuelta para marcharse.

—Vamos contigo —dice Rachel, tomando del brazo a Holly.

—Vigila dónde pisas, Lily —le grita Sara, con un tono sarcástico que atraviesa el aire como la sal atraviesa la nieve—. Procura no volver a caerte, ¿eh?

—Se me había olvidado preguntártelo —le dice Rachel a Lily cuando suben los escalones que conducen a la terraza—. ¿Cómo has sabido que tenías que buscar en esa librería?

—Una conjetura afortunada —responde ella.

Rachel arquea una ceja. Hasta Holly parece escéptica.

—Te vi repasar la sección de poesía en la biblioteca —le dice Holly—. Tenías que saber lo que estabas buscando.

—Por el anagrama —dice Lily.

—¿De qué? —pregunta Rachel.

—El poema dice «invierno, mi secreto», que era el título de uno de los poemas favoritos de la tía Lil, de Christina Rossetti. Y «trotéiss» me llamó la atención porque no parecía una errata que Liliana pudiera cometer, así que pensé que se trataba de un anagrama.

—De «Rossetti» —dice Holly, asintiendo despacio.

Lily afirma con la cabeza y siente una punzada de felicidad. Con ambas mirándola, tiene la sensación de ser un abeto de Navidad cuyas luces acaban de encender. Y, por una vez, no quiere que las apaguen.

—Ojalá hubiéramos estado más unidas de niñas —dice Rachel.

Lily asiente con la cabeza.

—Tal vez nos habría hecho la vida más fácil a las dos —responde Lily.

—Ven a vernos cuando todo esto acabe —la invita Holly, dando saltitos de emoción—. Nos encantaría que Beatrice conociera a su fascinante tía.

—Después de esto, tendremos que mantener la familia unida de uno u otro modo —dice Rachel—. Ronnie necesitará nuestra ayuda con Samuel.

—Esperemos que la nueva generación de primos esté más unida —dice Lily.

De camino a su habitación, Lily se detiene en la primera planta y recorre el pasillo del ala este hasta el dormitorio de Ronnie. Llama con los nudillos, pero no hay respuesta. Entreabre la puerta y ve un bulto en la cama. Ronnie ronca ligeramente y murmura en sueños.

—Te quiero, Ronnie —susurra, y se marcha en silencio.

Capítulo veintiuno

Alguien llama a la puerta de Lily.

—¿Estás despierta? —grita Tom.

Ella abre los ojos y saca despacio las piernas de la cama. Los susurros de los fantasmas que la perseguían en sueños se desvanecen.

—Lo estaré en unos minutos.

—Ya están las pistas. En regalos, en el salón. Sara las ha encontrado a primera hora y ha salido enseguida con Gray a explorar el terreno.

—Dame cinco minutos. Diez, a lo sumo, y estaré abajo.

—Bien —dice Tom, en un tono de voz que revela que no le parece bien.

Les aguarda una aventura.

Lily sonríe. Al regresar a la casa, Tom se ha convertido nuevamente en un niño, en el mejor de los sentidos.

En el salón, Lily sostiene la pista en la mano. Los regalos estaban atados con la misma cinta amarilla con topos rojos, que ahora yace en el suelo enroscada como una serpiente con sarampión.

Lee el poema de principio a fin otra vez, haciendo una pausa en algunos de los versos. Vuelve a dolerle el corazón.

Invierno. ¿Recordáis cuando cantábamos todos en familia,
cuando entre velas que lloran y vino caliente,
aislados por la nieve quedamos un diciembre?
Fue en 1997, en Nochebuena, de Navidad vigilia.
Todos afuera, son rosados mofletes y pies de hierro.
La última vez que cantamos juntos, alegre ruido,
antes de dormir a Eve con un canto que lento ha venido.
¿Os suenan campanas? ¿Os viene el recuerdo?
Debería. Porque la noche después, una noche oscura,
mi hermana nos dejó en un claro de luna. La halló un criado
en el laberinto. Una muerte extraña, que sangre no vierte.
Quedamos desolados, algunos con sincera amargura.
Y cual falla en sedimentaria corteza y bien afilado,
el dolor sigue, listo para descorchar la muerte.

La pena la invade. ¿Cómo pudo hacer Liliana algo así? Explicar la muerte de su madre en un poema. Como si esta pudiera embellecerse con la poesía. Como si en las pistas debiera meterse con calzador la insinuación de un suicidio. Aunque ¿no está ella precisamente aquí para refutar precisamente eso?

—Vaya, lo siento mucho, Lily —le dice Tom—. Debe de ser doloroso leer esto.

—Y ni siquiera es verdad —dice Lily—. Fui yo quien la encontró, no un criado.

Tom la agarra del brazo.

—Quizás ahí radique lo importante. En los primeros dos poemas, señalaste precisamente cosas que destacaban por «no encajar».

—Y esto, desde luego, no encaja —concede Lily.

Relee el poema, intentando serenarse. Al fin y al cabo, Liliana le prometía que las respuestas serían reveladas, y aquí está ella agarrando el toro por los cuernos. ¿Qué significa eso de «una muerte extraña, que sangre no vierte»? Su tía debía de saber que Lily intentaría limpiar la supuesta sangre y averiguaría que era falsa. ¿Indicará eso que su madre murió de otra manera? Si no se cortó las venas, ¿por qué pensó todo el mundo que lo había hecho? ¿Y cómo murió? ¿Estrangulada, como decía la primera pista?

—Lily, ¿estás bien? —le pregunta Tom, pasándole la mano por delante de la cara.

—Sí, estaba pensando —responde ella.

—No te evadas, si puedes evitarlo —le dice Tom—. Sé que es difícil, y este poema no va a ayudarte. —Hace una pausa e inclina la cabeza hacia un lado—. Quizá deberíamos participar en el juego. Te convendría olvidarte de tu madre por un rato.

—Y, exactamente, ¿cómo me va a ayudar a hacerlo leer y releer cosas sobre ella?

—Para empezar, podríamos descifrar qué significa el fragmento del criado, y partir de ahí. Al menos, tendrás la satisfacción de ganarle otra vez a Sara.

Es un argumento. Concentrarse en el poema la ayudará a averiguar quién asesinó a su madre y cómo murió. Y después podrá seguir adelante con su vida.

Lily mira los dos regalos que quedan cerca de la chimenea. Las etiquetas, escritas por Liliana, llevan los nombres de Philippa y Ronnie. Nota una punzada: caligrafía espectral para muertos. Los regalos están envueltos en papel granate con el laberinto en relieve, atados con esas cintas amarillas con topos rojos. Hay algo especialmente conmovedor en los regalos que nunca se abrirán, en las cintas que nunca se desatarán.

Vuelve a leer el poema.

—Creo que hay otra cosa que no encaja.

—¿De qué se trata? —pregunta Tom dando saltitos, y luego se detiene—. Lo siento, no es lo más apropiado dadas las circunstancias —se disculpa—.

Ella sonríe.

—Pero sí me ayuda a olvidarme de las cosas.

—Bien —dice Tom—. Empecemos por la parte que te inquieta.

—Hay un verso que suena raro, que no acaba de tener sentido. Lo he vuelto a leer: «Todos afuera, son rosados mofletes y pies de hierro».

—Quizá se refiere a cuando salimos a cantar villancicos el último año antes de que te fueras —dice Tom. Tiene la vista perdida, como si pudiera ver la imagen—. Estábamos todos, muy abrigados y cantando sin movernos, como clavados en el suelo. Mi madre y mi padre... —Se detiene. Sus ojos se posan en ella y rápidamente vuelve a apartarlos.

—Y mi madre —repite Lily, manteniendo la voz plana como si unos pesos para patrones la sujetaran.

—No pretendía... —Se frota la cara con las manos—. Ya te he dicho que no se me da bien esto.

—No pasa nada —lo disculpa Lily, dándole una apretoncito en el brazo—. A lo que iba, en ese verso hay algo raro.

—Me lo vas a tener que explicar despacito... Eras tú la que escuchaba a Liliana, no yo.

—¿«Son rosados mofletes y pies de hierro»? ¿Los pies de hierro también son rosados? Si quitas la separación, la frase cobra lógica: «sonrosados mofletes y pies de hierro».

—Más o menos. Pero ¿qué quiere decir?

—Creo que Liliana intentaba indicarnos que la clave estaba en ese espacio en blanco.

Tom abre los ojos como platos.

—¿Cómo se te ocurre todo esto?

Lily nota que vuelve a ruborizarse.

—La abuela Violet decía que tenía una mente como la suya. Recuerdo casi todo lo que oigo, veo o leo, como si fuese un videoclip.

—Podrías ser espía, como ella.

—Es un poco tarde para cambiar de profesión. Y la abuela era descodificadora, no espía.

—Nunca es demasiado tarde. Y eso es lo que alegaría cualquier espía... —replica Tom.

—Además, tía Liliana también me lo puso fácil: era una gran maestra. Me enseñó a detectar pequeños cambios reveladores. —Sonríe al recordarlo—. Me decía que, si aprendía a hacerlo, me sentiría segura de mí misma y siempre caminaría con la cabeza bien alta.

—¿Y te sientes segura? —le pregunta Tom con delicadeza.

—Todavía no —responde Lily.

Intenta sonreír, pero no puede.

—Vale, entonces en ese verso sobra una separación —dice Tom.

—No necesariamente. ¿Qué son blancos, son tintos o «son rosados»?

—¡Ostras! —Tom sonríe—. Hora de visitar la bodega.

—Sí. Porque, además —añade Lily—, fíjate que, cuando dice «ha venido», el tiempo verbal no está bien. Tendría que decir... «vino».

Las escaleras que descienden a la bodega crujen.

—¡Chis! —les susurra Tom a sus propios pies—. No nos delatéis.

Lily reprime una risita. Sabe que no debería estar disfrutando con esto. En el piso de arriba, Ronnie llora su pérdida y, fuera, Philippa no volverá a despertarse, pero una parte de Lily se regodea resolviendo el rompecabezas. Y si es capaz de descifrar la capa superior del enigma, quizá también descubra qué hay en la bodega.

—¡Caramba! —exclama Tom al repasar los estantes de suelo a techo de la bodega—. Debe haber miles de botellas aquí. —Saca unas cuantas y lee las etiquetas—. Están ordenadas alfabéticamente, por vino y por región. Apuesto a que eso también es cosa de la tía Liliana.

—Sara probablemente ya haya hecho que vengan a tasarlos —responde Lily.

—Ayer armaron un buen follón aquí abajo —observa Tom—, pero, si no fuera porque no hay ni una mota de polvo, parecería como si no hubieran tocado nada. Está todo en su sitio.

—Lo cual significa que la señora Castle estuvo ocupada anoche antes de...

No consigue acabar la frase.

—Antes de que encontráramos a Philippa, sí. —Tom hace una pausa para reflexionar—. Lo más normal habría sido que oyera algo, estando tan cerca de donde la asesinaron.

—¿Crees que pudo ser ella quien...?

—¡Qué va! —responde Tom—. No me imagino a la señora Castle como asesina. Aunque lo cierto es que no sabemos por qué está aquí. Y tampoco sabemos por qué Philippa se levantó de madrugada.

—Ronnie me explicó algo antes de irse a descansar. Algo sobre que Philippa quería comprobar si alguien estaba bien.

—¿Alguien?

—Eso creía recordar.

—Entonces, ¿esa persona pudo ser quien la mató?

—Es posible —responde Lily—. No le dijo nada más. Al menos, que él recuerde.

—Quizá se acuerde de algo más cuando se le pase la conmoción —apunta Tom.

El miedo se apodera de Lily.

—¿Y si a Philippa la asesinaron porque sabía algo? ¿Y si Ronnie también lo sabe? ¿Deberíamos tenerlo vigilado por si es otro objetivo?

—Creo que está a salvo, a menos que empiece a recordar cosas importantes, pero el proceso será lento... —dice Tom.

Algo tañe en Lily al escuchar la palabra «lento». La ha leído hace poco. En el poema. Separa las letras de la palabra «lento» mentalmente y las reordena una y otra vez, hasta que forman una nueva. Pero no se conforma con eso y sigue.

—¿Qué haces? —le pregunta Tom, agitando la mano delante de la cara de su prima.

—Asegurarme de que estamos en el lugar indicado.

—Yo te creo... ¿En qué otro sitio se guardaría el rosado en una casa de campo pija?

—«Lento» y «venido» son anagramas.

Tom tarda un momento y luego da una palmada.

—¡«Tonel»! ¡«Tonel»... «de vino»! Eres un genio, Lil. ¿Alguna otra idea de dónde mirar? —Entra en la siguiente cava, donde se guardan los licores—. Esto es bastante grande. —Tom coge una botella de *whisky* y silba—. ¡Embotellada en 1963! Ya es antigua. Probablemente tenga un gusto espantoso... a neumáticos viejos y orines.

—Algunas cosas mejoran con la edad —dice Lily.

Tom empieza a hablar acerca de muchas cosas que mejoran con la edad y que luego empeoran y luego vuelven a mejorar y empeoran otra vez, como *Star Wars*, pero Lily está concentrada en otro verso del poema que le llama la atención. A su madre no la encontró ningún criado. Ni siquiera los tenían en el centro de conferencias. Posiblemente hubiera uno en el hotel, conjetura Lily, pero tendría que comprobarlo. Sin embargo, eso no la ayudará a hacerse con la llave.

Por cierto, ¿por qué tiene tanto interés en encontrarla?, se pregunta una parte de ella. El resto le responde que no tiene interés, que simplemente se está distrayendo, ayudando a Tom. Además, cuanto mejor conozca los poemas, mejor podrá desentrañar sus secretos. Y es posible que ya haya encontrado uno.

—«Listo para descorchar» —lee en voz alta.

—Lo que se descorcha son las botellas de vino —dice Tom, cortando su monólogo.

—Y para eso necesitas...

Espera una respuesta.

—Vi a alguien en la tele que usaba una espada para quitar el tapón y no derramar ni una gota —dice Tom.

—¿Y si no tienes una espada a mano?

—Entonces yo me preguntaría qué tipo de casa de campo es esta. —Tom, de pie, con las manos en jarras, finge estar disgustado. —Luego las deja caer al ver el rostro de su prima—. Vaaale, ya dejo de hacer el payaso. Tú destapa el misterio.

—Pues creo que es ahí donde encontraremos la llave: «cual falla en sedimentaria corteza».

—Espera, ya lo entiendo —dice Tom, sacándose el poema del bolsillo—. Las botellas tienen sedimento, y «corteza» hace referencia al corcho. Está en uno de los tapones.

Lily asiente. Tom le tiende la mano.

—Creo que hacía muchos años que no te veía tan entusiasmada con algo —le dice.

—Ya lo sé. Y no debería estarlo.

—La tragedia no implica que no se pueda sentir alegría —le dice Tom—. A veces las emociones contrarias se tocan, están conectadas. Como decía siempre la abuela, el miedo está a un lado de la pared y la emoción al otro.

—Pues a mí me cuesta entender que la muerte pueda estar al otro lado de la alegría.

—Nos ayuda a apreciar la vida —le dice Tom.

—Se te da muy bien tu trabajo, ¿sabes?

Tom le suelta la mano y sonríe con timidez.

—Anda, calla... Venga, concentrémonos en la labor que tenemos entre manos. Descorchar todo este vino. Me temo que tendremos que bebérnoslo. Es la única manera de avanzar. A menos que haya algún motivo para no beber...

Lily le escruta el rostro en busca de indicios que le revelen que sabe que está embarazada, pero no encuentra ninguno.

—No estoy segura de que eso vaya a ayudarnos a largo plazo —responde.

Tom hace un puchero.

—¡Vaaale! Entonces, se supone que estamos buscando un rosado.

Camina a lo largo de cada sección. Al fondo, en la tercera de las enormes cavas, exclama:

—¡Ajá!

Lily camina hacia una pared de vino que parece escanciado de su bañera rosa.

—Repasa otra vez el poema —le dice Tom—. Liliana seguramente nos haya dado otra pista. ¿Qué hay de eso del criado? Pero Lily ya está sacando un vino del centro de la pared. Le muestra la etiqueta a Tom.

—«Darico» —dice Tom, frunciendo el ceño. Y entonces sonríe—. ¡Darico!

Lo ha captado.

—No lo entiendo —dice Holly.

Están en la cocina, donde Lily intenta extraer el tapón de la botella clavándole un cuchillo. Ha probado a usar un sacacorchos, pero se ha quedado atascado en la llave oculta en el interior.

—Si reordenas las letras de «criado» —le explica Rachel con paciencia—, obtienes...

—Eso lo entiendo —la interrumpe Holly—. Pero, Lily, ¿por qué has bajado al sótano? Ayer había pruebas que señalaban hacia la bodega y era una trampa.

—Así era mi madre, por si no te has enterado —suelta Sara—. Imagina ser su hija. Le encantaba desorientarme y luego se reía de mí cuando me equivocaba de sitio. —Se vuelve para mirar a Tom—. Y puedes llamarme cruel y obtusa. A mi madre le habría encantado verme trotando hacia la bodega ayer y luego leer la pista y dar por sentado que hoy estaba haciendo lo mismo.

Sara se cruza de brazos.

—Liliana no es de fiar, ni a dos metros bajo tierra —dice Rachel.

—A mi madre la incineraron —dice Gray—. Está en una urna en casa.

—De hecho, está en una urna aquí —lo corrige Sara.

Lily levanta la vista para comprobar si Gray ha empalidecido aún más.

—¿Por qué? —pregunta él con una voz que evoca en Lily cuando no era más que un niño.

—He pensado que deberíamos esparcir las cenizas en su querida casa Arcana —responde Sara—. Está en mi maleta. Debería sacarla y colocarla sobre la repisa de la chimenea para que vea cómo se está desarrollando el juego.

También Sara vuelve a ser la niñita enfadada que era. La niñita que invocaba la rabia para contener las lágrimas. Por primera vez, Lily ve realmente el impacto de la personalidad de Liliana en su hija biológica, la primogénita. Su tía pasó tanto tiempo con Lily que no es extraño que Sara esté resentida. Jamás soportó la idea de Liliana de ejercitar el cerebro, si bien no habría sabido hacerlo aunque se hubiera esforzado. Y Liliana ya no podrá ser nunca la madre que debería haber sido para Sara.

Gray también parece a punto de romper a llorar.

—Ella no quería estar en el suelo —dice—. Odiaba pasar frío.

—De acuerdo, pues entonces la pondremos en una repisa junto a la caldera. Eso le encantará. Será como aquellas vacaciones en el Caribe a las que nunca nos llevó.

Gray levanta una mano para enjugarse una lágrima perdida. La manga le cae hacia atrás y deja a la vista un vendaje alrededor de su muñeca. Al ver a Lily mirando, esconde la mano tras la espalda. Luego se va, intentando tapársela con la manga del jersey. Ay, Gray. Otra vez no.

El cuchillo se le resbala, salta hacia arriba y le hace un corte en la mano que sostiene el cuello de la botella. Gotea sangre sobre el corcho.

—Ten cuidado —le dice Tom—. ¿Quieres que lo haga yo?

—No necesita ningún hombre que la ayude, Tom —dice Sara.

Lily le dedica una sonrisa que su prima le devuelve en forma de ceño fruncido. Perfecto. Así es más fácil.

El tapón sale, trocito a trocito. Por fin, Lily consigue sacarlo del todo tirando con unas pinzas de una parte de la llave que hay dentro. Retira el corcho y sostiene en alto la llave.

—La tercera llave —anuncia.

—Ojalá tuviera tu cerebro, Lily —dice Holly.

Una inesperada sensación de orgullo borbotea en el interior de Lily. No está acostumbrada a pensar en su cerebro más que como una representación interna de su apartamento: lleno de un montón de restos de material que nunca se utilizarán.

—Yo, si fuera tú, me quedaría con el tuyo —le dice Sara—. Lily vive completamente sola en el suyo. Tú tienes a alguien que te quiere.

Y el orgullo efervescente de Lily se desbrava, como el champán descorchado al final de la noche.

Al meterse la llave en el bolsillo, recuerda la de Philippa.

—Cuando trasladasteis el cuerpo, ¿encontraste su llave? —le pregunta a Sara.

—Espero que no me estés acusando de nada... —responde ella, dando un paso adelante con las manos en jarras.

Tom levanta las manos.

—Nadie está acusando a nadie. Es una pregunta pertinente. Tú misma la hiciste la noche de su muerte.

—Pero nadie la habría matado solo por la llave —conjetura Holly—. Eso no es ninguna justificación.

—¿Crees que hay alguna justificación válida para asesinar? —pregunta Sara, fulminando con la mirada a Holly, que recula.

—Pues claro que no. Yo solo...

—¿Qué os parece si cuando se despierte Ronnie buscamos la llave en su habitación? —propone Tom, colocándose entre Sara y Holly como un árbitro en un combate de boxeo desigual—. Estará en algún cajón, en un joyero o algo así. No lo sabremos hasta que la busquemos.

—Tiene sentido —responde Sara, con un resentimiento perceptible en la voz. Se vuelve hacia Lily y añade—: Pero ¿estás segura de que quieres quedarte esa llave, aun sabiendo que quizá asesinaran a Philippa por la suya?

Un escalofrío se desliza por la columna de Lily. Las llaves no importan. Tiene que seguir concentrada en averiguar quién mató a su madre.

—Quédatela tú —le dice, y le entrega la llave a Sara.

Tom respira hondo. Está seguro de que Lily acabará arrepintiéndose, aunque ahora mismo no parece importarle. Se imagina a Philippa en su sepulcro de hielo y sabe que no quiere acabar allí con ella. Y justo en ese momento Lily cae en la cuenta de que se ha estado imaginando a Philippa tumbada boca arriba, pero es imposible que esté en esa posición.

—Cuando movisteis a Philippa —dice Lily—, os asegurasteis de no tocar el cuchillo, ¿verdad?

Sara asiente con la cabeza.

—Por supuesto. He visto *Line of Duty*. Aunque... —Hace una pausa.

—¿Aunque qué? —salta Tom, con un suspiro que dice «¿Qué has hecho?».

—Gray lo agarró cuando le dimos la vuelta para depositarla sobre el hielo.

—¿Bocabajo? —pregunta Rachel con un estremecimiento.

—Era eso o arrancarle el cuchillo —dice Sara—. Y eso sería manipular las pruebas.

—Es un poco tarde para eso —responde Tom.

Lily abre la puerta trasera y encuentra a Gray apoyado en la pared, fumándose un cigarrillo tan fino y delgado como él.

—¿Quieres uno? —le ofrece él.

Lily niega con la cabeza. Lo dejó al saber que estaba embarazada y solo tuvo unas ganas de fumar que le consumían por dentro durante una semana, antes de descubrir que el olor a tabaco le daba arcadas. Igual que le pasa con el vino tinto. Desde donde está, puede ver a Sara en la cocina. Ojalá la aversión a los alimentos que le provoca el embarazo también la mantuviera alejada de las personas tóxicas.

—¿Vas a alguna parte? —le pregunta Gray, sorprendido, como si Lily no tuviera otro motivo para salir de la casa.

—A ver a Philippa —dice Lily—. Se me hace raro que esté ahí sola.

Gray asiente con la cabeza.

—Yo he ido antes por el mismo motivo. Pero te va a ser difícil caminar por ahí fuera.

Tiene razón. El día ha amanecido luminoso, pero ha vuelto a empezar a nevar con fuerza y sin que Lily se haya dado cuenta.

—No te preocupes. Está bien —la tranquiliza Gray—. He cerrado el pozo. Me he asegurado de que no pudieran entrar animales.

—De acuerdo —dice Lily, pestañeando—. Bien hecho.

Ni se le había ocurrido esa posibilidad.

Gray le da una calada al cigarrillo y expulsa el humo. El vendaje le sobresale bajo el puño.

—¿Estás bien? —le pregunta Lily, tocándole con delicadeza la manga.

Gray retrocede.

—No es lo que crees. Tuve un accidente.

Ella asiente con la cabeza, porque ¿qué otra cosa puede hacer?

—No, lo digo en serio. Pregúntaselo a Sara. Estaba talando leña para la chimenea de su habitación y me corté. Eso es todo.

—Sabes que me lo puedes explicar todo —le dice Lily—. Te entiendo.

Gray la mira a los ojos e intercambian una profunda comprensión.

—Ya lo sé.

Parece sopesarlo, quizá calibre si merece la pena explicarle a Lily sus problemas.

—Si prefieres no hablar conmigo, sé que Tom se alegraría de escucharte.

—Se le da bien escuchar —dice Gray, asintiendo despacio con la cabeza. Luego deja caer su cigarrillo en la nieve y observa cómo se apaga la colilla—. Los muertos también escuchan.

—Me alegro de que estés aquí —dice Lily—, por el bien de Philippa.

—Yo también me alegro de haber venido. Es el primer cadáver de verdad del que me ocupo.

Desconcertada, Lily observa a Gray alejarse a través del huerto poco a poco, tranquilamente, y volver a entrar en la casa.

Capítulo veintidós

—Me dan pena las sobras, me pasa siempre —dice Holly, mientras coge una bandeja de la cena de la mesa de bufé—. Es como cuando te invitan a última hora a una boda porque otra persona ha declinado la invitación.

«Solo si es una boda de caníbales», piensa Lily, y luego se siente fatal. ¿Cómo puede pensar en bromas macabras cuando alguien acaba de morir?

—Solo si es una boda caníbal —dice Tom.

Y todo el mundo ríe, no sin cierto remordimiento, ocultando las sonrisas con la mano, y Lily se alegra de que al menos haya alguien capaz de decir lo que piensa.

Es cierto que el bufé da un poco de pena. El queso cortado parece encarcelado en su cúpula de vidrio. Los rollitos de salchicha que quedan son los que se han quemado y a las uvas les falta poco para convertirse en pasas.

—Muchas gracias por esforzarse tanto, señora Castle —dice Sara, vertiendo su *saracasmo* como salsa espesa sobre la comida. Mira la mesa con una mueca de desprecio de seudochef, la enésima desde que llegó a la casa Arcana, parecería que hace semanas.

—A usted, señorita —replica la señora Castle mientras deposita una bandeja de tartaletas de frutas. Se deleita contraatacando el *saracasmo*—. Comed cuanto queráis, por favor. Y yo que pensaba que no tendríais apetito, dadas las circunstancias...

Y así es: nadie tiene demasiado, pero eso no les impide rellenarse debidamente los platos y retirarse formando camarillas a sus rincones preferidos de la casa.

Lily se sienta con Tom en el salón. Picotea con poco entusiasmo un sándwich de pavo tan reseco que le cuesta tragárselo. Tanto el pan como la loncha parecen de cartón. Tom está azuzando el fuego, quebrando la leña para convertirla en ascuas.

—Pensaba que Ronnie ya se habría despertado a estas horas —dice Lily.

—Creo que Rachel le ha dado otro par de somníferos. Y entre eso y la conmoción, necesita tiempo para reponerse.

—¿Conseguirá recuperarse de todo esto? —pregunta Lily.

No solo alberga esperanzas por Ronnie. Tom asiente.

—Con el tiempo... y con nuestra ayuda y la de un psicólogo. Necesitará hacer unas sesiones de EMDR, una terapia de desensibilización y reprocesamiento por movimientos oculares para superar el trauma de haber encontrado a Philippa. Podría quedarse perfectamente anclado en ese momento y revivirlo una y otra vez.

La mira, pero se abstiene de hacer el comentario evidente.

—No hace falta que lo digas. Yo sigo atrapada en el momento en el que encontré a mi madre.

—No querría extralimitarme —le dice su primo—, pero podría recomendarte a alguien que te ayudara específicamente a superar ese trauma. He visto hacer grandes avances con EMDR. Podría poner fin a tus pesadillas.

Lily asiente despacio.

—Te pediré el número cuando regresemos.

Solo decirlo le provoca ansiedad. Pero al menos así Tom se abstendrá por un tiempo de hacer comentarios sobre ese tema. Aun así, espera resolverlo ella sola, descubriendo al asesino de su madre.

Tom deja el atizador en el soporte y se inclina en su silla. Le sonríe y a Lily le encantaría explicarle lo que intenta averiguar. Tal vez él sepa algo. Vivió en la casa Arcana un tiempo después de la muerte de su madre, hasta que sus padres también fallecieron. Y aunque en su caso fue un accidente, es posible que le interese tener información sobre aquella época. Lily cree que, si estudió psicología y psicoterapia, fue precisamente para poder procesar su tristeza por aquella pérdida. Cada cual lidia con la muerte a su manera. Tal vez ayudarla a ella también le resultaría reparador a él.

—Tengo que contarte algo, Tom —le dice.

Tom se vuelve para mirarla, pero justo entonces se oyen unas fuertes pisadas en el piso de arriba.

—Ronnie se ha levantado —dice Lily.

Ronnie está lanzando objetos por los aires en su dormitorio cuando Tom y Lily suben el primer tramo de escaleras. Justo cuando ella entra corriendo en la habitación, un libro golpea la puerta.

—¡No puede estar muerta! —exclama Ronnie, como si hubiera vuelto al mismo punto en el que estaba antes de dormirse. Se araña las mejillas con las uñas.

—Cariño —le dice Lily, rodeándolo con los brazos.

Ronnie la empuja hacia Tom, que consigue estabilizarla y le pregunta en silencio, arqueando las cejas, si está bien. Lily asiente. Siempre ha anhelado tener ese nivel de comunicación con alguien. Cuando no puedes o no te apetece hablar, es maravilloso que sepan interpretarte.

Ronnie la agarra por los hombros. Tiene los ojos enrojecidos, la mirada enloquecida.

—Necesito ver a Samuel.

—Por ahora es imposible, hermano —le dice Tom, apartando lentamente a Ronnie de Lily—. El coche se ha averiado.

Ronnie agarra a Tom por la cabeza.

—No puede decírselo nadie más. Tengo que ser yo. ¿Entendido? ¡Yo!

—Por supuesto. Eres su padre.

—Eso es. Soy su padre. —Ronnie hace una mueca de dolor—. ¿Cómo me las voy a apañar? Ella era quien lo hacía todo. ¿Cómo va a sobrevivir Samuel sin ella?

—Os reconfortaréis mutuamente —le dice Tom—. Y nosotros estaremos ahí para ayudaros a los dos.

Ronnie apoya la frente en la de Tom.

—Te voy a necesitar, hermanito —le dice.

Lily y Tom se pasan las siguientes horas con Ronnie. Hablan cuando a él le apetece hablar y se sientan en silencio junto a él cuando no. Se niega a salir de su habitación. Solo quiere estar sentado en la cama, sosteniendo en las manos el chal de Philippa. Acaricia el dobladillo entre los dedos pulgar e índice. De vez en cuando se lo acerca al rostro y lo huele.

Lily se plantea buscar la llave de Philippa, pero le parece demasiado intrusivo, demasiado miserable hacerlo con Ronnie en ese estado. Lo entiende. A ella le gustaría estar sola en esos momentos. Le duele todo. Se le cierran los ojos del agotamiento. Mira por la ventana y ve la nieve caer sobre el terreno y se imagina tumbada y arropada en la cama, con la cabeza cómodamente apoyada en una almohada blandita.

—¿Cuándo puedo ir a verla al velatorio? —pregunta Ronnie tras un largo silencio.

Lily y Tom intercambian una mirada.

—¿Qué quieres decir? —pregunta Tom.

Ronnie traga saliva.

—Sé que no puedo ir ahora mismo, que necesitan... ya sabes...

Le da una arcada y se tapa la boca con la mano. A Lily se le contagia y le da otra—. Ponerla cómoda, como dijo Gray. Pero mañana podré verla, ¿no?

Nadie le ha dicho que el cuerpo de Philippa está en el pozo de hielo. Sencillamente ha dado por supuesto que se lo han llevado mientras él dormía. Y así ha sido. Solo que no como se imagina.

Lily no puede permitir que caiga en ese engaño.

—Lo siento, Ronnie —le dice—. No lo has entendido bien. Philippa...

Tom le da un codazo y ella deja de hablar.

—No se la podrá visitar durante unos días. —Tom le quita la palabra—. Algo relacionado con los festivos y los días laborables. Tú concéntrate en recomponerte un poco para poder verla.

Intercambia una mirada cómplice con Lily por encima de la cabeza gacha de Ronnie, aunque ella no tiene ni idea de lo que significa.

Ronnie rompe a llorar otra vez.

—Lo siento —dice, sonándose la nariz—. No puedo parar.

—No tienes por qué hacerlo —le dice Tom—. Es sano.

—Supongo que tú eres experto en eso —responde Ronnie, intentando sonreír.

—Exactamente —dice Tom—. Soy un profesional. Y, en mi opinión profesional, deberías comer algo.

—Quizá podría tomarme otra de las pastillas de Rachel —propone Ronnie.

Mira a Lily y a Tom con expresión suplicante.

—No sé qué decirte —responde Lily, pensando en su modo de consumir alcohol.

—Ya sé lo que pensáis —replica Ronnie—. Pero esto es distinto. Con el alcohol me estaba automedicando para funcionar y poder seguir adelante con mi vida. Y, si quiero tomar más pastillas, es precisamente para no hacerlo. Ahora mismo no me apetece seguir adelante con nada. —Levanta una mano, como si supiera cuál va a ser la siguiente objeción que le va a hacer Lily—. Pero tampoco quiero morirme. Lo que quiero es que todo se detenga un instante, que deje de dolerme.

—Lo entendemos, hermano —le dice Tom—. Te propongo algo: baja con nosotros a comer un bocado. Puedes coger lo que quieras de la despensa o, si lo prefieres, cocinar tú algo. Sara sin duda apreciaría tener un chef al mando.

Ronnie se vuelve hacia Tom y lo agarra por los hombros. Respira aceleradamente, le falta el aliento, como si estuviera conteniendo un ataque de pánico.

—No puedo cocinar. ¡Sin Philippa no puedo! Cuando se pierde a alguien tan próximo, esa persona se lleva una parte de ti a la tumba. Es mejor estar solo.

Lily consigue marcharse a media tarde. Tras dejar a Ronnie dormido con somníferos otra vez, se va a su habitación. Tenía intención de estudiar el plano de la casa que le dio Isabelle, pero está demasiado cansada para concentrarse. Está segura de que ha perdido vista.

Nadie te habla de ese efecto secundario del embarazo: la retención de líquidos en el ojo o detrás del globo ocular puede alterar la forma de la córnea. Al parecer, después del parto se recupera. Probablemente.

Hay muchos cambios que no había previsto. Algunos son buenos: sus senos parecen los de una estatua de mármol, por una vez en la vida. Y tiene el cabello más grueso porque no se cae durante el embarazo.

Por supuesto, eso significa que se le caerá todo de golpe, y con ganas, después de que nazca la Habichuela. La abuela Violet decía que había perdido un diente con cada hijo.

—Te chupan el calcio de los huesos —dijo en una ocasión durante una cena, y después hizo un sonido parecido a Hannibal Lecter succionando un hígado—. Son como sanguijuelas: te quitan todo lo bueno para poder crecer. Eso es innegable. Sois todos unos pequeños parásitos maravillosos. Pero no lo cambiaría por nada del mundo.

Lily también le había oído decir a Natalie, la amiga a la que conoció en las clases de preparto a las que había acudido antes de hartarse, que si te quedas embarazada de una niña, te arrebata la belleza, pero eso tenía menos base científica.

—Tú coge lo que quieras, Habichuela —le susurra a su vientre.

Y Habichuela parece darle un golpecito con el puño a modo de respuesta. *Toc.*

—Soy yo, señorita. Traigo la cena —le anuncia la señora Castle en voz baja desde el otro lado de la puerta.

Lily se ha convertido en la embarazada típica: se queja cuando está de pie y se queja cuando está sentada. Se sujeta las lumbares. Le ha dicho a todo el mundo que se saltaría la cena y se acostaría temprano, pero ahora le ruge la barriga. Habichuela quiere más comida, aunque Lily no tenga hambre. Al abrir la puerta, ve a la señora Castle sosteniendo una bandeja con galletas saladas y de jengibre, queso, sal, pimienta y una taza de un oscuro té de yerbabuena. La típica cena de embarazada.

—Ah, veo que usted también lo sabe —dice Lily.

La señora Castle se encoge de hombros.

—Me parece bastante evidente.

—¿Para todo el mundo? —pregunta Lily, pensando en la advertencia que le hicieron Isabelle y Liliana.

La mujer niega con la cabeza. Misteriosamente, sus rizos no se mueven.

—Los otros están demasiado ensimismados para darse cuenta. Pero Liliana me dijo que sospechaba que estabas embarazada cuando os visteis. Me dijo que parecías más joven, que te habías mareado y que tenías «ese resplandor». —Suelta una carcajada como un ladrido—. Te voy a decir una cosa sin cobrarte: lo de parecer más joven no dura. Es el último regalo de la naturaleza, o más bien un truco, antes de que envejezcas una década de golpe en cuanto nacen.

—Pues muchas gracias por sus palabras, señora Castle. Ahora tengo muchas más ganas si cabe... No se lo diga a nadie, por favor —le ruega Lily—. No me veo capaz de responder a todas las preguntas sobre la herencia de la casa.

El ama de llaves asiente con la cabeza y le pasa la bandeja.

Lily está a punto de darse media vuelta cuando se le ocurre algo.

—¿Dice que Liliana le habló de mí?

La señora Castle hace un gesto afirmativo. Levanta la barbilla como dándole el «adelante».

—¿De qué conocía usted a Liliana? —pregunta Lily—. Me refiero a que sé que nos hacía de niñera cuando éramos pequeños, pero ¿trabajó usted para ella hasta que murió?

—La cuidé, tanto a ella como a la casa, lo mejor que supe. Y sigo haciéndolo.

La señora Castle baja la mirada hacia sus manos y se frota el dedo anular como si tuviera artritis a causa de todo el trabajo que Liliana le hizo hacer.

—Me sorprende que nunca me hablara de usted —dice Lily.

La mujer responde con una carcajada que transmite lamento, no alegría.

—Así que te sorprende, ¿eh? Quizá Liliana pensara que no debía hacerlo.

—¿Por qué? —pregunta Lily.

—Tú no eres la única de esta familia que se guarda las cosas para sí misma.

—Ya me he dado cuenta. Ni siquiera sé cómo se llama usted. Lo siento mucho —se disculpa Lily.

—Liliana me llamaba Castle a secas.

—Pues no es el apodo más informal que existe.

—A veces hay que conformarse con lo que se tiene —dice la señora Castle.

—Entonces, ¿no va a decirme su nombre?

La señora Castle regresa a la puerta.

—Cómete la cena —le dice.

La puerta se cierra lentamente a su espalda.

Cuando termina, Lily se mete en la cama. Con las cortinas abiertas, observa los copos de nieve posarse en el alféizar. Contando esas diminutas alternativas frías a las ovejitas, se queda dormida.

Capítulo veintitrés

Son las 3:28 horas. Lily está despierta y hambrienta. Otra vez.
Recorre el pasillo sin encender ninguna luz. Sus pies conocen todos los recovecos de la casa desde que, de niña, deambulaba por ella de noche. Fingía ir vestida con elegancia y descender grácilmente por las escaleras con largas faldas con miriñaque que a duras penas cabían por las puertas. De vez en cuando, al doblar una esquina, tropezaba con huéspedes de una conferencia besuqueándose, pero la mayoría de las veces los oía roncar en sus habitaciones.

En cambio, esta noche, al bajar arrastrando los pies por las escaleras en su ancho pijama en busca de carbohidratos, oye sonidos de otra clase procedentes de un dormitorio. Unos sonidos que no ha vivido en persona desde hace demasiados meses. El tipo de sonidos que acaban o bien en vergüenza, o bien abrazados en cucharita, o bien en cistitis, en despedidas o en un embarazo inesperado.

Y salen de la habitación de Sara.

A Lily le encantaría ser de esa clase de personas capaces de continuar caminando con una sonrisa en los labios. Pero, en lugar de ello, se detiene en las escaleras, intentando oír con quién está Sara. Resulta difícil de determinar. Los gemidos son de ella, combinados con los susurros graves de otra persona. Lily mira hacia el otro lado del pasillo: la puerta del dormitorio de Rachel y Holly está abierta de par en par. No puede ser Holly, ¿verdad? Nota una punzada de celos y se da media vuelta. Prefiere no analizar por qué se siente así; le pasa como con el sexo: no se gustaría más después de acabar.

Caminando con todo el sigilo de que es capaz, baja las escaleras y entra en la cocina. La luz de la luna se refleja en la nieve del jardín y proyecta un haz que ilumina la panera. Una tostada, justo lo que necesita. O muchas tostadas.

Cuando está metiendo el pan en la tostadora, oye unos ruidos en la despensa.

—¿Es usted, señora Castle? —pregunta—. Soy yo, Lily. Estoy pastando.

Algo se cae en la despensa, una lata, quizá, que rebota sobre el duro suelo. Lily espera que el ama de llaves salga gruñendo, pero, en su lugar, oye cómo se abre la puerta de atrás y alguien sale a hurtadillas por ella. Corre hacia la ventana, buscando un ángulo que le permita ver la figura, pero esta queda fuera de su campo de visión. Aun así, la escucha, empujando la puerta adelante y atrás, astillando la madera.

¿Por qué iba a huir esa persona, a menos que no quisiera que la vieran? Lily entra corriendo en la despensa. La puerta podrida está abierta.

Se calza un par de botas de agua, agarra una linterna de la pared y emerge al frío. La aguanieve le amorata la piel mientras intenta iluminar el terreno. No ve a nadie. Ni siquiera a un zorro. Solo ve huellas en la nieve bajo la oscuridad.

Regresa a la despensa, temblando, y comprueba si se han llevado algo o si han dejado algo. Pero ¿cómo iba a saberlo ella? Los tarros y las latas miran hacia delante como soldados en un desfile. Las cebollas encurtidas flotan, mientras que las legumbres en escabeche permanecen sentadas en silencio. Sea lo que sea lo que ha sucedido, no van a revelarle nada.

Sobre una losa de mármol hay un montón de rollitos rellenos de mantequilla de cacahuete, apilados y cubiertos con una malla, listos para el desayuno. Lily coge uno y lo mordisquea desde un extremo hasta el centro: es el laberinto más fácil que existe. Pero apenas lo saborea. No puede dejar de pensar en quién ha huido de ella y por qué.

—La región de Yorkshire Dales está sufriendo la peor ventisca en años —informa a la mañana siguiente la radio a los invitados reunidos en el invernadero para tomar el café. Lily piensa que la sociedad moderna está a una tormenta de nieve y un psicópata de distancia de volver a los tiempos en que la radio era la única forma de conocer las últimas noticias—. Con las líneas telefónicas y de suministro eléctrico caídas, se teme que muchas personas mayores corran peligro, al no contar con medios a su alcance para solicitar ayuda.

—¿Y qué pasa con la gente joven? —pregunta Sara mientras le arranca una hoja a un ficus—. ¿Cuándo van a empezar a preocuparse por nosotros?

—Al menos seguimos teniendo electricidad —comenta Gray.

—Ya sé a quién me recuerdas —le dice Rachel—. Al presentador de *Blue Peter* en una película de Tim Burton.

Gray parece que no sabe cómo encajar el comentario.

—Esto... ¿gracias?

—Es un cumplido monumental viniendo de Rachel —dice Holly.

Ella asiente lentamente con la cabeza manifestando su solemne acuerdo.

—Tenemos calefacción central a gas y la cocina funciona con leña. Y, además, hay un generador de emergencia por los apagones —informa la señora Castle—. Isabelle Stirling se aseguró de que contáramos con todos los servicios en caso de producirse tal situación.

—Ah, Isabelle —dice Sara—. La chica de oro. Mi madre hablaba de ella en términos casi igual de deslumbrantes que de Lily.

—¿Puedes comerte de una vez los bocaditos de coñac y callar? Me pones enferma —le espeta la señora Castle, levantándose de su butaca de mimbre y saliendo de la habitación con paso brioso.

Toda la atención se concentra en los pastelitos que hay sobre una bandeja. Son unas galletas llenas de agujeritos enrolladas como ramitas de canela.

—Supongo que las pistas estarán dentro —dice Holly, y coge uno.

Sara se asegura de tener el suyo en la mano antes de añadir:

—Está claro que Rachel te escogió por tu inteligencia, Holly.

—¿Es que nunca te cansas de hacer el capullo? —le pregunta ella.

—A ver... Deja que me lo piense... —responde Sara, aplastando el rollito en su puño—. No.

Tal como Holly ha predicho, cada bastoncito contiene una pista enrollada. Lily es la última en sacar la suya. Gray lee el poema en voz alta. Hasta entonces, Lily no se había dado cuenta de la voz tan bonita que tiene, probablemente porque siempre habla en susurros, como si no quisiera molestar al mundo con sus palabras. Sin embargo, leer los poemas de su madre le permite olvidarse de eso. Con una voz densa como la marga, grave y profunda, lee de entre los muertos:

Noche cerrada. Desciende un búho, coartada pétrea como el betún.
De Navidad a Año Nuevo es tiempo de melancolía,
es en esta época cuando mueren los viejos días.
Fantasmas merodean por estas salas en soledad común.
Silenciosos, no se ven, mas se notan: una ráfaga helada
que la piel lacera, un suspiro imperceptible al oído,
rastro de un encaje inexistente en la alta maleza. El velo es fino.

En esta época del año, vigilad. Tened valor, no temáis nada
a enfrentaros con los espectros; mas dejadlo para la Epifanía
y, por ahora, disfrutad de esta antesala de espera.
Alzad alta una copa en honor del año que ya concluye. Acudid a la
[*cena.*
Probad a dar vueltas sobre el mármol cuando el día acaba
y la luna untuosa cubre de luz las nubes fuera.
Pronto no habrá más fantasmas; se acabó lo que se daba.

—Genial otra oda incomprensible de mi madre —comenta Sara.

—Pues a mí me parece su mejor poema hasta el momento —replica Gray. Vuelve a arrastrar la voz como un lirón, pero al menos dice lo que piensa—. Quiere que vivamos mientras podamos, los días intermedios.

—Gracias por la interpretación, hermanito —dice Sara—. ¿Por casualidad incluye saber dónde está la llave?

—El poema menciona mármol y un búho. La terraza es de mármol, ¿no es cierto? —Holly le toca el brazo a Rachel—. ¿No me dijiste que antes daban bailes en esa terraza? «Dar vueltas sobre el mármol»... Y hay un búho de piedra en la pared —añade—. ¿Podría estar debajo?

—¿Por qué no vas a echar un vistazo? —dice Sara, con ojos tiernos—. Ya te acompaño yo fuera.

Holly se ruboriza y luego coge a Rachel de la mano, en gesto deliberado.

—Vienes conmigo, ¿verdad? —le pregunta.

Rachel parece confusa.

—Por supuesto. No tienes ni que preguntar.

Holly mira por encima del hombro a Sara con algo parecido al miedo. ¿Miedo a que Rachel descubra que ha pasado con ella la noche? ¿O a alguna otra cosa?

—¿De qué iba todo eso? —pregunta Tom.

—Eres tú quien se supone que conoce a los humanos —replica Sara, cruzando los brazos—. Explícanoslo tú.

—¿Por qué has dicho que ibas a seguirla? —le pregunta Gray a Sara.

—Para que pensara que tenía razón. Así podré ir al escondite de verdad.

—¿Que está...? —pregunta Lily.

—Donde tú y Tom nos llevéis —responde Sara—. Si tú vas a algún sitio, yo iré contigo. Pienso convertirme en tu sombra.

Lily recuerda la figura que se escabulló de la despensa la noche anterior. Y en ese preciso instante sabe dónde está escondida la llave.

—Pues vas a tener que esperar mucho —le dice, tomando en el acto una decisión sobre qué hacer—. Porque yo hoy no juego. No me parece adecuado. El pobre Ronnie no bajará, no nos quiere a su lado, y todavía no sabe...

—¿Que su mujer se ha quedado helada? —la interrumpe Sara. Es la única que se ríe.

—Que le estamos mintiendo —responde Lily.

—Fue Tom el que mintió —replica Sara—. Cúlpalo a él. Yo no pienso asumir ninguna responsabilidad.

Lo dice mirando fijamente a Tom, como si lo retara a contradecirla. Pero él se limita a apoyar la cabeza entre las manos.

—No sabía qué otra cosa hacer.

Le empiezan a temblar los hombros. El labio de Sara dibuja un gesto despectivo. Parece a punto de verter más palabras remojadas en vinagre sobre él.

—Te daré una pista de dónde está la llave —dice Lily—, solo para que nos dejes en paz un rato.

—¡Eso ya me gusta más! —responde Sara, acercándose a ella y dándole unas palmaditas en la cabeza—. Venga. ¿Dónde está?

—Esta vez no es ningún anagrama, al menos no con relación a la estancia. La tienes justo delante de ti. Escrita en tres palabras.

Sara lee volando el poema. Sus ojos van de lado a lado como un gato siguiendo un puntero láser. Y entonces se detiene.

—¡Ajá! —exclama—. Esta vez no has sido tan lista, mamá.

Cuando Sara y Gray, arrastrando los pies tras ella, salen del invernadero, Tom se vuelve hacia Lily.

—¿Dónde está?

Lily señala el final del undécimo verso.

—¡«Alacena»! ¿Cómo se me puede haber pasado por alto?

—Yo me he dado cuenta porque pillé a alguien en la despensa y enseguida he asociado las ideas —le explica Lily—. Bueno, no lo pillé exactamente. Me estaba preparando un tentempié y oí un ruido, pero quienquiera que estuviera allí salió corriendo. Además, lo he unido a «untuosa»: anoche había rollitos de mantequilla de cacahuete sobre el mármol.

—¿Es posible entonces que oyeras a la señora Castle preparando la pista?

—Pero ¿por qué iba a huir cuando la llamé? Sería más normal que me hubiese enviado de vuelta a la cama de malas maneras, diciéndome que me metiera en mis asuntos.

—Es verdad. Pero ¿por qué iba a huir cualquiera de los demás? Podría haber alegado que tenía hambre.

—Precisamente llevo dándole vueltas a eso desde entonces. ¿Y si hay alguien más en los terrenos y fue quien asesinó a Philippa?

Tom asiente con la cabeza. Y luego se queda paralizado.

—¿Qué pasa? —pregunta Lily.

—¿Y si está en la casa? —replica Tom.

Capítulo veinticuatro

—No nos separemos en ningún momento —propone Tom, cuando él y Lily empiezan a registrar la casa por si tiene razón y hay un extraño en la finca—. Aunque esto nos va a llevar toda la vida. No pienso cargar con tu muerte sobre mi conciencia.

—Yo prefiero que tú no mueras y punto —dice Lily.

—Haré lo que pueda.

Ya han revisado las estancias de la planta baja. La señora Castle refunfuñó cuando la obligaron a abrirles y dejarles entrar en su habitación para comprobar que no había nadie. Luego Lily intentó arrancar a Tom de la máquina del millón de la sala de juegos, pero él seguía accionando los mandos, hipnotizado por las luces. Lily tuvo que estornudar para distraerlo y que perdiera la última bola para volver a ponerse en marcha.

A su vez, Tom tuvo que llevarse a Lily a rastras de la puerta de la despensa, desde donde estaba escuchando a hurtadillas cómo Sara iba frustrándose cada vez más al no ser capaz de localizar la llave. También acabaron de revisar la primera planta. Lily vio las salas de tratamientos de *spa* por primera vez. Antes se guardaba ahí la ropa de cama y las almohadas para las habitaciones de los asistentes a las conferencias que se alojaban en esa planta. Tom le recordó que una vez escondieron a Ronnie debajo de un montón de toallas. Y Lily olió a lavanda y a azahar y los fantasmas del detergente en polvo, pero no encontraron a nadie escondido. En el salón de baile, Tom la agarró de la mano y le gritó que había encontrado al forastero. Y entonces se dio cuenta de que se había visto a sí mismo en el espejo de pared. El viejo reloj los echó al dar la hora.

Ahora están en la segunda planta. La mayoría de las estancias son dormitorios de hotel de lujo. Las *suites* con vistas al jardín delantero son, con mucho, las más majestuosas, con camas con dosel de cuatro postes, inmensas bañeras y cafeteras último grito. Sin embargo, todavía conservan la misma estética que los dormitorios más pequeños, con una paleta de colores en tonos plateado, granate y azul cielo.

—Es como si todas las habitaciones fueran hijas del mismo material genético —comenta Tom—. Todas son distintas, más grandes, más pequeñas, más anchas, más estrechas, pero al mismo tiempo similares, como si compitieran por impresionar y proclamarse la mejor, la elegida.

—Eso no pasó contigo y con Ronnie, ¿verdad? —pregunta Lily—. Siempre me ha parecido que os llevabais bien.

—¡Y así era! —dice Tom—. Seguimos llevándonos bien. Pensaba más en Sara y lo celosa que está de ti.

—¿De mí? Pero si yo solo soy su hermana «adoptada».

—Y su prima. Comparte más ADN contigo de lo que le gustaría.

—Quizá sea mejor ser hijo único —dice Lily.

Se lleva la mano al vientre antes de poder contenerse. Tom sonríe.

—No pasa nada. No tienes que ocultármelo. Ya lo sé.

—¿Y por qué no me has dicho nada? —pregunta Lily.

—Porque es el tipo de cosa que dejas que el otro te comunique. Es como un derecho que tiene. Pero te he lanzado alguna indirecta. Muchas, a decir verdad.

—¿En serio? —Lily repasa sus conversaciones. Es cierto que

le preguntó si tenía algo que decirle, si había algún motivo por el que no debían beber—. ¡Vaya! —exclama—. ¿Lo viste cuando me desmayé?

—Cuesta no ver al chavalín cuando no lo llevas aplastado.

—Es una niña.

Tom acostumbra a sonreír, pero su sonrisa ahora es tan grande que parece todo hoyuelos.

—¡En medio de este follón y vas a tener una hija!

Agarra una almohada de la cama y se la mete debajo del jersey. Lily ríe.

—Ahora no. Dentro de cinco meses o así.

—En primavera. ¡Qué bien! —exclama él—. Así en el hospital no hará demasiado calor.

—Dudo que la calefacción en el hospital sea mi principal preocupación cuando esté a punto de dar a luz.

—¡Oye! —dice Tom, que se quita la almohada y se la tira a Lily—. Deja el sarcasmo para Sara. —Justo entonces parece asaltarle un pensamiento. Se sienta en la cama y la mira—. ¿Y quién es el padre? ¿Ha sido una fecundación *in vitro*, el padre es una probeta o...?

—¿Que si el padre es una probeta? ¿En serio? ¿Les hablas así a tus pacientes, o a cualquiera? Porque no te lo recomiendo.

—Bueno, yo qué sé. No sabía que estuvieras con nadie.

—No lo estoy.

—Entonces...

—Pues fueron un par de noches que pensé que podrían convertirnos en pareja.

—Pero no fue así...

—Suele pasar.

—¿Sabe lo del bebé?

Lily recuerda cuando se lo dijo al padre de Habichuela. Estaban en un restaurante vegetariano, en Brighton. No esperaba que se alegrara precisamente, pero tampoco había anticipado que se levantaría de la silla y la dejaría allí plantada, con la cuenta, la esterilla de yoga y a la pequeña Habichuela por criar. Y para entonces ya no era del tamaño de una lenteja...

—¿Te importaría dejar de preguntar?

Tom se tapa la boca con la mano.

—Lo siento. ¡Qué tonto soy! Olvida que lo he mencionado. Solo quiero que sepas que estoy muy feliz por ti. —Le escruta el rostro—. Si es que tú lo estás.

—Creo que sí —responde ella.

—Pues a mí con eso me basta —dice Tom.

—No digas nada, ¿de acuerdo? Podría complicar más las cosas.

Él parece confuso. Luego exclama:

—¡El contrato! Desde luego, Sara no se lo tomaría bien...

Tiene una mirada tan traviesa que Lily le dice:

—En absoluto. Pero eso no es motivo para decírselo. Además, de todos modos no importa, porque yo no quiero la casa. Así que será más fácil si nadie lo sabe.

Tom hace el gesto de cerrarse la boca con cremallera.

—No soltaré prenda —dice.

Solo queda un lugar donde buscar en esa planta.

—No entres si no quieres —le dice Tom cuando vuelven a estar ante el dormitorio de Marianna.

Lily abre la puerta y duda. Entrar ahí será como pisar un cable de detonación de recuerdos.

—De verdad, puedo entrar yo y salir en un santiamén —se ofrece él—. Además, no parece que haya nadie ahí dentro.

Lily niega con la cabeza y entra. Las cortinas están descorridas y una tímida luz invernal baña la habitación. Había anticipado sentir ansiedad, pero, en cambio, está extrañamente tranquila. Los árboles del papel pintado, combinados con la alfombra verde oscuro hacen que la estancia en sí parezca un claro en el bosque, un lugar sagrado.

En la mesilla de noche de su madre ve la bola de nieve, una

prenda de tricot por acabar y una fotografía de ella en un marco con forma de corazón.

—¿Estás bien? —le pregunta Tom desde la puerta.

—Por raro que parezca, sí —responde Lily.

Y entonces se siente preparada para alzar la vista. Armándose de valor, como si le sirvieran de muralla las ballenas de su corsé, inclina la cabeza hacia atrás para mirar la lámpara. Sigue rota, arrancada del techo. El gotelé está agrietado como el glaseado de una tarta de Navidad que se ha caído al suelo.

—Bueno, pues si hay alguien escondido en la casa, hay que reconocer que se le da de miedo jugar al escondite —dice Tom mientras regresan a la planta baja y se dirigen a la cocina.

—Eso es todo un elogio viniendo de ti —responde Lily.

Sara sale de la despensa con la cara embadurnada de harina. Hay paquetes y tarros y latas esparcidos por toda la mesa de la cocina y la encimera. Los tarros están abiertos, las tapas de estaño retiradas, y el contenido a la vista.

—Dime dónde está de una vez —le exige Sara. Parece exhausta. Lily siente una punzada de compasión.

—Mira en la lata de melaza.

—Hemos mirado en todas partes. —Sara se vuelve hacia la encimera y levanta la dorada melaza—. Está vacía, salvo por un tubo de caramelo de chocolate.

—Vaya, lo siento —dice Lily, cayendo en la cuenta de que ha malinterpretado todo el poema—. Vi «alta» y «maleza» y lo reordené como «lata» y «melaza». Probablemente esté viendo anagramas donde nos los hay.

Piensa en una salida espiritista que hizo con una antigua novia. Acamparon al aire libre, en una antigua fortaleza en Kent, donde un médium barbudo llamado Ken se comunicaba con los muertos hasta que se apoderó de él el espíritu de un soldado del siglo XVII que se mencionaba en la guía de viaje.

—¿Has mirado dentro del tubo? —pregunta Tom.

Sara suspira.

—No hemos podido abrirlo todo. La señora Castle ha amenazado con matarme. Pero está bien, lo haré.

Se dirige al fregadero con el tubo de chocolate líquido y empieza a estrujarlo y vaciarlo por el desagüe. El líquido se parece mucho a la sangre.

—¿Por qué lo desperdicias? —pregunta Lily. Coge un cuenco y lo coloca en el fregadero.

Sara pone los ojos en blanco, pero continúa estrujando el chocolate sobre el cuenco. Mantiene su máscara sardónica y recelosa sobre el rostro hasta haber vaciado prácticamente todo el chocolate. Entonces aprieta el tubo con más fuerza. Y le cambia la expresión. Agarra un cuchillo del taco y raja el tubo. Mete la mano y saca una gran llave que gotea el líquido marrón.

Capítulo veinticinco

—¿Te pasa algo? —le pregunta Tom a Lily después de la cena.

Han salido a dar un paseo por la terraza, arrebujados en sus abrigos y bufandas. Incluso allí arriba, cerca de la calidez de la casa, ella apenas puede levantar los pies lo suficiente para aplastar la nieve.

—Has estado muy callada desde que Sara encontró la llave —continúa—. No pasa nada malo con... —sus ojos se deslizan hacia el vientre de Lily mientras dice—... la bebé, ¿verdad?

Lily le da un tirón del brazo.

—Te pedí que no dijeras nada.

—Solo quiero saber si estás bien, eso es todo. —Deja caer la cabeza—. Perdona.

—No pasa nada. No lo ha oído nadie.

—No te estás arrepintiendo de haberle dado a Sara la llave, ¿verdad? ¿O de orientarla para encontrar la siguiente? Porque no te culparía si lo hicieras. Y no pasa nada por querer la casa, ¿sabes? Puedes decírmelo. Tampoco te culparía por eso, sobre todo ahora con la be...

—¡Por el amor de Dios, Tom! —grita Lily.

Tom levanta las manos.

—Vale, ya me callo.

—Casi me tranquiliza que te cueste tanto ser discreto. Hay demasiados secretos aquí, inflándose como un *pudding* en el horno. El que sueltes las cosas de manera impulsiva libera presión.

—Te prometo que a partir de ahora mantendré la boca cerrada.

Y lo hace. Aunque eso no le impide lanzarle miraditas cómplices cuando regresan al interior. Es insoportable. A veces una tiene que alejarse incluso de sus personas favoritas.

—Voy a preparar un chocolate caliente —anuncia Lily—. ¿A alguien le apetece?

—Te ayudo —se ofrece Tom, arremangándose.

—Necesito un poco de espacio —le dice ella, con toda la dulzura de la que es capaz.

Tom se queda cabizbajo. Asiente muchas veces, como si intentara disimular.

A Lily la invade el remordimiento.

—Lo siento —se disculpa, y le da un abrazo rápido—. Estoy cansada y un poco superada. Necesito un chocolate y acostarme temprano.

Tom sigue asintiendo mientras se aleja. A Lily le encantaría no sentir ese alivio sobrecogedor por quedarse a solas. Pero ella es así. Incluso en una casa con un asesino, prefiere estar sola.

Y hay otro motivo, además de la inconmensurable falta de discreción de Tom. Entra en la despensa, que ya vuelve a estar ordenada, con los tarros alineados en sus anaqueles. Agarra el cuenco del chocolate líquido y retira el film transparente con el que lo ha tapado. Al olerlo se desencadenan los recuerdos, tal como le pasó antes cuando Sara encontró la llave. Entonces tuvo que bloquearlos, pero ahora es distinto.

Se sienta a la mesa de la cocina y cierra los ojos.

La última vez que olió aquel chocolate líquido también estaba sentada a esa mesa. Fue hace muchos años. El tío Edward estaba preparando un espectáculo de *Hamlet* en solitario en la terraza con ocasión de una conferencia sobre Shakespeare y necesitaba sangre.

—El secreto de una buena sangre falsa —le dijo— es que sea algo que no te importaría comer.

Y a continuación añadió sirope de maíz al chocolate, unas gotas de agua, colorante alimentario rojo y un toque de azul. Removió la mezcla, la probó y se pintó la piel con ella. Su tío siempre le pedía opinión a Lily y se tomaba en serio sus sugerencias. Al final, cuando dieron con la consistencia y el color prefectos, Edward le ofreció la cuchara.

—¿Quieres probarla? —le dijo.

Lily asintió. Olía bien, y ¿así quién no querría que le cayera sangre falsa de la boca?

Tomó una cucharada colmada de la mezcla y se la dejó caer sobre la lengua. Entonces Edward le dijo:

—Venga, ahora ve a asustar a tu madre.

Lily soltó una risita y se le derramó un poco de sangre por entre los labios.

Edward rio.

—Corre, antes de que se te caiga toda.

Lily salió corriendo de la cocina. No podía llamar a su madre, porque derramaría toda la sangre y echaría a perder la sorpresa. La buscó por todas las plantas, cada vez más ansiosa. Su garganta le pedía tragar, pero se negaba a hacerlo.

Si no estaba dentro, debía de estar en el jardín. Urdió un nuevo plan. Salió corriendo a la terraza para llamarla, sin importarle ya si perdía la sangre. Lo único que quería era encontrar a su madre.

Y justo cuando iba corriendo hacia las puertas acristaladas, con la saliva cayéndole de la boca, su madre se le acercó por detrás.

—¿Estás bien, cariño? —le preguntó.

Lily abrió la boca, sorprendida. La mezcla de sangre se derramó lentamente por sus labios.

Su madre gritó y la agarró.

Edward salió corriendo de la cocina, sonriendo de oreja a oreja.

—Es falsa, hermanita, no te preocupes.

La mujer le lanzó una mirada asesina.

—La hemos hecho juntos —le dijo Lily.

Su madre no podía mirarla.

—Vamos a limpiarte —le dijo.

Lily no entendía por qué aquello no le había hecho gracia. Tuvo la sensación de que su madre cerraba una cremallera, sumiéndola en la tristeza mientras le frotaba y le limpiaba la cara.

—Y ahora ve a cambiarte de ropa —le dijo luego Marianna.

Seguía sin sonreír. Lily no entendía qué había hecho mal.

—¿Se ha estropeado? —preguntó, mirándose la camiseta, que estaba cubierta de densa sangre.

—No costará limpiarla de la ropa —la tranquilizó su madre.

Parecía a punto de llorar.

Pero Lily no podía abrazarla, porque estaba toda manchada. Subió corriendo y se cambió y luego se fundió en un largo abrazo con su madre. Se preguntó qué pasaría si otro día no conseguía encontrarla.

—¿Dónde estabas? —le preguntó—. Te he buscado por todas partes.

Su madre miró hacia una punta del vestíbulo y hacia la otra.

—No hemos coincidido —respondió. Cogió aire, como si estuviera a punto de sumergirse. Y luego su expresión se suavizó—. No te preocupes, me quedaré aquí hasta que vuelvas. Si quieres, podemos coser un rato juntas, así nos relajaremos. —Le tocó la cabeza con delicadeza, con una ternura infinita—. He comprado lentejuelas nuevas.

Lily sonrió y subió corriendo las escaleras, con la tristeza desabrochada. Se detuvo en lo alto y miró abajo. Su madre seguía exactamente en el mismo sitio. Pero parecía asustada. Tenía la mano en la garganta. Y le caían lágrimas por la cara, brillantes como lentejuelas.

Lily vuelve a abrir los ojos.

¿Por eso estaba la llave en el chocolate, para recordarle lo de la sangre falsa? Es de la misma marca que el que utilizó el tío Edward. Y en ese caso, ¿le está indicando Liliana que su tío tuvo algo que ver con la muerte?

No puede ser. Edward era maravilloso. Todo el mundo lo quería. Era él quien los hacía reír y sonreír a todos. Le resulta casi imposible concebirlo como un asesino. Casi...

Capítulo veintiséis

Como de costumbre estos últimos días, Lily se asoma a la habitación de Ronnie de camino a desayunar en la planta baja. Pero esta vez, en lugar de encontrarlo tumbado en silencio en la cama, está completamente vestido y de pie junto a la ventana. Lily se le acerca.

—Tía Liliana diría que todo es una falacia patética —dice Ronnie.

Habla con voz monótona, tan plana como la hoja de vidrio que los separa de la gélida bruma que se cierne sobre los terrenos de la casa. Todo es un misterio en blanco.

—¿Es así como te sientes? —le pregunta Lily—. ¿Como si estuvieras envuelto en niebla?

Ronnie asiente con la cabeza.

—Entumecido. Como si no hubiera nada delante de mí.

Lily asiente con la cabeza.

—Lo entiendo —dice. Le posa una mano dubitativa en el hombro. Ronnie no se la sacude de encima. Por algo se empieza—. ¿Te apetece bajar a desayunar?

Él duda. También es buena señal. Luego hace un gesto afirmativo con la cabeza. Aún mejor.

—Tómatelo con calma —le dice Lily—. Puedes volver cuando quieras.

—Bajaré contigo. Y luego le pediré a la señora Castle que me lleve en coche a ver a Philippa. Me he puesto el traje que me regaló. He pensado que le gustaría ver cómo me queda. —Y acaricia tímidamente las solapas de su traje lila.

—Ay, Ronnie —se lamenta Lily.

Tiene que decírselo. No es justo mentirle así.

—Pero primero tengo que preguntarte algo —dice él.

—Pregunta lo que quieras.

Se alegra del breve aplazamiento a la vez que se detesta por ello.

—Y tienes que contestarme con sinceridad. —Sus ojos de labrador reflejan una inmensa tristeza—. ¿Me lo prometes?

—Te lo prometo.

Ronnie respira hondo.

—¿Por qué has venido en realidad si no es por la casa? ¿Por qué tienes tanto interés en resolver las pistas? Porque quizá yo haya estado escondido aquí arriba, pero oigo cosas. Estás desentrañando los anagramas, igual que lo hacías con las madejas, sentada a los pies de tu madre. —Cuando es ella quien duda, Ronnie añade—: Recuerda que me lo has prometido.

Lily piensa en la carta de Liliana, en la que le instaba a no confiar en ninguno de sus parientes, por el bien de todos, y a guardar sus secretos mientras desvelaba los de la casa.

Pero se lo ha prometido a Ronnie. Y es hora de que Lily empiece a mantener su palabra y a confesar sus secretos.

—Tía Liliana me dijo que las pistas revelarían otras cosas, además del paradero de las llaves.

—¿Como qué? —La mira con suma atención.

Ahora es Lily quien respira hondo.

—Por ejemplo, cómo fue asesinada mi madre.

—¿Qué? —pregunta Ronnie, llevándose la mano al pecho como si aún le doliera el alma al pensar en ella.

—Y otras cosas que todavía no he comprendido. De hecho, no he conseguido desentrañar nada.

Lily siente que se le llenan los ojos de lágrimas de frustración. ¿Cuánto hace que está allí? ¿Cinco, seis días? ¿Y ha hecho algún progreso?

—Lo conseguirás —dice Ronnie—, a juzgar por lo bien que se te está dando encontrar las llaves. Parece que Tom tenía razón: siempre se te dio bien el juego de Navidad.

—Sería irónico que encontrara las llaves y ganara la casa y no lograra descubrir los secretos que encierra —responde ella.

—A la tía Lil le gustaban las partidas largas —dice Ronnie—. Solo encontrábamos los últimos regalos si combinábamos todas las pistas.

—Entonces, ¿tendré que quedarme aquí hasta el día 5 de enero?

Ronnie se encoge de hombros.

—Depende de las ganas que tengas de descubrir la verdad. Y yo puedo serte de ayuda con eso. —Mira a su alrededor para comprobar si hay alguien en el descansillo o en las escaleras. Cierra la puerta para estar seguro—. La verdad, siempre me ha costado creer que tu madre se suicidara. No tenía sentido. Era una mujer rebosante de vida. Siempre sonreía.

—Una sonrisa puede tapar muchas cosas.

—Ya lo sé. Pero nunca me pareció que lo del suicidio tuviera sentido. Y entonces, hace poco, vi algo que me hizo dudar aún más.

—¿Qué?

En el pasillo, unos pasos atraviesan el rellano. Ronnie espera a que dejen de oírse, pero el recelo lo ha envuelto como la bruma.

—Es algo que... bueno, lo cojo y te lo enseño más tarde.

—Gracias. —El remordimiento aflora a la superficie en Lily como el óxido—. Y necesito contarte toda la verdad.

Suena el gong que anuncia que el desayuno está servido.

—Cuéntamela cuando todo el mundo ande correteando por la casa en busca de las llaves —le dice Ronnie.

Se abrazan hasta que vuelve a sonar el gong.

—Yo quería mucho a tu madre, ¿sabes? —dice él mientras

bajan por las escaleras. Señala hacia el retrato de Marianna que hay en la pared—. Y no te culpo por querer llegar lo más lejos posible.

—¿Es también lo que tú quieres? —le pregunta Lily.

Él niega con la cabeza.

—¿Sabes? Pensaba que no. Philippa tenía planes para la casa, no para mí. Quería mantenerla como hotel y emplearme en la cocina como chef ejecutivo. Ella creía que era lo que a mí me apetecía, y es posible que así fuera. Pero ahora no sé qué hacer. Tal vez debería seguir intentándolo, por ella.

—Creo que le gustaría que lo hicieras —responde Lily.

Del comedor les llega el aroma del arroz con pescado, lo cual les indica que ya han destapado las fuentes de plata. Lily contiene la respiración al atravesar la puerta.

—¿Has visto esa niebla del diablo? —dice Tom, señalando hacia la ventana con una sonrisa que se desvanece al ver aparecer a Ronnie justo detrás de ella—. Lo siento, hermano. No te había visto.

—No hace falta que estéis tristes en mi presencia —responde Ronnie.

—Bien dicho —afirma Sara desde su silla, con la cuchara ya llena de arroz especiado con pescado—. La vida sigue.

Y eso le basta a Ronnie para regresar corriendo al piso de arriba.

—Enhorabuena, Sara —la felicita Tom.

—Yo solo digo las cosas como son —responde ella.

—Por supuesto, tú siempre con la verdad por delante... —le espeta Lily—. Me preguntaba si podrías decirme algo sobre la muerte de mi madre.

—No se me había ocurrido que quisieras escarbar en ese tema —responde Sara—, teniendo en cuenta que la provocaste tú siendo tan mala hija.

Una compasión fingida inunda su rostro.

Holly y Gray ahogan un grito simultáneamente, Rachel sacude

la cabeza a uno y otro lado, Tom carraspea y Lily se imagina que abofetea a Sara, le hunde la cara en el arroz con pescado y la levanta con un bigote de espinas.

—Me han sugerido que no fue así —replica Lily, tragándose su ira con el zumo de naranja.

—¿Quién? —quiere saber Sara.

—No te lo voy a decir.

—Yo lo único que sé es lo que mi padre dijo sobre tu madre —interviene Tom—. Fue el día de su funeral. Dijo: «Las hermanas siempre tienen problemas» y miró a la tía Liliana, que estaba de pie junto al féretro de tu madre. Y luego: «Si no fuera por Liliana, tu tía aún seguiría viva». Le pregunté a qué se refería, pero no me lo explicó. Yo estaba horrorizado, me imaginaba a Marianna allí dentro, pero ya entonces me pareció un comentario raro, y por eso lo recuerdo.

—¿Pretendes decir que mi madre hizo algo que impulsó a su hermana a suicidarse? —pregunta Sara—. Porque podía ser una persona vengativa, pero desde luego no en ese sentido.

Sin embargo, no parece convencida.

—Tu madre era encantadora —dice Gray, tras un carraspeo, y mira a Lily—. Y mi madre la quería más que a nada en el mundo. Por eso te quería también a ti.

Sara fulmina con la mirada a Lily.

—¿Lo ves? —dice Tom—. Incluso entre hermanas adoptivas hay problemas.

Más tarde, Lily está en el invernadero, de vigilancia meteorológica. Parece que ha dejado de nevar y el sol brilla a baja altura sobre la finca de la casa Arcana. Si consigue calentar con la potencia suficiente, quizá derrita la nieve y les permita moverse más fácilmente por el exterior y, lo que es más importante, tal vez permita circular por las carreteras de la zona de nuevo. Entonces podrán apartar el árbol caído, dirigirse a la comisaría y dejar de mentirle a Ronnie.

Lily hace amago de subir unas cuantas veces a comprobar cómo está, pero Sara siempre la sigue, sospechando que ha encontrado la pista siguiente y no se lo ha dicho a nadie. Lily no consigue quitársela de encima. Y no piensa imponerle la presencia de Sara a Ronnie.

Sara se pasa toda la mañana y la mitad de la tarde a la espera del siguiente poema. Cada vez que la señora Castle entra con aire taciturno con más que comer o beber, Sara lo picotea como una urraca en busca de algo brillante. Pero es al atardecer cuando Gray grita:

—¡Aquí!

Todo el mundo se levanta y sale corriendo hacia él.

Está de pie en el vestíbulo, señalando el árbol de Navidad. Con mucho cuidado, levanta una inmensa bola roja.

—Hay algo dentro.

La sostiene a contraluz. Parece una granada traslúcida. Gray la agita con cuidado, como si intentara sacudir sus pepitas. Hay un papel enrollado de punta a punta de la bola.

—¿Y si corresponde a otro día? —pregunta Sara—. Podrías perder el derecho a la casa.

—Ayer no estaba aquí —dice Gray—. Estoy seguro.

—¿Qué pasa? ¿Vas por ahí comprobando todos los cambios? —le pregunta Sara con voz aguda por la incredulidad—. ¿En una casa de estas dimensiones?

Gray se rasca el cuello y se encoge de hombros.

—No puedo evitarlo. Mi mente funciona así.

—¡Menudas mentes más extrañas que hay en esta familia! —exclama Sara, sacudiendo la cabeza. Mira a Lily—. Pero al menos son útiles. Venga, dámela.

Alarga la mano y Gray deposita con cuidado la bola en su palma.

Sara examina la decoración y luego desenrosca la parte superior, que tiene forma de corona. Sacude la bola para extraer el papel y lo lee en voz alta.

Aquí deberíamos celebrar el Haloa, una tradición especial.
un festival de invierno en que la uva se recogía,
el buen vino fluía de las jarras y se paralizaba en día.
En calles muy adornadas, las mujeres se daban cita con alegría
[jovial.
Se hacían regalos fálicos, los dioses le susurraban
a cada acólita secretas fuentes de arcanos conocimientos.
Y, en la nieve, los retoños de los primeros frutos y sarmientos
tras festines de sabrosos alimentos a Deméter se dejaban.
Recuperemos de la historia esta tradición:
pues dentro de cada mujer modélica
el auténtico misterio de Ceres anida.
No temáis. No os regalaré un consolador en esta ocasión,
hoy esta anciana susurra a una doncella angélica:
despliega todos los dones que te ha dado la vida.

Cuando acaba de leer, Sara tira el poema y la bola decorativa al suelo. Esta estalla, esparciendo trocitos como de granada. Gray se agacha a recogerlos.

—¿Es necesario que hagas eso, Sara? —pregunta Rachel, con la impaciencia resquebrajándole la voz.

Holly está de pie en la puerta. Ninguna de ellas ha abierto una bola de Navidad.

—¿*Haloa*? Pero ¿cómo se supone que vamos a saber qué es eso? Mi madre aún sigue castigándome por negarme a leer todos esos libros que ella tanto adoraba —dice Sara.

—¿No puede ser que intente hablarte? —sugiere Holly—. Tú podrías ser la doncella y ella la mujer que te susurra sus secretos, que te dice cómo usar tus dones.

Sara suelta una carcajada cruel y abrupta.

—Mi madre no creía que yo tuviera ningún don. —Se vuelve para mirar a Tom—. Tú estudiaste griego. ¿De qué va todo esto?

Él vuelve a leer el poema.

—La pista indica el lugar, sí, pero no tiene nada que ver con el griego. Se trata más bien de, digamos, cambiar el orden establecido.

Lily ríe.

—Se ve que ella sí que lo capta —replica Sara, que se ruboriza, aunque cuesta determinar si es por vergüenza o por ira. Aunque quizá ambas cosas sean dos caras de una misma moneda.

—¡Dínoslo de una vez, va! —suplica Rachel—. No es necesario que nos expliquéis con detalle todo lo que no entendemos.

—¿No os parece que la palabra «acólita» está como metida con calzador? Es decir, parece que todo esté construido con el solo objetivo de introducirla —pregunta Tom.

—¿Y? ¿Qué tiene que ver eso con el orden establecido? —aventura Holly.

—Que si reordenas las letras de «acólita», te dice exactamente adonde ir: ¡«al ático»! —responde Tom.

—Gracias, Tom —dice Sara, que se agacha para recoger la pista y luego sube corriendo las escaleras.

—Espero que esté dentro de un consolador —dice Rachel, siguiendo a Sara despacio escaleras arriba—. Y que la mojigata de Sara tenga que abrirlo. Podría ser divertido.

—No estoy segura de que sea tan mojigata —apunta Lily, recordando los sonidos de la noche anterior.

—¡Vaya, vaya! —dice Tom, frotándose las manos—. Si tienes algún cotilleo, deberías contármelo. Aunque no me imagino a Sara haciendo ninguna clase de tocamiento sin guantes. Ella y el pecado, al menos de tipo sexual, parecen estar a kilómetros de distancia.

Lily se esfuerza por no reírse, pero no puede evitarlo.

—Créeme si te digo que no necesitaba esa imagen en mi mente —le dice.

Lily, a la pata coja, llama a la puerta de Ronnie con el pie.

—Te traigo una bandeja con el desayuno —le dice—. Los

demás están buscando llaves. He pensado que podíamos hablar mientras comes.

Al no recibir respuesta, deja la bandeja fuera de su habitación.

—Te la dejo aquí. No quiero molestarte. Ven a buscarme cuando te apetezca. —Apoya la mano en la puerta y susurra—: Te quiero.

En la planta superior de la casa, Sara, Gray, Rachel y Holly hacen que los tablones del suelo se lamenten mientras rebuscan en el ático. Lily tiene la sensación de que el aire en la estancia es más fresco que cuando ella entró hace unos días. El tragaluz está abierto. Un rayo de luz de un color lila vespertino ilumina el extremo final. El sol calienta, incluso ahora. Quizá la nieve se derrita por fin.

Le viene un recuerdo fantasmal. Casi ve las figuras en su sitio ante sus ojos. Lily está sentada con Isabelle en el ático, bajo la claraboya abierta. Un día de invierno, alentadas por la tía Liliana, se dedicaron a ver cada una palabras ocultas en el nombre de la otra. Lily encontró «bella» en «Isabelle» —no tuvo que buscar mucho—, e Isabelle encontró «magia» en el apellido de Lily, Armitage.

—Tú serás la «maga» —dijo Isabelle—. Yo seré la «bella».

Y después se tumbaron bajo el tragaluz a leer, comiendo ruibarbo y natillas hasta que se les secó la lengua.

Ese recuerdo estaba sepultado bajo los otros recuerdos de la casa. Regresar al ático ha levantado y agitado el guardapolvos y le ha permitido verlo por primera vez en años. Supone que los demás deben de estar viviendo algo similar.

Gray acaricia la crin del caballo de balancín que antiguamente estaba en el cuarto de los niños.

Tom está construyendo una casa con Lego junto a una torre Jenga desmoronada.

Rachel está registrando una caja de fotos viejas y documentos, se las va pasando a Holly y le explica quién es quién.

Solo Sara sigue sobre la pista, releyendo el poema, con el ceño fruncido.

—Espero que no estemos buscando un consolador —dice.

Rachel suelta una carcajada.

—¡Vete a la mierda, Rachel! —le dice Sara, dándole la espalda—. Tom, tienes que ayudarme.

—Creo que no —responde Tom, sacando una caja de Playmobil—. Ya te he dicho que buscaras aquí arriba. Creo que la que está en deuda conmigo eres tú.

—Podríamos estar aquí hasta la eternidad —responde Sara, señalando la pared de cajas.

—Por mí no hay problema —responde Tom, sin levantar siquiera la vista.

—Todos sabemos que voy a ganar yo —dice Sara—, así que te vendría bien ayudarme.

La ira, que lleva cociéndose a fuego lento dentro de Lily durante demasiado tiempo, aflora a la superficie. Se imagina a Sara desprendiéndose de todo lo que hay en la casa, barriendo los recuerdos de Lily, de Tom y de Ronnie. Ahí está Ronnie, tumbado en la cama, llorando a su amada, y Sara, a la que le importa un carajo todo, le dice que «la vida sigue». Y es cierto que debe seguir. Pero esta casa tendría una vida mucho mejor si Ronnie fuera el chef de su restaurante y estuviera regentada por Rachel y Holly.

Lily sabe que no ha ayudado. En los últimos días, ha conducido a Sara a una llave e incluso le ha regalado otra. Y, si Sara se quedó la llave de Philippa, si incluso la mató para conseguirla, hasta puede que ya tenga la llave que le permitirá quedarse con la casa.

Es hora de que Lily equilibre la balanza y localice la nueva llave para dársela a Ronnie.

Saca el poema otra vez y, mientras Sara está ocupada arrojando al suelo el contenido de un baúl, lo relee. Tom la ve y sonríe. Hace otra vez el gesto de cerrarse los labios con cremallera.

Lily empieza a reorganizar las letras de las palabras que destacan: «anida» es un anagrama de «diana», pero... no, eso es un callejón sin salida.

Mira a su alrededor en el ático, contemplando los viejos candelabros y escritorios; mesas con iniciales grabadas y el antiguo maniquí de modista que su madre utilizaba para enseñarle a hacer ropa.

¿Y acaso un maniquí no es una «mujer modélica»?

Lentamente, Lily se pone de pie.

Al ver a Lily acercarse a la figura, Tom grita:

—¡Sara, ven aquí!

Ella levanta la cabeza de sopetón y sigue a Tom a otro rincón del ático. Él entierra la cabeza en un viejo arcón lleno de disfraces.

—Creo que la llave tiene que estar por aquí.

Sara, con expresión seria, saca las bufandas, los gorros y las prendas viejas que solían enfundarse para interpretar obras de teatro.

Lily, entre tanto, le da la vuelta al maniquí. Una cremallera le recorre la columna como un corsé. Esa cremallera no estaba ahí. Lily aprendió a coserlas utilizando ese maniquí, pero nunca nadie le añadió una al muñeco.

Procurando no hacer mucho ruido, Lily la abre. Oculta en el interior está la quinta llave.

Lily sigue sonriendo cuando baja las escaleras. Sara ha desaparecido con un berrinche, Rachel no puede dejar de reír, Gray ha pedido quedarse solo en el ático arreglando un viejo parque de juegos para niños, y Tom ha ido a ayudar a la señora Castle a preparar la cena.

Lily se detiene ante la puerta de Ronnie otra vez y ve que la bandeja de la comida sigue intacta. El té está frío en la tetera, el huevo revuelto parece un vómito y la tostada está reblandecida. Solo la manzana parece haber resistido el paso del tiempo.

Llama a la puerta con los nudillos.

—¿Ronnie? ¿Puedo entrar?

No hay respuesta.

—Ya sé que dije que no quería molestar, pero necesito saber que estás bien.

Que no haya respuesta no es raro; a menudo Ronnie no contestaba cuando ella iba a comprobar cómo estaba. Pero esta vez el silencio es diferente. Lily nunca se había planteado si una habitación parece habitada o no, pero da la sensación de que esta está vacía.

El miedo le pone la piel de gallina. Abre la puerta sin pensárselo dos veces.

Ronnie está en el suelo. Su cabeza es un amasijo rojo.

El corazón de Lily resuena en sus oídos, pero no tan fuerte como su grito. Corre hacia él, quiere tocarlo, tranquilizarlo. Pero sabe que es para sosegarse ella, no para calmarlo a él. Esa sangre no es falsa. Ronnie está muerto.

o—

Capítulo veintisiete

Tocada la medianoche, Lily deja a los demás con sus discusiones y coartadas y regresa arriba. Pero solo a la primera planta.

Ronnie sigue tumbado sobre la alfombra. Lily se ha negado a que nadie lo toque. Lleva guantes de costurera para no estropear nada. Ahora, cuando reina la calma, se sienta con las piernas cruzadas a unos metros de él. Aunque tiene los ojos abiertos, mirando el vacío, y las extremidades rígidas bajo el traje, sus dedos enroscados en la palma la inducen a pensar que está dormido.

Philippa no llegó a verlo con el traje puesto. Y él no llegó a despedirse de ella vistiéndolo. La muerte en Navidad es la más cruel. Desde que falleció su madre, Lily sabe que los traumas no prestan atención al calendario. La muerte aparece en Navidad tanto o más que en cualquier otro momento del año. Que alguien se quite la vida durante una época supuestamente festiva exige una crueldad especial. Piensa en el pequeño Samuel, el hijo de Ronnie y Philippa. Solo tiene cuatro años y ya es huérfano. ¿Será bueno o malo no tener recuerdos de ellos? En cualquier caso, siempre cargará con eso. Las Navidades siempre lo acecharán.

Comprende por qué Gray ha ido a la diminuta capilla a rezar. Dice que no entiende nada de lo que está pasando. Que necesita respuestas. Pero Lily prefiere susurrarle sus palabras a Ronnie que a Dios. Si Dios puede escucharla, Ronnie también, y Dios ya mantiene demasiadas conversaciones. Prefiere que Ronnie se lleve sus palabras de amor.

—Te pedí que me hablaras de Philippa —le dice.

Está tumbada en el suelo, al otro lado de la cama, como si se hubiera quedado a pasar la noche. Eso le permite mirar hacia el florón del techo, con sus espirales como una huella dactilar, y fingir que él escucha su monólogo, como ella escuchó el suyo hace apenas unos días.

—Ahora soy yo quien te va a explicar qué es lo que más me gusta de ti. Y por una vez no podrás tomártelo a risa o irte a cocinar o distraerme de ninguna otra forma. —Hace una pausa, como si esperase que la interrumpa con una broma o tirándose un pedo. Y luego continúa, sonriendo cálidamente con la voz—: Me gusta que siempre te abotones mal. Incluso cuando llevas la bata de chef, llevas un lado más largo que el otro. Me gusta que todo te parezca «lo mejor». La mejor puesta de sol que has visto, el mejor paseo que has dado... hasta el siguiente. Apuesto a que, si el cielo existe, estarás diciendo que es la mejor vida en el más allá que hay.

Lily tiene que detenerse un instante para contener un sollozo.

—Me encanta tu risa contagiosa, que consigas que toda una habitación ría contigo. Me encantan tus curas para la resaca a base de guindilla, que recojas piedrecitas de cada playa en la que has estado y el amor que profesas a absolutamente todas las personas a quienes has conocido. Me encanta que te guste tanto el fútbol y que se te dé tan mal pero que te dé igual. Me encanta que les pongas cordones fucsias a tus botas Doc Martens. Adoro tu corazón tierno y tu afilada mente.

»Tu forma de imitar a un hurón es insuperable, incluido tu intento de trepar a cuatro patas. Me encanta que sientas una adoración inexplicable por la crema de leche, harina y azúcar. Y cocinas unos platos absolutamente deliciosos. Nunca olvidaré la vez que me preparaste un suflé de frambuesa y que me trajiste llevándolo sobre la cabeza como un gorro de cocinero tambaleante. Me habría encantado que hubieras tenido la oportunidad de regentar este lugar. Incluso habría regresado para comer aquí.

Al decirlo, se da cuenta de que es verdad. La casa se ha estado abriendo camino en su corazón.

—Y te diré otra cosa más —sigue—: habrías sido un tío maravilloso. Siento tanto no habértelo dicho esta mañana... Debería haberlo hecho. Habértelo explicado todo. Debería haberte dicho lo que ocurre; no lo hice, y eso siempre me pesará. Pero le hablaré a mi niñita de ti. Y Tom también lo hará. Estarás tan presente que parecerá que sigues vivo.

Ronnie suspira.

Lily se endereza. ¿Y si estaba equivocada? ¿Y si Ronnie estaba inconsciente y acaba de volver en sí? Es posible, ¿no?

Se levanta para verlo. Un lento silbido escapa de los labios de Ronnie, pero su pecho no se mueve. Es solo aire que sale de sus pulmones para siempre. A Lily le encantaría creer que el alma abandona el cuerpo en la última exhalación. Con todo, y sabiendo que Ronnie se reiría de ella, se acerca a la ventana. Aquella misma mañana han estado allí, mirando hacia la penumbra. Si Lily hubiera sabido que esto iba a ocurrir, habría seguido a Ronnie a la planta de arriba y no lo habría perdido de vista en ningún momento. Abre la ventana de par en par. Si existen los fantasmas, entonces prefiere que Ronnie no se quede atrapado en esta casa.

Se oyen pasos subiendo la escalera, doblan la esquina, recorren el descansillo y se ralentizan hasta detenerse fuera de la habitación. Lily contiene el aliento. Se abre la puerta.

Gray entra. Está a punto de encender la luz cuando ve a Lily.

—Ah, tú también has venido a estar con él —dice—. Entonces te dejo a solas.

Está a punto de irse cuando Lily le pregunta:

—¿Podrías reemplazarme velándolo? ¿Al amanecer? ¿Y no dejar que nadie se lo lleve?

Gray asiente, como si dormir con los muertos fuera perfectamente normal. De hecho, para algunas personas lo es. Los familiares y las amistades se turnan para velar a los difuntos. Lily se pregunta quién la velará a ella.

Cuando falleció Charlie, uno de los amigos paganos de Lily, a los cuarenta y cinco años, su esposa y su hija pequeña pasaron toda la noche junto al cadáver. Lo lavaron y lo vistieron, cantaron y le hicieron compañía. Al día siguiente, en el bosque donde lo enterraron, Lily y los otros dolientes arrojaron compost, botones, cartas, monedas y flores sobre su sepultura y se despidieron de él.

Lily arrojó la flor favorita de Charlie, una rosa, y luego pasó por un arco cubierto de abeto perenne. Al otro lado del arco, todo el mundo bailaba y cantaba, porque habían entablado una nueva relación con Charlie, una relación que nunca moriría.

Y aunque Lily está en vela porque quienquiera que asesinó a Ronnie podría querer moverlo, también desea darle la bienvenida a su nueva relación con él. Así siempre oirá la voz de Ronnie en su cabeza.

Se acomoda como puede en el suelo. El embarazo le provoca insomnio; al menos ahora le servirá de algo.

La noche transcurre lentamente, interminable como una partida de Monopoly. La niebla se ha despejado y no hay nubes en el cielo. Las estrellas de invierno destacan como puntos en fichas de dominó.

De vez en cuando le echa un vistazo a Ronnie. Bajo la luz de la luna parece plateado, como si pudiera ocupar un lugar entre las estatuas del jardín. Intenta recordar lo que le ha dicho esa mañana, si le dio alguna pista que pudiera serle de utilidad. ¿Qué había «visto» que le hizo pensar que Lily tenía razón con respecto a que su madre fue asesinada? ¿Habría oído alguna conversación sin querer? No, dijo que lo cogería y se lo enseñaría más tarde, así que tiene que ser un objeto. ¿Será algo que hay en la casa?

O en esta habitación. Mira a su alrededor, consciente de que si toca cualquier cosa la acusarán de manipular la escena del crimen. Pero a su primo lo han asesinado por alguna razón. Y tal vez haya ocultado esa razón cerca.

Abre cajones, mira dentro de la maleta de Ronnie, debajo de la cama. No sabe qué busca. Lo que sea que Ronnie quería enseñarle podría estar en cualquier sitio. Al menos, quizá encuentre la llave; eso compensaría un poco el dolor que siente. Revisa todas las cosas pequeñas de Philippa y Ronnie, sus efectos personales, el pintalabios y el cargador de la maquinilla de afeitar, los tampones y el llavero de la torre Eiffel que compraron como recuerdo en París durante su luna de miel, un llavero con una carga tan enorme... Tiene que pararse a llorar varias veces.

Casi se ha dado por vencida y se encuentra revisando por encima las prendas de ropa que hay colgadas en el armario cuando, en el bolsillo de una chaqueta, encuentra un sobre. En él, con la caligrafía arremolinada de Liliana, hay escrito el nombre de Ronnie. Y dentro hay una postal dirigida a Lily. Una postal de su madre.

Capítulo veintiocho

En cuanto el cielo muestra una franja de luz naranja a la mañana siguiente, Gray aparece en la puerta. Lily siente una punzada en el último momento; se pregunta si mantendrá su palabra.

—Ya vigilo yo —le asegura.

Tiene el porte solemne de un enterrador.

Lily mira una última vez a Ronnie, se mete la carta y la postal en el bolsillo, sale de su habitación y se dirige a la de Tom.

Llama tres veces a la puerta.

—Casi es de día y no ha nevado en toda la noche —le dice con voz lo bastante fuerte para irrumpir incluso en el sueño profundo.

Tom abre la puerta con el pelo alborotado. Se lo atusa y aún se despeina más.

—¿Qué hora es? —pregunta, con las palabras distorsionadas por un bostezo.

—Poco más de las ocho —contesta Lily—. Vamos a mover ese roble.

—Pero ¿cómo? —pregunta él—. Sin Ronnie que nos ayude a... —Deja la frase en el aire.

Mira hacia la habitación de su hermano, donde Gray monta guardia.

—Sé que es duro —dice Lily—. Pero tenemos que salir. Quedarnos aquí es demasiado arriesgado.

Tom asiente. Cuando avanzan por el pasillo, Gray se les acerca. Le tiende la mano a Tom.

—Mi más sincero pésame —dice—. Lamento mucho tu pérdida.

Y luego inclina la cabeza cuando pasan junto a él.

—¡Qué raro ha sido eso! —dice Tom, una vez vestidos y caminando pesadamente por la nieve en el jardín.

Sigue haciendo frío. Cuando Lily respira, su aliento forma puntos y aparte en el aire. Nubes grises componen un comité sobre sus cabezas en el que se decide cuándo volverá a nevar.

Tiene que irse ahora mismo.

Aprieta el paso, procurando no resbalar.

—Creo que solo hace lo que le han enseñado a hacer.

—Pero Ronnie es su primo —replica Tom—. No un cliente. Actúa como si no tuviera sentimientos. Como tú, pero con peor etiqueta.

Lily tiene la sensación de que le clavan un puñal a través del plexo solar.

—Yo tengo muchos sentimientos, Tom —responde con serenidad, capaz de controlar las emociones que pugnan dentro de ella por salir—. Ya lo sabes.

—No digo que no los tengas, pero están cerrados bajo llave. Y o Gray es igual que tú, o más bien es como su hermana, y la muerte de Ronnie no le importa. O no le sorprende.

—¿Crees que podría haberlo asesinado él?

Pero la mente de Lily la devuelve a lo que Gray dijo la noche en que murió Philippa. Que era su primer cadáver. Ronnie es el segundo.

—Nunca se conoce lo suficiente a una persona, pero no me convence del todo dejarlo a solas con el cuerpo. Además, recuerda que él fue quien se llevó a Philippa.

—Con ayuda de Sara.

—Cierto. Y Rachel no los detuvo. —Tom hace una pausa y se estremece—. Bueno, ha encontrado su vocación. Sus ojos me recuerdan a las monedas que les ponían sobre los párpados a los muertos.

Han llegado. El árbol no parece tan inmenso a la luz del día, aunque aun así van a necesitar una motosierra para cortarlo.

—Voy a mover hacia atrás el coche —dice Tom—. Así veremos a qué nos enfrentamos.

Tom entra en el vehículo e introduce la llave en el contacto. No hay reacción. Baja la ventanilla.

—Parece que me he quedado sin batería —dice.

—Pues no tendría por qué ser así —responde Lily—. El día de Nochebuena condujiste durante un largo trayecto y la otra noche se encendió sin problemas.

Tom se encoge de hombros.

—Quizá se haya helado con el frío. Yo también me daría por vencido si me dejaran fuera con este tiempo. —Sale, abre el maletero y saca las pinzas de arranque—. Trae el Mini hasta aquí, si puedes, e intentaremos poner en marcha mi coche.

—Primero deberías comprobar si puedes abrir el capó —le dice Lily, indicando lo cerca que está el coche de Tom del árbol.

—Fácil —responde Tom, metiendo medio cuerpo en el coche y accionando un interruptor.

El capó se abre con un clic. Tom lo levanta.

—¡Tachán!

Y entonces le cambia la cara.

—¿Qué pasa? —pregunta Lily.

El rostro de él refleja el lóbrego cielo que se extiende sobre ellos.

—Abre el capó de tu coche.

Lily frunce el ceño, pero camina con pasos pesados hasta su coche y su caparazón de nieve para hacer lo que le pide su primo. El capó suspira al abrirse.

—¿Ves algo? —le grita Tom desde donde está.

Lily no sabe qué debería buscar. Pero en ese momento ve que falta una pieza.

—¡La batería no está! —grita.

Tom cierra con fuerza el capó.

—La mía tampoco. Y supongo que a los demás también se la habrán quitado. Tenemos que regresar.

Lily piensa en Ronnie y Philippa. Esta podría ser su única oportunidad para pedir ayuda. Y para escapar de una casa que podría acabar con la vida de su hija y la de ella misma, además de la de su madre. Se lleva la mano al bolsillo del abrigo y palpa la postal.

—Tenemos que ir a pie —dice.

—No, Lily —responde Tom.

—Cogeremos provisiones. No pasará nada —lo tranquiliza ella—. Nos llevaremos el mapa. No podemos estar tan lejos de la población más cercana. Y allí habrá alguien con un teléfono móvil. Y luego la policía encontrará la manera de llegar hasta aquí. No les queda otro remedio. Se ha cometido un doble asesinato.

—¿A cuánto estamos, a dieciséis kilómetros del pueblo? Y caminando por carreteras heladas, la mayoría traicioneras o directamente impracticables para peatones y vehículos. Podría llevarnos diez horas llegar hasta allí, más si vamos por los campos y las montañas. Y solo tendremos buena luz durante la mitad de ese tiempo. Si uno de los dos tropieza y se hace daño o se cansa y tiene que parar, cosa probable dado que tú estás embarazada y tienes aspecto de no haber dormido desde hace semanas, bueno, podríamos no volver a ponernos en pie. Hace un frío que pela. Y no tenemos teléfonos móviles. Uno de nosotros o los dos podría morir congelado. ¿Quieres ponernos a mí, a ti o a tu pequeña pasajera en peligro?

—Quedándonos en la casa también lo estamos.

—No sé qué decir, Lily —responde Tom, dejando caer las manos a los lados—. He perdido a mi tía y a mi hermano. No quiero perderte a ti también. —Tiene los ojos lacrimosos—. Tengo miedo.

Lily le coge la mano, guante con guante.

—Yo también.

—Y, además, hay otro motivo para quedarnos —dice Tom.

—¿Cuál? —pregunta Lily.

—He estado reflexionando sobre todo esto. Quiero que ganemos la casa, por Ronnie. Montaremos una cooperativa con Rachel y Holly, haremos lo que tengamos que hacer para que Arcana no caiga en manos de Sara. Ni de Gray.

—Me cuesta creer que Gray pueda haberlos matado.

—En teoría, cualquiera podría haber asesinado a Philippa por la noche o a Ronnie de día. Pero aquí hay gato encerrado. Y no puedo dejar de pensar que Sara está detrás de todo esto. Dime que no estás de acuerdo.

—No puedo —dice ella.

Tom mira hacia la casa. El cielo oscurece a su alrededor y empieza a nevar de nuevo. Entonces se vuelve y mira a Lily.

—Tú ocultas algo. Lo sé. Tienes que decírmelo.

Ella ve la misma ternura en sus ojos que en los de Ronnie. Es posible que a Ronnie lo mataran porque le habló del asesinato de su madre. Su instinto le dice que así fue, se lo dice a gritos. Y no va a volver a desoírlo. No va a poner en riesgo a Tom, aunque eso suponga mantenerlo a ciegas. Al menos seguirá con vida.

—Yo no sé nada —dice Lily, soltándole la mano para poderlo agarrar del brazo mientras regresan caminando a la casa. Toda una muestra de fortaleza—. Averigüemos juntos qué está pasando.

Capítulo veintinueve

Pájaros grises vuelan recortados sobre un cielo forrado de púrpura. Lily y Holly caminan detrás de Tom, Rachel, Sara y la señora Castle, que transportan a Ronnie hasta el pozo de hielo. Un confinamiento al amanecer junto a su esposa.

Cada vez que uno de ellos da un traspié y suelta el brazo o la pierna de Ronnie, a Lily se le encoge el corazón. Se jura otra vez que le hablará a su hija del tío Ronnie.

Cuando lo depositan junto a Philippa, con sus manos rozándose, a Lily le saltan las lágrimas, y ya no puede dejar de llorar.

Nadie habla durante el desayuno. Solo se oyen el crujido de las tostadas y los cereales reblandecidos y los sorbitos de té. Lily únicamente consigue comerse una rebanada de pan seco. Rachel y Holly están sentadas, acurrucadas en un extremo de la mesa, sin mirar a nadie. Tom tiene la vista clavada en su plato y un aspecto de estar tan perdido como las baterías que, según han descubierto, han desaparecido de todos sus vehículos. Incluso del de Sara.

Rachel rompe a llorar en silencio. Holly se inclina hacia ella y le roza la oreja con la nariz.

Lily tiene que apartar la mirada: es un gesto demasiado íntimo, demasiado doloroso. Topa con Sara, que la mira fijamente. Sara inclina la cabeza a un lado y aparta una pasta, sin pestañear ni una vez. Antes se ha mostrado indignada porque Gray siga fuera, de pie junto al pozo de hielo. No soporta que Gray no esté a su lado. Lily se pregunta si Sara soporta algo.

La señora Castle entra en el comedor con café recién hecho. Deja la cafetera sobre la mesa y los mira a todos.

—Hace una hora que no oigo ni una mosca —dice— y me estoy volviendo loca. La situación ya es bastante mala sin que el silencio se imponga. A la casa no le gusta. Y a mí tampoco. Id a buscar las pistas, por favor.

—¿Ya están listos los poemas? —pregunta Sara.

—Escúchame bien —le dice el ama de llaves, amenazándola con su largo y afilado dedo—. No se me permite deciros nada sobre ellos ni sobre su paradero. Lo que os he dicho es que vayáis a buscar las pistas. ¿Entendido?

Se inclina hacia delante, hasta que su rostro queda a dos centímetros del de Sara, que retrocede. Lily nota que se le fruncen los labios. Toda casa necesita una señora Castle.

La expresión de Tom se endurece; parece decidido. Se pone en pie y sale de la estancia. Sara lo sigue de cerca.

Rachel y Holly no se mueven.

—Yo no quiero seguir jugando —dice Rachel.

—Te entiendo —responde Lily.

—¿Ya se han ido? —pregunta Rachel, mirando hacia la puerta.

Holly se pone en pie de un salto y va a comprobar el vestíbulo.

—No veo a nadie.

Rachel mete la mano bajo la mesa y saca una caja.

—He pensado que te gustaría echarle un vistazo a esto. Lo bajé del ático. Estaba junto al maniquí, abierta, invitándonos a mirar su contenido.

—Te vi enseñarle fotos a Holly —dice Lily.

Rachel asiente con la cabeza.

—Después de lo que dijiste de tu madre, bueno, pensé que te gustaría hojear algunos de estos documentos.

Le entrega la caja y se le relajan los hombros, como si estuviera traspasándole también la responsabilidad.

—Gracias.

La caja parece más ligera que su contenido.

—No le digas a Sara que te la he dado —le pide Rachel—. Me preocupa que nos ponga en peligro.

—No se lo diría —responde Lily, herida por la sola insinuación.

—Ya lo sabemos —replica Holly—. Si no, no te la habríamos dado. Solo queremos estar a salvo.

Rachel le acaricia la cara a Holly con el dorso de la mano. Holly la mira con tanta pasión que a Lily le cuesta creer que estuviera con Sara la otra noche. Ya se ha equivocado otras veces al pensar que alguien no engañaría a otra persona. Pero Holly no parece de esa clase. Quizá les vaya el poliamor. Pero, sea cual sea su situación, el mundo necesita más amor como el suyo.

—Será mejor que te unas a la búsqueda de la llave —le dice Rachel a Lily—. Te alentamos a que ganes.

—Pero yo no quiero...

—Sí, ya sabemos que no quieres la casa —dice Rachel—. No paras de decirlo.

—Pero quizá la casa sí te quiera a ti —sugiere Holly.

El suelo de la planta superior cruje sobre sus cabezas, pero cuesta decir si es la casa manifestando su acuerdo, su objeción, o es que hay alguien merodeando por allí.

Lily deja la caja en su habitación y tropieza con Tom en el pasillo. Parece faltarle el aliento. Sostiene en alto una cadena de papel de colores que cuelga de sus brazos y le confiere el aspecto de un Jacob Marley de fiesta.

—¡La encontré! Bueno, la ha encontrado Gray. —Señala hacia la nueva decoración que cuelga del pasamanos—. He corrido lo más rápido que he podido, pero él ha llegado primero y me la ha dado. ¿Puedes creértelo? Hay más colgando del piso siguiente, así que Sara no anda lejos.

—Ven a mi habitación —le dice Tom—. Así no verán tu cerebro en funcionamiento.

Su cuarto está en un lado de la casa. Él juega con el espumillón de su árbol de Navidad, se enrolla una guirnalda alrededor de la muñeca. Mira por la ventana del balcón que da al huerto.

—Supongo —dice— que si tuviera una red de pescar, una muy larga, podría coger una manzana desde aquí.

Lily desmonta las catorce cadenas de papel, va colocándolas en orden. En el reverso de cada una de ellas hay un verso del poema. A medida que va leyendo, los trozos engomados de papel brillante rojo, azul y verde centellean bajo las luces del árbol de Navidad.

Aquí, en la planta baja, mi hogar es un Castillo que encoge, un tótem.
No digáis que no os mimo... mas mis esfuerzos quiero ver
                                              [recompensados.
Os quiero lúcidos y fabulosos: cantantes, magos, estrellas, hechiceros,
                                              [soldados,
reinas y reyes y programadores... Sabed que la mediocridad entona
                                              [un réquiem.
Preguntaos una y mil veces: ¿Bowie qué haría?
Y no os alarméis ni malinterpretéis lo que pasa,
porque algún día encontraréis el camino de regreso a casa.
Pero sabed que, en el ecuador, todo se enfría.
Este es un juego difícil, extenuante como excavar
la endurecida tierra de la tumba de tu hermana,
tierra dura como el hierro de tan apesadumbrada.
Y aunque ya estáis más cerca de a la meta llegar,
pensad que ella no morirá: la casa siempre gana.
Es mejor que disfrutéis de la vida que os ha sido dada.

—En la planta baja —dice Lily.

Se esfuerza por no pensar, por no imaginar la tumba dura como el hierro de su hermana. Su pena por eso tendrá que esperar.

—¿Estás segura? —pregunta Tom, tan sorprendido por la rapidez de su anuncio que tropieza de camino a la puerta, aún envuelto en guirnaldas.

—Lo dice en el primer verso —responde Lily, que ya está en la puerta, camino de las escaleras.

—¿Y después qué?

—Y después tendremos que jugar —responde Lily.

—¿Estás segura de que está aquí? —pregunta Tom, echando un vistazo a su alrededor en el cuarto de los juegos.

—«Lúcidos» es un anagrama de «lúdicos» —se apresura a contestar Lily—. Y además están «reinas y reyes», como en el ajedrez, «cantantes», en alusión a la máquina de karaoke y los «programadores» de la de marcianos... Todo remite a los juegos.

—De acuerdo —dice Tom—. El supercerebrito en marcha otra vez... ¿Y dónde está la llave?

Entra Gray, sujetando tiras de la cadena de papel. Tiene una parte de la cara roja, como si se hubiera caído. O como si le hubieran abofeteado.

—¿Estás bien, Gray? —pregunta Lily.

Él se lleva la mano a la cara para ocultarla.

—No es nada —dice.

—Suena muy convincente —interviene Tom, acercándosele—. Puedes contárnoslo, ¿sabes? ¿Te ha pegado Sara?

Gray parece asustado, mira rápidamente hacia la puerta.

—No puedo.

—Lo entiendo —insiste Tom en tono amable—. Pero podemos cuidar de ti. Lo único que tienes que hacer es quedarte con nosotros.

Gray mira a Lily con ojos suplicantes. Luego niega con la cabeza.

—Tengo que encontrar la llave.

Aparta la mirada de la de Lily y revisa las pistas.

Las lee articulando las palabras, sin sonido. Lily ve cómo sus ojos se desvían hacia el armario de los juegos de mesa. Gray va corriendo hacia este, lo abre y saca una caja de dados.

—«Sol-dados» —dice Lily.

Gray asiente y continúa su búsqueda. Es fascinante. Piensa como Lily. Y como su madre. Lily nota que su lazo familiar se estrecha.

—Esto no es un juego con público —le dice Tom a Lily—. Tú eres la que usa el cerebro. ¡Dime dónde buscar!

—Tú empieza por el ajedrez y yo miraré en la máquina del millón —responde ella.

Con un ojo puesto en Gray mientras revisa un juego de minicasino («La casa siempre gana», piensa), Lily mira bajo la máquina del millón. No hay rastro de la llave, solo grietas en la pared oculta tras la máquina. Siempre hay algo siniestro tras un juego.

—Aquí no hay nada —anuncia Tom—. Voy a mirar en la máquina de karaoke.

Lily revisa el poema, consciente de que se le ha escapado algo.

—¡La tengo! —exclama Gray.

Está de pie en un rincón de la sala, sosteniendo en alto la diana. La llave está pegada al dorso.

Capítulo treinta

—Creo que esta noche deberíamos quedarnos todos juntos —propone Tom, mientras acompaña a Lily a su habitación—. O, al menos, quédate conmigo. Así sabré que estás bien. Dormiré en el suelo, tú puedes usar toda la cama. Iré a recoger manzanas para los dos por la mañana.

—Gracias, pero estaré bien —rehúsa Lily.

—Solo pretendo cuidarte.

—Serás un marido maravilloso algún día.

—No sé qué decir.

—Eres dulce, amable, leal, inteligente, divertido... —enumera ella.

—Y olvidas que soy sumamente atractivo. —Tom hace de nuevo el gesto de subir y bajar las cejas—. Además, no tengo que esforzarme demasiado. No todo el mundo sabe envejecer y seguir siendo sexi, ¿sabes?

—Habrá alguien especial que lo aprecie.

—Tú también encontrarás a alguien algún día —replica él—, alguien que se quede contigo y a quien yo pueda acabar conociendo.

—Quizá. Pero ahora estoy molida. Lo único que quiero es irme al sobre.

—¿«Al sobre»? Qué... juvenil —bromea Tom—. No te recuerdo hablando así desde que tenías doce años.

Lily se ríe. Es verdad.

—El pasado siempre sigue ahí, oculto.

—Como una foto detrás de una puerta en uno de esos calendarios de adviento.

Se quedan los dos en silencio un rato. Lily piensa en todo lo que se ha abierto en su interior desde que está en la casa, y se pregunta qué estará aún por llegar. Y, sea lo que sea en lo que piensa Tom, le hace adquirir una expresión muy triste.

—Hablando de puertas —le dice ella, con toda la alegría que es capaz de reunir—, asegúrate de cerrar bien la tuya.

Tom vuelve a sonreír, parece estremecerse pensando en el pasado.

—Vale, pero me voy a quedar aquí fuera hasta que oiga que tú haces lo propio, ¿de acuerdo?

—Buenas noches, míster Tom —le dice ella, como solían hacer cuando eran niños.

Su primo le devuelve una sonrisa tan dulce, amplia y tímida que Lily se inclina hacia él y le da un beso en la mejilla.

Mientras se dirige a su dormitorio y cierra su puerta con llave por dentro, Lily lo oye alejarse silbando «We Wish You a Merry Christmas». Se desata el corsé de maternidad y deja ir un suspiro, no solo por sentirse liberada.

Lleva todo el día muriéndose de ganas de leer la postal de su madre, que ha guardado en la caja que Rachel le dio al dejarla en su dormitorio. Solo una vez en la cama se decide a leerla. En la carta que Liliana le escribió a Ronnie le pedía que le entregara la postal a Lily el último día del juego «para demostrárselo de una vez por todas».

La ilustración de la postal muestra la casa Arcana en Navidad, en un grabado de la tía Veronica. La familia está en el jardín, cantando villancicos. En el interior, con la caligrafía de su madre, lee:

Feliz Navidad, mi preciosa hijita. Te quiero. Tal vez yo te diera a luz, pero tú me has dado a mí la vida. Me das alegrías todos los días y me muero de ganas de seguir viviendo aventuras contigo. Siempre estaré aquí para ti. Atrévete a mostrarte fabulosa como eres en verdad. Pero, sobre todo, recuerda ser siempre tú. Sigue cantando y los días oscuros pasarán y el verano siempre volverá.

No son las palabras de una mujer a punto de suicidarse.

También las palabras del poema de hoy reverberan en la mente de Liliana. ¿Cómo decía? «Os quiero [...] fabulosos. [...] Sabed que la mediocridad entona un réquiem». Muy propio de la tía Lil añadir la referencia a la mediocridad... A veces, Lily piensa que Sara tiene algo de razón. Si Liliana la hubiera aceptado tal como era, es posible que no se hubiera convertido en la persona que es hoy. Si no hubiera esperado que Sara fuera un Bowie, un mago o una estrella, que blandiera palabras o un pincel, y simplemente le hubiera permitido ser ella misma, ¿sospecharía siquiera Lily que Sara podría ser una asesina?

Si su madre hubiera vivido, Lily ahora sería capaz de expresarse. No la frenaría la cobardía; no tendría que ceñirse corsés para que nadie apreciara su forma real. Eso es lo que tiene que darle a la pequeña Habichuela: espacio para adoptar su propia forma.

Piensa en su madre cantando canciones inventadas y villancicos para dormirla y en voz muy baja, para que solo la Habichuela y los ratoncitos de las paredes la oigan, tararea «En el invierno sombrío».

O━━

Capítulo treinta y uno

Fin de año. La gente lo vive como si fuera una fecha límite. Se espera demasiado de ese día, se planean celebraciones y luego, normalmente, el calendario cambia de página y no pasa nada. Empiezas el día siguiente un poco más gordo que el anterior. La mayoría de las madres primerizas superan su fecha de salida de cuentas, así que Lily tendrá que esperar para beber champán. Debería haber un dispensador en las salas de parto, junto al de gas y oxígeno.

Lily se despierta pronto y empieza a leer los documentos de la caja que le entregó Rachel. Va colocándolos junto al plano de la casa que le dio Isabelle. Todo esto tiene que tener algún significado, si bien aún no sabe cuál es.

El último documento de la caja hace que le tiemblen las manos. Es un informe del médico forense sobre la muerte de su madre. En él, el doctor Archibald Fleming afirma que Marianna había intentado colgarse en su dormitorio y que, al no conseguirlo debido a «un ajuste poco seguro de la cuerda al techo», entró en el laberinto y se cortó las venas.

Está todo ahí escrito, negro sobre blanco como las teclas del piano de su madre. Liliana debió de malinterpretar lo ocurrido. En la habitación contigua, su madre realmente intentó ahorcarse mientras Lily dormía. Y luego, como siempre le gustaba acabar lo que empezaba, lo volvió a intentar en el laberinto, y entonces sí lo logró. Pero ¿por qué habría sangre falsa en su abrigo? ¿Y por qué la policía no lo confiscó como prueba? Además, si pretendía suicidarse en su habitación, ¿por qué fue al laberinto?

Vuelve a sacar la postal de su madre y lee aquellas palabras rebosantes de esperanza. Pero ¿qué otra cosa puede uno decirle a su hijo? Lily se toca el bulto que parece crecer cada día que pasa. Está duro, más duro que el resto de su cuerpo. «Quédate ahí dentro mientras puedas, Habichuelita —piensa—. Aquí fuera la vida es muy dura».

Mientras está colocando de nuevo los papeles en su sitio, Lily ve el taco de una chequera. Es pequeño, una reliquia de la era analógica. Contiene el resguardo de un cheque por 45.000 libras esterlinas extendido al doctor Archibald Fleming, el forense. Lo firmó el tío Edward.

Lily se coloca frente al espejo de su cuarto de baño enfundada en el vestido que se ha confeccionado, inspirado en una flauta de champán invertida. Le ha cosido a mano tres mil perlas de rocalla amarillas y espera que su brillo distraiga de la tristeza que ella misma aprecia en su rostro. Si, como todo parece apuntar, el tío Edward sobornó al forense y probablemente asesinó a su madre, Tom no debe saberlo nunca. Se moriría de pena.

Cuando abre la puerta, encuentra una tarjeta en el suelo. Por delante es una invitación a una fiesta de fin de año. El reverso contiene el poema del día.

¡Aviso! No sigáis esta clave sin pensar, cual obediente robot,
pues quizás alguien no soporte enfrentarse así a un terrible pasado
y corra y huya a llorar a su habitación cual infante asustado
perdiendo así su oportunidad de desentrañar el complot.
Recordad el juego: vivir es mucho más que tan solo seguir vivo,

y si de vivir se trata, esto es como todo lo demás en la vida:
mil verdes muros infranqueables os separan de vuestro objetivo,
igual que hay mil frondosos caminos pero una única salida.
Sé que en este retorcido lugar alguien perdió mucho más que el
[rumbo
pero una vez estéis bien decididos, una vez pongáis un pie dentro
sabed que hay que avanzar con paso firme desde afuera hasta el
[centro.
La vida es cruel, y a veces no hacemos más que ir a ciegas, dando
[tumbos
pero el gran premio, ya lo habéis oído de mí muchas veces antes
os hará vencer miedos y empezar a buscar en este mismo instante.

Lily siente que la respiración se le estanca en el corsé, nota su corazón aprisionado entre las dos clavículas. Sabía que una de las llaves estaría en el laberinto. Y hoy es el día. Año Nuevo, el pase ceremonial bajo el arco de un año muerto a una relación con el siguiente. Suena «banal», sí, Liliana.

La ira de Lily burbujea como champán agitado. El mensaje que le envía Liliana no podría ser más claro. Supéralo y entra en el laberinto, el lugar donde murió tu madre. Vuelve a sentir compasión por Sara y por los alumnos de Liliana. La crueldad de su tía podía adoptar la forma de charlas motivacionales, y sigue dando lecciones desde la tumba.

Ahora Lily está atrapada en el laberinto que ha creado su tía. O bien derriba los muros que ha erigido y se une a la búsqueda por sus corredores, o hace como predijo Liliana y corre a esconderse en su habitación.

Por eso no quiere que la conozcan, ni que la vean.

Se oyen unos pasos subiendo las escaleras. Aparece Tom, blandiendo una invitación con bordes dorados.

—Así que ya has recibido la tuya.

—Liliana se aseguró de que lo hiciera —dice Lily—. No creo que nadie necesite mi ayuda para saber dónde está la llave.

Tom camina vacilante hacia ella, encorvado como si se preguntara por la posible reacción de Lily.

—Lo siento. No pensé que la tía Lil pudiera ser... bueno...

—¿Tan cabrona? —pregunta Sara, que aparece detrás de Tom.

Tom se vuelve sobre sus talones.

—Yo no la llamaría así.

—Porque eres demasiado amable —dice Sara—. Pero al final eso no sirve para nada. Mira a la madre de Lily. Ah, no, que no puedes. Está muerta.

Lily percibe la tristeza de Sara, desgastada como un forro bajo su rabia. Y lo entiende. Algunas personas ocultan su ira en el interior y otras la expulsan al exterior. Tom y Lily son de los primeros y Sara de los segundos. Y fue Liliana quien la hizo así.

—Tu madre también está muerta —dice Lily, vertiendo compasión con su voz como *whisky* por encima de una tarta navideña—. Y entiendo por qué estás tan enfadada con ella, conmigo y con todo el mundo. —De repente recuerda a Sara de niña, derribando un castillo perfecto de naipes que a Gray le había llevado todo el día construir. Recuerda las lágrimas de él cayendo como espadas por sus mejillas—. Y también entiendo por qué te gustaría derribar la casa Arcana con una bola de demolición y empezar de nuevo.

—Veo que lo sabes todo de mí —le espeta Sara, con mirada iracunda. Por eso a Lily no le gusta decir lo que piensa—. Y también de mamá y de lo que era capaz. Si yo fuera tú, lo dejaría ahí.

—¿A qué te refieres? —pregunta Tom.

—Sabes perfectamente a qué me refiero —responde Sara, acercándose a él y agitando un dedo amenazador a centímetros de su cara, haciéndolo retroceder y chocar con la pared. Sara se mete la mano en el bolsillo y Lily da un salto adelante, convencida de que tiene un cuchillo. En lugar de ello, Sara saca su copia de la invitación—. Esto demuestra cuánto pensaba mi madre en mí. Nada. Todo un poema dedicado a su preciosa sobrinita e hija adoptiva. Ni siquiera se molesta en usar anagramas esta vez. Como si los demás tuviéramos que limitarnos a jugar y el texto de verdad fuera dirigido a su pequeña Lily. He repasado detenidamente las pistas anteriores. Todas van sobre desvelar secretos, sobre encontrarse a uno mismo. Y este está dedicado íntegramente a ella. Se vuelve hacia Lily. Sus ojos están anegados de unas lágrimas que no hallarán salida.

—Lo siento.

Es sincera: Sara tiene razón. Se le agita la barbilla, le tiemblan los labios. Mira a los ojos a Lily, con una intensidad ardiente. Hay demasiada información. Ella aparta la mirada.

—¡Ahí lo tienes! —exclama, señalando a su prima—. Mamá tenía razón, como siempre. Eres una cobarde y nunca serás la heredera de su alma, ni de ninguna otra cosa. Al menos ella era valiente. Actuaba, para bien y para mal.

Dicho lo cual, se va. Las voces de autoodio cobran fuerza en el interior de Lily. La Habichuela da volteretas como un pez afortunado, como si ella también oyera las voces. Ahora Lily no puede dirigir la ira hacia dentro. Pero ¿dónde coloca entonces todo ese dolor, todas esas espinas? Quizá Sara tenga razón: Tom y Lily, y Marianna antes que ellos, son demasiado agradables. Y eso no conduce a ganar. Debería aceptarlo. No intentarlo siquiera.

—Tú baja al laberinto —le dice Lily a Tom cuando él abre los brazos para consolarla—. Voy a hacer exactamente lo que la tía Liliana vaticinó: quedarme en mi habitación.

Lily se pasa la mañana mirando por la ventana, mientras sus primos buscan en el laberinto. Ve el gorro con pompón de Tom aparecer y desaparecer, y el abrigo rojo de Sara, y la capucha amarilla de Holly, a Rachel buscando por el seto exterior del laberinto y a Gray de pie en la entrada, fumando.

Le llegan las maldiciones a través de la ventana abierta. La gruesa capa de nieve hace imposible buscar la llave. Lily imagina las manos enguantadas de sus primos bajo los setos, tan recubiertas de nieve que parecen otro par de manoplas blancas. Cuando se quiten los guantes, tendrán los dedos fríos y rígidos, quemados por la nieve, inútiles.

Decide una y otra vez unirse a los demás; llega hasta la puerta y ahí se detiene. La casa Arcana puede estar extendiéndose sobre ella como la hiedra, pero el laberinto sigue pareciéndole inabarcable. Lo único que puede es hacer de espectadora mientras sus primos rebuscan en el lugar donde el último hálito de su madre quedó suspendido en el aire invernal.

Rachel y Holly son las primeras en tirar la toalla. Salen del laberinto agarradas de la mano a la hora de comer. Lily desciende las escaleras para reunirse con ellas. La decoración en la planta baja ha cambiado. Ahora hay pancartas que chillan «¡Feliz año nuevo!» colgadas de las vigas. También hay globos pegados al techo, con panzas tan hinchadas que parecen causarles dolor.

La señora Castle saca pan tostado con queso fundido para las tres.

—Feliz fin de año —les dice, con un tono tan celebratorio como un pedrusco que atraviesa una ventana.

Holly sigue tiritando.

—Me parece imposible que alguien encuentre esa llave —apunta—. Hay demasiados setos, y podría estar dentro de cualquiera de ellos.

—Pensaba que no ibais a jugar más —dice Lily.

Rachel y Holly intercambian una sonrisa.

—Queríamos encontrar la llave —dice Rachel— y dártela a ti. Compensarte por todos los regalos que no te he enviado. Pero el plan no ha funcionado. Aun así —Rachel levanta el tenedor—, al menos me ha abierto el apetito. Hace días que no me apetecía comer.

Lily empuja su plato hacia ella.

—Cómete el mío.

—Gracias. ¿No has visto nada en el poema que indique cuál puede ser el escondite? —le pregunta Rachel. Ella niega con la cabeza—. Típico. Esta vez el lugar es obvio, pero no nos dice dónde buscar allí. Liliana sabía cómo jodernos de verdad.

Lily se pasa el resto del día mirando por la ventana. Desde fuera debe parecer un fantasma. La Dama Blanca en persona. Pero tiene incluso menos poder que un espectro.

Anochece cuando Sara y Gray salen del laberinto. Lily espera a que también lo haga Tom, pero dos horas más tarde sigue sin haber rastro de él. Un manto de negrura cubre el laberinto.

Lily, muy preocupada, baja corriendo.

—¿Habéis visto a Tom? —les pregunta a Holly y Rachel, que están achispándose con champán en el salón.

—La última vez lo hemos visto en el laberinto —responde Holly—. Estaba decidido a encontrar la llave.

Sara y Gray juegan a las cartas en el invernadero.

—Lo hemos dejado ahí fuera —dice Sara cuando Lily le pregunta por él.

Gray no mira a Lily. Tiene la vista clavada en su baza de corazones como si esta le predijera el futuro.

—¿No creéis que deberíamos comprobar si está bien? —pregunta Lily—. Lleva horas ahí fuera solo.

—Adelante —la invita Sara, que vuelve la vista a su mano ganadora—. Felicítalo de mi parte si ha encontrado la llave. A mí no me apetecía morirme de frío intentando dar con ella.

Lily se abriga una vez más y sale a la nieve. Se le empapa la falda. Está tan fría que le da la sensación de que el vestido se le congela al instante, como si estuviera caminando con una lámpara de araña puesta.

—Puedes hacerlo —se espolea a sí misma en voz alta, intentando recordar todas las palabras de aliento que escribió la tía Liliana.

Pero ¿qué tiene de fabuloso entrar en un laberinto? Es patético que sea incapaz de hacerlo.

Lily llega a la entrada.

—¡Tom! —grita a los siniestros callejones de seto.

No hay respuesta.

—¡Tom!

Nada, solo un eco burlón de su voz a través de la nieve.

Recuerda cuando llamó a Ronnie y no le respondió.

Ve una rama en el suelo. Los focos permiten distinguir en la corteza sangre de color rojo como las bayas. El corazón se le acelera. Tom no. Por favor, Tom no.

Pisando fuerte a través de la nieve, recorre el borde exterior del laberinto y encuentra a Tom tumbado bocabajo. Tiene el pelo pegado a la cabeza a causa de la sangre. Lily se inclina hacia delante y le agarra la muñeca. Oye su propio pulso, pero no el de él. Ajusta bien sus dedos a la muñeca de su primo. Contiene la respiración.

Hay pulso. Débil, errático, pero está ahí.

La pequeña Habichuela vibra en su interior. Tom sigue vivo. De milagro.

Lily se arrodilla a su lado.

—Tom —le dice en voz bajita—. ¿Me oyes?

Sus párpados tiemblan.

—Tom, cariño. Tienes que despertarte.

Él gruñe. Le sale un hilillo de sangre de la boca. Abre los ojos.

—Lily —dice.

Intenta incorporarse, pero vuelve a desplomarse sobre un lado.

—Poco a poco —le dice Lily.

—Mi cabeza —dice Tom demasiado despacio—. Parece... que... haya... estado... en la lavadora.

Cae de nuevo, exhausto.

Pero Lily siente una punzada de emoción: está intentando hacer chistes.

—De ser así, estaría más limpia. Tienes sangre por todas partes. Pensaba que había habido un asesinato en la nieve.

—Esta vez no.

Poco a poco, Tom se incorpora y se sienta en el suelo. La cabeza oscila adelante y atrás, y no enfoca la mirada.

—¿Sabes qué ha ocurrido? —le pregunta Lily.

Tom niega con la cabeza y pone gesto de dolor. Se lleva la mano a la herida y luego se mira la palma ensangrentada.

—Salí del laberinto para ir a buscar a Gray, para gorronearle tabaco, pero no estaba. Escuché algo detrás de mí y... —No acaba la frase—. Eso es todo lo que recuerdo.

—Alguien ha intentado matarte —dice Lily—. Igual que hicieron con Ronnie.

—Pero ¿por qué? —pregunta Tom.

—No lo sé. Ya lo averiguaremos más tarde. Primero tenemos que llevarte dentro.

Con su ayuda, él se pone en pie. Se tambalea, y Lily lo agarra con más fuerza.

—Si la próxima vez consiguen asesinarme, te vengarás, ¿verdad? —le pregunta, mientras caminan pesadamente hacia la casa. Sus palabras van cobrando ritmo. Vienen en ráfagas—. Imagínate el titular: «Corsetera venga a hombre, gana y se aleja en el horizonte».

—Un poco rimbombante —dice Lily—. ¿Me alejo a caballo, como en las películas del Oeste?

—No, caminando. No tienes para comprarte uno —responde Tom.

—Parece que voy a tener que pedirte otra vez que no te mueras.

—Hoy he logrado no estirar la pata, que es algo por lo que he de estar agradecido. Concretamente a ti: has evitado otro pequeño asesinato en Navidad.

En el interior de la casa se escuchan gritos:

—¡Diez, nueve, ocho, siete, seis, cinco, cuatro, tres, dos, uno!

—Feliz año nuevo —le desea Lily.

Se oyen canciones en el salón, y ella regresa a la misma celebración, en el mismo lugar, cuando era una niña, se quedaba despierta hasta medianoche y se dormía en el regazo de su madre con la última campanada del Big Ben.

○⇁

Capítulo treinta y dos

Lily abre los ojos de golpe. Intenta tomar aire pero no puede. Hay una mano en su garganta, apretando. Intenta zafarse de los dedos enguantados, pero son demasiado fuertes.

La figura se cierne sobre ella. Va encapuchada y está demasiado oscuro para verle la cara.

Lily le da patadas, se revuelve, intenta liberarse, pero la figura permanece inmóvil, de una forma poco natural. La mano se tensa aún más alrededor de su cuello. Piensa en su madre, en las marcas que tenía en el cuello; piensa en la Habichuela, incapaz de respirar si ella tampoco puede.

Le pone las manos en la cara a la figura y empuja. Tiene la sensación de que está hueca, de que es como seda que se desliza entre sus dedos.

La oscuridad se cierne sobre ella y estrecha su campo de visión. Oye su propio último aliento.

Y luego le sueltan el cuello.

Cae rodando de la cama, al suelo, resollando. Se sujeta el vientre.

Hay una refriega en la habitación, dos figuras ahora, peleándose. Vuelcan los libros de las estanterías. Buscando a tientas la luz, tira del cable y la lámpara cae al suelo. Cuando por fin consigue accionar el interruptor y encender la luz, ambas figuras han desaparecido.

Se asoma al pasillo, pero tampoco hay nadie ahí. Le encantaría pensar que solo ha sido una horrible pesadilla, pero el dolor del cuello y las marcas rojas que le han dejado le dejan claro que no es así.

Sin embargo, alguien la ha protegido.

Tom acude a la puerta rápidamente cuando Lily llama unos minutos más tarde. Descorre el cerrojo y abre. Parpadea cuando la luz del pasillo le da en los ojos y bosteza mientras intenta pasar los brazos por las mangas de su batín, sin acertar. La sangre de la cabeza ya se le ha secado en parte y forma una desagradable costra húmeda.

Lily le explica lo ocurrido y se despierta de golpe, como si le hubieran tirado hielo en la cara.

—Tenías razón. En cuanto amanezca y hayamos desayunado, nos largamos de aquí, aunque sea a pie, y nos llevamos a Rachel y Holly con nosotros, y a Gray, si es capaz de soltarse de las cintas del delantal de carnicera de su hermana. Necesitamos ser los máximos posibles para estar seguros.

—¿Crees que ha sido Sara quien me ha atacado?

—¿Quién si no? Oí cómo te hablaba ayer. Y cómo te miraba.

—Me odia —dice Lily.

—Se odia más a sí misma —responde Tom—. Pero tú eres su chivo expiatorio. El hecho de haber venido aquí debe de haber hecho aflorar todo eso en ella, al igual que nos ha ocurrido a nosotros. Pero no voy a permitir que seas un cordero sacrificado a su psicosis.

—Lo que me gustaría saber es quién me salvó —dice Lily.

—Buena pregunta. —Él abre mucho los ojos—. ¿No lo reconociste?

—Lo único que veía eran sombras oscuras.

No le explica la extraña sensación que ha tenido al tocarle la cara a su atacante. Ni tampoco su esperanza de que la persona que la está protegiendo sea su madre.

—No puedo serviros el «desayuno» —dice la señora Castle, haciendo gestos con los ojos y dibujando unas comillas verbales que indican que se refiere a las pistas— hasta que las señoritas Rachel y Holly bajen. Esas son mis instrucciones para hoy.

—¿Ni siquiera unas tostadas? —pregunta Tom, con una de sus sonrisas de cordero degollado—. Estoy herido, necesito sustento.

La mujer da media vuelta, pero Lily atisba a ver su leve sonrisa.

—Tostadas menos que nada.

Sara está sentada delante de Lily, tamborileando los dedos. Tiene una oreja hacia la puerta, a la espera de oír a Rachel y Holly bajando por las escaleras.

—¿Es que nadie me va a preguntar cómo me encuentro? —dice Tom—. ¿Ni cómo está Lily, teniendo en cuenta que también han estado a punto de convertirla en un fantasma de la casa Arcana?

—¿A qué te refieres? —se extraña Gray. Pasa varias veces la mirada de Lily a Tom. O es un actor excelente y lo ha heredado de su tío Edward o realmente no tiene ni idea del ataque.

Lily intenta darle un puntapié a Tom por debajo de la mesa para que cierre el pico, pero las piernas no le llegan.

—Anoche alguien intentó estrangular a Lily —dice Tom.

—¿Y lo consiguió? —pregunta Sara, tan seca como el pavo de las sobras—. Es difícil distinguirlo.

—Alguien me protegió, por suerte —responde Lily—. De lo contrario, lo habría conseguido.

Se descubre el pañuelo de seda por un lado y muestra las huellas de las manos alrededor de su cuello.

—Qué suerte tener un ángel de la guarda, ¿no? —pregunta Sara. Mira a Tom—. ¿El tuyo quién es?

—Lily, evidentemente. Fue ella quien me encontró e impidió que hubiera otro asesinato. ¿En la nieve, con el frío que hacía? De haberme quedado ahí tirado, habría muerto. Así que ella es mi ángel.

—La verdad es que quedaría muy bonita como decoración sobre tu árbol de Navidad —replica Sara. Se pone en pie y se dirige con paso decidido al vestíbulo, donde hace sonar el gong—. ¡Vosotras dos, levantaos de una vez por todas! —grita hacia arriba de las escaleras—. No habremos encontrado la llave en el laberinto, pero tenemos que conseguir la siguiente. —Espera unos segundos y luego vuelve a gritar—: ¡Rachel, despierta!

Lo hace con una voz tan imperiosa que obliga a la madera, el vidrio y las paredes a reverberarla por toda la casa.

Pero sigue sin llegar ningún ruido desde arriba.

Lily cae de repente en la cuenta: ¿y si las han atacado? ¿Y si el asesino intentó matarlos a ella y a Tom y luego fue a por Rachel y Holly?

El miedo la corta de arriba abajo como unas tijeras mientras se pone en pie y sube las escaleras sin detenerse en el rellano.

Tom la sigue. Sara se queda abajo.

—Decidles a ese par de perezosas que me están haciendo perder el tiempo.

Lily ni se molesta en llamar a la puerta. Irrumpe sin pensárselo dos veces. Está tan convencida de que se las encontrará yaciendo en la cama o en el suelo, con las pupilas fijas, que casi las ve.

Pero no están allí.

No hay rastro de ellas en la habitación. Las maletas no están y no hay nada en el armario. Lo único que queda es una nota sobre la cama.

Querida Lily:

Nos hemos ido. No había alternativa. He sabido que han atacado a Tom y no puedo consentir que le pase nada a Holly. Beatrice nos necesita y es nuestra prioridad. Llevamos todo lo necesario para regresar a pie. Estaremos bien. Y, en caso contrario, al menos habrá sido por decisión nuestra, no de otra persona. Buena suerte. Nos refrenaremos de dar la alarma hasta el día 5. Esperamos que ganes la casa. Te la mereces más que nadie. Tu madre querría que te quedaras a vivir en ella. Y Liliana también.

Sé valiente. Sé inteligente. Y ten cuidado.

Esperamos verte cuando todo esto acabe. Podemos volver a empezar.

Te quiere,
Rachel

Tom lee la nota después de Lily.

—¿Lo ves? Te dije que deberíamos irnos. —Empieza a caminar de un lado al otro—. Deberíamos haberlo hablado con ellas y largarnos todos juntos. ¿Crees que una de ellas impidió que me estrangularan? —pregunta Lily. Intenta recordar qué forma tenía su ángel, pero no la tiene clara.

—Quizá —responde Tom.

—Y crees que es Sara quien está haciendo todo esto, ¿verdad?

Tom asiente.

—Y que quiere la casa.

Vuelve a asentir.

—Bien, pues no voy a permitir que se la quede.

Capítulo treinta y tres

Cuando Tom y Lily bajan, la señora Castle los sigue al comedor alzando un soporte para tostadas que, en lugar de tostadas, contiene cuatro grandes tarjetas.

Sara se hace rápidamente con una y empieza a leer. Una vez más, Gray hace lo propio en voz alta.

¡Oh! ¿Cómo será estar muerta, el último de los capítulos?
¿Un silencio similar al que sigue a un recital?
¿O como esa última nota, pero sin aplauso? La nota final.
¿Os veré quizá como una película francesa sin subtítulos?
¿Ocuparé acaso el asiento del preso, tras un muro de cristal
insonorizado y opaco, desde donde hablar podré,
pero no ser vista ni oída? ¿O en un fantasma me convertiré
y en la casa Arcana, como una fuerza espectral,
alzaré mesas, con congelado aliento, a conciencia,
y a los caballos espantaré hasta hacerlos relinchar
con mi aullar como el del viento? No seré yo si la luz centellea.
Y si un pendiente mío aparece o mi sombra merodea, será mera
*   [coincidencia.*
Pues yo únicamente a quienes me quisieron mal pretendo acechar.
Y, decidme, ¿quién haciendo daño a su tía placer saborea?

—¿De qué habla ahora? —pregunta Sara—. Nadie ha disfrutado haciéndole daño a mi madre. Ya se aseguró ella de que así fuera. ¿Y esa idea de acecharnos? —Sacude la cabeza como para dispersar esos pensamientos—. ¡Qué más da! Lo único importante es la llave. —Cruza los brazos y le hace un gesto con la cabeza a Lily—. Estamos esperando.

Ella intenta ignorarla tanto como puede cuando la mirada de Sara se pega a ella como cinta adhesiva. Gray se pone en pie y sale del comedor sigilosamente.

—Le he dicho que deje de fumar —dice Sara—. Pero no se cuida.

Lily vuelve a leer el poema. Esta pista no es tan fácil. Hay muchas referencias a la música, pero en la casa no hay ningún salón de música. Y, además, la música se menciona en varios poemas, lo cual tiene sentido, porque tanto a Liliana como a su madre les encantaba. Aunque Marianna era la única a quien se le daba bien. Sabía tocar todos los instrumentos y era capaz de hacer cantar a cuantos la rodeaban. Lily desearía tener esa seguridad en sí misma.

Pero ¿dónde podría estar la llave? «Los «caballos» podría apuntar a los viejos establos; ¿y se referirá con «cristal» a una hoja de vidrio o a un espejo? ¿Y qué será eso de «alzaré mesas»? ¿Se referirá acaso a las sesiones de espiritismo que la abuela Violet explicaba que solían celebrarse en la sala matinal, donde los participantes formaban corro alrededor de una mesa, con las manos unidas, y esta se levantaba en el aire? Podría ser, porque hay varias menciones a fantasmas, y también está la advertencia de Liliana de que los acechará. Lily recuerda la sombra oscura que la salvó anoche.

—La he encontrado —dice Gray desde la puerta—. Estaba en una maceta en el invernadero.

Lily ni siquiera se ha percatado de que él ha vuelto a entrar, sosteniendo la llave entre sus dos manos como si fuera un boleto ganador. Y podría serlo.

Lily los deja a Sara y a él discutiendo y se va.

—¿Por qué no me lo dijiste?

Otra llave perdida.

Tom la sigue, sube las escaleras tras ella.

—¿Estás bien? —pregunta.

—Aparte de lo obvio, sí, estoy bien. ¿Por qué?

—Porque no es propio de ti no entenderla... La pista, quiero decir.

—¿Crees que estoy perdiendo mi toque?

—No me refería a eso. —Se muestra horrorizado—. Lo siento, no me estoy expresando bien. —Se lleva la mano a la cabeza y se rasca la coronilla—. Solo estoy preocupado por ti.

—Tienes razón —responde Lily—. He dejado de interpretarlas como pistas. Intento averiguar qué significan y pierdo el hilo de lo que estoy haciendo.

—Necesitas descansar —dice Tom cuando llegan frente a la habitación de Lily. Ella hace un gesto afirmativo, pero tiene cosas de las que ocuparse. Se siente igual de atraída por la cama que por la caja de documentos que le facilitó Rachel. Y entonces recuerda la carta que ha dejado su prima. Ganan los documentos.

—Voy a dormir un rato —dice.

—Me aseguraré de que no te molesten —le asegura Tom—. Me quedaré sentado delante de tu puerta si hace falta.

—Creo que no será necesario. —Ríe Lily.

Dentro de su habitación, con la puerta cerrada con llave y una mesa ajustada contra ella para evitar que pueda entrar nadie que tenga una llave (como debieron hacer anoche), Lily vuelve a extender todo el contenido de la caja por la habitación.

Revisa cada página, haciendo caso omiso de las punzadas de hambre y consciente de que la oscuridad vuelve a posarse sobre la casa. La vista desde la ventana le sugiere la imagen de un posible vestido: seda de medianoche y multitud de lentejuelas con forma de estrella diseminadas.

No encuentra nada útil en los papeles hasta que da con un recorte de diario del choque en el que murieron Edward y Veronica. Fue declarado como un accidente: los frenos estaban defectuosos, desgastados por el uso. No es ninguna novedad para Lily. Recuerda el día en que Liliana regresó a casa del trabajo y les dijo a ella, a Sara y a Gray que sus tíos habían muerto. Liliana parecía destrozada. Todos sus hermanos habían fallecido en el curso de un año. Edward era célebre por olvidarse de llevar el coche a revisión y por no tener al día el seguro, y la policía creyó que se trataba de un trágico error. La tía Liliana no dejó de llorar durante una semana. Y la abuela Violet no se recuperó nunca. El cáncer la reclamó poco después, pero ya había tirado la toalla.

Lily no había visto la fotografía a color que acompañaba el artículo. No es el tipo de cosas que se enseña a los niños: el coche retro de Edward aplastado contra el muro. Se habían llevado los cuerpos, pero quedaban las evidencias de su muerte: manchas de sangre en el salpicadero, en el volante y en el parabrisas resquebrajado. Lily observa la imagen durante un largo rato, preguntándose qué es lo que está mirando.

En el primer plano de la foto hay una cinta amarilla con topos rojos en el espacio reposapiés, igual a la que han usado para las galletas navideñas y los regalos.

Pero no tiene ni idea de qué significa.

🗝

Capítulo treinta y cuatro

¡Ufanos! Como humo de incienso en el aire, ni la oración más
[fervorosa, ¡ah!,
viajar a través del vacío puede. Todos cometéis el pecado:
esparcís la falsedad, una aquí clamáis, una allí recitado:
la mentira es la verdad desfigurada. Apenas queda nada de ella ya.
Entre la verdad y falsedades os arrastráis, por esas zonas grises
en que la vanidad rige, y a hierro matas y a hierro mueres.
«Quien esté libre de culpa...», clamáis de la mentira los mercaderes.
Ocultos bajo esa piedra, os invito a esperar mi juicio cual lombrices.
El que asesinó será revelado y el velo más tenebroso
de una novia desecada será arrancado. Pero, aguardad:
ella, por su parte, una oportunidad tiene
de demostrar que en un momento valeroso
no falló ni en la vida ni en la muerte. Imitadla. Respirad verdad.
De que acuséis a quien corresponde el hogar depende.

—No creo que esta vez necesitemos seguir a Lily —dice Sara una vez que su hermano ha leído el poema, que estaba oculto en los cuernos de los cruasanes—. La última vez Gray encontró la llave antes de que Lily supiera siquiera qué pasaba.

Gray se sonroja.

—Fue casualidad —dice—. Un golpe de suerte.

—Ya, sí, claro. Venga, dime, ¿dónde piensas que está?

Gray mira a Lily a los ojos y dice:

—En la capilla.

Sara lee por encima el poema, asintiendo con la cabeza.

—Incienso, oración. Tiene sentido.

—Verdad, culpa, vanidad, pecado... Todos son conceptos religiosos —concuerda Lily.

—Pues como tú eres agnóstica —replica Sara—, creo que lo mejor es que te quedes aquí. No me gustaría que el olor de la hipocresía perturbara un espacio santificado.

Sara sale de la sala del desayuno seguida por Gray, que se vuelve para mirar a Lily, que desearía saber interpretar el significado de la intensa mirada que cruza con ella.

—¿Nosotros no vamos? —pregunta Tom.

—Allí no —responde Lily.

—No pensarás hacerle caso a Sara, ¿verdad? —pregunta Tom—. Te está haciendo luz de gas. Si aquí hay alguien hipócrita, esa es ella.

—Creo que Gray nos está concediendo tiempo para localizar la verdadera ubicación.

—¿Y por qué iba a hacer algo así?

—No lo sé. Pero me ha mirado de una manera rara. Tengo una corazonada.

—Gray nunca se ha rebelado contra Sara —observa Tom—. Ni lo ha hecho ni lo hará.

—¿Eres psicólogo y no crees que las personas puedan cambiar?

—Claro que pueden cambiar —responde Tom, desviando la mirada—. Pero no mejoran.

—Esta casa te está volviendo pesimista —dice Lily, poniéndose en pie—. Vamos a alegrarte un poco.

—¡¿Sabes dónde está la llave?! —Él se muestra sonriente otra vez.

—Sígueme —responde ella.

La habitación de Liliana es un altar a los libros y a Bowie. Las paredes están forradas de estanterías de arriba abajo. Su tocador es de estilo gótico, recargado, y está decorado con collares de duelo victorianos. Fotografías de la familia conviven con imágenes de Ziggy, Jareth y el Thin White Duke. En la mesita de noche, junto a la cama, hay un tarro de monedas de plata: de cinco, veinte y cincuenta peniques, todas ellas abrillantadas.

—¿Qué te ha hecho mirar aquí? —pregunta Tom, mientras revisa con delicadeza la bisutería que hay en una alta cajonera.

—Al ver «verdad», he pensado en el nombre del perfume que usaba Liliana, Truth —dice Lily, dirigiéndose a las fotografías—. Luego me ha extrañado que diga «una allí recitado» cuando debería ser «recitada». He recordado que cuando hay errores en los poemas es para llamarnos la atención sobre algo... y he jugado con las letras en mi mente.

Tom se muerde la lengua mientras piensa.

—¡«Cuarto de Liliana»! —exclama por fin, lanzando un puñetazo al aire— ¡Un anagrama de «una allí recitado»!

—Si buscas en los cajones de su tocador, creo que encontrarás la llave —dice Lily.

—¿Por qué? —pregunta Tom, esforzándose por desentrañarlo otra vez.

—¿Qué es uno cuando se sienta a mirarse ante un tocador?

—¡Vanidoso!

Tom abre el cajón superior y pasa con cuidado los dedos sobre los restos del maquillaje de Liliana. Su respeto es conmovedor.

Lily coge una fotografía en la que aparecen su madre y su tía. Están en la terraza de la casa Arcana, viendo un partido de béisbol entre asistentes a una conferencia.

—¡Ya tenemos la llave! —exclama Tom.

Pero Lily no es capaz de volverse a mirarlo. No puede despegar los ojos de la fotografía. Su madre lleva su sedosa melena recogida en una coleta. Y sujetada por una cinta con topos rojos.

Capítulo treinta y cinco

—**B**ien hecho —dice Sara, cuando Tom y Lily bajan por las escaleras—. Supongo que esta vez los afortunados habéis sido vosotros.

—Nanay —responde Tom, sosteniendo la llave igual que Gray el día anterior.

Lily le da un codazo para que pare. Con eso solo conseguirá enfadar a Sara.

—Felicidades —dice Gray. Y ahí vuelve a estar, esa mirada fija a los ojos de Lily, intentando comunicarle algo—. Supongo que me gusta tanto la capilla que me quise hacer ilusiones.

—Por el motivo que fuera, nos ha costado la llave —le espeta Sara.

—Habrá más —dice Gray.

Y por su manera de decirlo sugiere que no se refiere a las llaves.

Lily se pasa el resto del día intentando encontrar un momento para hablar con Gray a solas. Lo sigue hasta el huerto cuando sale a fumar, pero Sara se le pega a los talones. Se sitúa detrás de él cuando sirven la comida, pero Sara se interpone a la fuerza entre ambos. Al final, cuando Sara tiene que ir al lavabo, Gray se acerca furtivamente a Lily.

—Me gustaría hablar contigo —le susurra—. Necesito tu ayuda.

—¿Qué puedo hacer? —le dice ella también musitando.

—No sé por dónde empezar. —Le tiemblan los hombros. Lily oye que se esfuerza por controlar la respiración—. Ha ido mucho más allá de lo que se suponía.

—¿De qué hablas?

Los pasos rápidos de Sara repiquetean en los azulejos del vestíbulo.

—Te lo explicaré cuando Sara se haya acostado. Encontrémonos afuera. Mira por la ventana.

Y entonces vuelve a transformarse en una sombra y fundirse con la pared.

El resto del día transcurre con parsimonia. Lily y Tom juegan a adivinanzas, al veoveo y al Juego de la vida en su viejo tablero. Cambian las reglas, nada de poner fichas rosas al lado de azules y dos de cada clase detrás para ganar. El coche de Lily tiene una ficha azul delante, que la simboliza a ella, y una atrás, la de su bebé.

—¿Y qué ficha vas a poner a tu lado? —le pregunta Tom, sosteniendo en alto una rosa y una azul.

—Aquella a la que ame —responde Lily.

Sara se acuesta a las nueve y Lily finge bostezar poco después. Pero al llegar a su dormitorio no se pone el pijama sino capas y capas de ropa, las máximas posibles, y una bata que le llega hasta los tobillos. Si alguien la sorprende, dirá que iba en busca de un tentempié. El potencial de que todo sea una trampa aflora una y otra vez. Le gustaría poder explicárselo a Tom, pero ¿y si con ello lo mete en más problemas? Ya lo han herido una vez. Tiene que arriesgarse. Le da la sensación de que Gray quiere traicionar a Sara, tomar una decisión entre el blanco y el negro. Tiene que confiar en él.

Cualquier zorro o tejón que ve corretear por la nieve hace que se le desboque el corazón al pensar que se trata de Gray. Pero entonces lo ve allí; está mirando hacia arriba, señala hacia la zona este de los terrenos y vuelve a escabullirse en la oscuridad.

Lily sale de su habitación procurando no hacer ruido y baja las escaleras. Se calza las botas de Tom y se dirige deprisa hacia las puertas acristaladas. En la terraza, las huellas de Gray desaparecen rápidamente bajo una capa de nieve fresca.

Una sombra con la forma de Gray aparece en la hierba y le hace gestos. Se marcha corriendo y Lily le sigue, campo a través, por entre las altas hierbas del jardín silvestre que asoman la nariz entre la nieve. Gray se dirige a la capilla. Su santuario. Lily aprieta el paso, pero aun así tiene la sensación de ir muy lenta. La nieve se está volviendo más densa. Apenas se ve o se nota los pies. La capilla, la casa, todos los puntos de referencia desaparecen, sepultados bajo un blanco absoluto. Nada existe.

No debería haber salido. Tom ni siquiera sabe que se ha ido. Esto podría ser una trampa. Gray podría estar atrayéndola a su muerte.

Segundos preciosos vienen y se van. Tropieza. Espera poder confiar en Gray y en su sentido de la orientación. Al final, el viento aparta la cortina de nieve y deja a la vista la capilla. Hecha de piedra de color crema, destaca recortada sobre el cielo de pizarra. La puerta ya está abierta. La luz se derrama sobre la nieve.

—¿Gray? —lo llama al entrar.

Su voz se vuelve grande en el pequeño lugar. Recorre la nave, flanqueada por bancos. Su madre siempre le decía que debería casarse allí, y Lily le contestaba que nunca lo haría. Entonces no entendía por qué iba a querer casarse con un hombre y no con una mujer. ¡Qué estupidez! «Algunas cosas sí que cambian a mejor, Tom», piensa.

Velas votivas medio consumidas centellean en el altar de la familia. El incensario aún está caliente, como revelan las últimas volutas de humo que se elevan de él. A su lado, una urna vacía descansa sobre unas cenizas vertidas. Gray se ha asegurado de que Liliana vuelva a casa. Pero no hay rastro de él.

Quizá se haya ido. Siguiendo el ejemplo de Rachel y Holly, quizá haya recogido sus cosas y se haya largado. «Bien hecho, Gray. Por fin te has rebelado».

Lily se da media vuelta para regresar y es entonces cuando ve un pie sobresaliendo por el extremo de uno de los bancos, a lo lejos. Un calcetín a rayas. Es Gray. Tom tenía razón, se dice mientras se acerca a él. Quizá esté herido.

Cuando le da alcance, comprueba que no está herido. Y no volverá a estarlo. *In splendoribus sanctorum*. Yace sobre losas en las que hay grabados los nombres de los difuntos de la casa Arcana. Un reguero de sangre brota lentamente de su cabeza. Sus bonitos ojos están abiertos, pero no la ven, y tiene la boca dislocada, la mandíbula rota, llena de trocitos de plata brillante.

Asesinado en el lugar donde se sentía más seguro. Castigado por querer revelar la vedad. Al final, anglicano en sus actos; y sus pecados, de haberlos, con suerte perdonados.

Se arrodilla a su lado.

—Lo siento muchísimo —le dice.

Le agarra la mano y, al abrirle los dedos cerrados, encuentra un trocito de cordel con una llave. La observa con atención. Es la llave que ella le dio en el coche. Iba a devolvérsela. Lily la coge con delicadeza.

La puerta de la capilla se cierra de golpe.

Lily se pone en pie, temblorosa. Quiere quedarse con él, velar a Gray como él veló a Philippa y a Ronnie, pero quienquiera que haya hecho esto debe de andar cerca.

Fuera, ve una sombra, una figura vestida de negro que parece volar sobre la nieve. Se dirige de regreso a la casa.

Camina torpemente tras ella, mientras la nieve cae a cámara lenta. Todo el cielo llora por Gray, vestido de gris en su honor.

A Lily le arden los pulmones. Redujo sus visitas al gimnasio durante las doce primeras semanas del embarazo y ahora lleva una bañera con bebé dentro de ella, y se nota. La figura se detiene y mira hacia atrás. Luego gira hacia el laberinto.

Sabe que ella no es capaz de entrar allí. La conoce. Y Lily tiene demasiado frío para saber si eso duele más o menos. Esa persona no es ningún desconocido o, si lo es, lo ha estado escuchando todo. En la entrada del laberinto, Lily se detiene. Con las manos en jarras, intenta recobrar el aliento. Escucha a la figura caminando a través de la nieve. Si permanece ahí, en algún momento tendrá que regresar y pasar junto a ella al salir. Aunque también podría escalar por unos de los setos y escapar por un flanco. Lily conoce ese lugar mejor que nadie. Tiene que entrar.

Pero no puede. Está paralizada. Otra vez. Si sigue inmóvil, el asesino de Gray escapará. Y ella será la cobarde que cree Sara.

Se agacha, coge un puñado de nieve y se la presiona contra la cara. La quemadura le dispara la adrenalina otra vez y entra en el laberinto. Con el máximo sigilo del que es capaz, avanza tras la figura. No tiene ni idea de qué hará cuando le dé alcance. Solo necesita saber quién es, confirmar que es Sara. Los setos se elevan hacia el cielo a su alrededor. Pero no regresará.

Incluso con las botas de Tom calzadas, sus pies reconocen el camino por el laberinto. Al doblar una esquina, una avalancha de recuerdos se precipita sobre ella. Las paredes cerrándose cuando encontró a su madre. El crujido de las ramas bajo sus pies cuando salió corriendo.

Avanza más rápido, intentando dejar atrás sus recuerdos. Dobla de repente a la izquierda y se detiene. Respiración superficial. A un seto de distancia.

Lily avanza tres pasos y se vuelve para mirar cara a cara al desconocido. La figura de negro alarga los brazos, con la capucha puesta y el rostro oculto tras una malla. Por un momento, Lily tiene la sensación de que es un fantasma, o la Muerte. Luego la figura la empuja con ambas manos. Lily retrocede, tambaleándose, y choca contra el seto. Tropieza con una raíz oculta y aterriza en el suelo, agarrándose a las ramas con los dedos recubiertos de nieve.

La figura se lanza encima de ella. Salta sobre el pie de Lily, con todo su peso. Y vuelve a saltar.

Lily grita. Siente el tobillo como al rojo vivo, ardiendo entre la nieve. La figura negra se aleja corriendo por el pasadizo. Lily se recuesta en una almohada de nieve.

Ha fallado. Otra vez. ¿Cómo va a ser una buena madre cuando se ha puesto a ella misma y a su hija en peligro, cuando intenta ayudar y solo consigue empeorar las cosas? De no ser por ella, Gray seguiría vivo. Y quizá también Ronnie. Philippa sabía algo. No tiene ninguna posibilidad de arrebatarle la casa a Sara. De hecho, ni siquiera la tiene de llegar viva al final del juego.

La nieve cae rápidamente y cubre a Lily con un pesado manto. Podría rendirse. Dicen que la hipotermia es una de las muertes más dulces. Tienes tanto frío que sientes un golpe de calor cuando la sangre se retira a tus órganos vitales. En un momento dado, entras en una especie de adormecimiento blanco, y ya no te despiertas. El sueño alarga sus brazos hacia ella, y le gustaría dejarse abrazar...

Pero entonces la Habichuela revolotea en su interior.

Lily se arrastra hacia delante e intenta aferrarse a una raíz o a lo que sea que le ayude a ponerse en pie. Su mano se cierra sobre algo duro. Lo agarra, pero se le resbala. Levanta la mano de la nieve. Mira la palma de su guante.

En el centro está la llave. Aún tiene una oportunidad.

Se agarra al seto y tira con fuerza hasta lograr ponerse en pie. Puñados de hojas verdes caen sobre el suelo nevado. El tobillo le grita. Se agacha y se rellena de nieve las botas. Eso contendrá la hinchazón y acallará el dolor abrasador.

Cuando consigue salir del laberinto, tiene la sensación de desembarazarse de un peso conforme sus recuerdos vuelven a escabullirse entre las paredes. Agarra la rama que utilizaron para atacar a Tom y se la coloca bajo la axila. Lo que fue un arma ahora le sirve de muleta.

Lentamente avanza hacia el huerto. Al pasar junto al jardín de rosas, siente una necesidad apremiante de tumbarse en el banco acolchado por la nieve y dormir como un caracol hasta la primavera.

—¡Lily! —grita Tom. Sus pasos resuenan en la terraza mientras corre hacia la pared. Allí está. Baja corriendo las escaleras, casi resbalando en un banco de nieve. En cuestión de segundos está junto a ella, pasándole el brazo a su alrededor, sosteniendo su peso—. ¿Qué ha pasado? —le pregunta.

Lily ve un destello del cuerpo de Gray yaciendo en las losas lapidarias.

Quiere explicárselo a Tom, pero primero debería decírselo a Sara, si es que no lo sabe ya.

—He perseguido a una figura por el laberinto —dice Lily—. La que intentó atacarme. La he pillado, pero me ha saltado sobre el tobillo y la he perdido.

—Oh, Lily —se lamenta Tom con un nudo en la garganta—. Lo siento mucho.

—Al menos he entrado —dice Lily.

—¿¡Qué!? ¿Has entrado?

Lily asiente. Se esfuerza por sonreír.

—¡Eso es «dé-da-lo» más maravilloso!

Lily se ríe de su juego de palabras, pero su barrabasada y su familiaridad la reconfortan.

Abrazada a Tom, poco a poco suben a la terraza. Sara sale corriendo por las puertas acristaladas. Se abraza a sí misma para protegerse del frío.

—¿Habéis visto a Gray? —pregunta, oteando el terreno.

—¡Pero cómo puedes ser tan egocéntrica! —le dice Tom—. ¿Es que no ves que a Lily le ha pasado algo?

Mira fijamente a Lily un instante. Frunce el ceño.

—¿Qué te pasa?

—Como si no lo supieras... —musita Tom.

—¿Cómo dices? —le espeta Sara.

—Han atacado a Lily. Y no me imagino a mí ni a Gray haciéndole esto a nadie.

Sara se lleva las manos a la cintura.

—No me estarás acusando de asesinato, ¿verdad? Porque eso es difamación.

—Calumnia —la corrige Lily sin poder reprimirse, como si los lazos del corsé que contiene su boca se estuvieran deshaciendo.

Sara se vuelve para mirarla.

—¿De qué hablas?

—Nada, no importa —dice Lily—. Sara, lo siento mucho, pero...

—Se refiere a que es difamación si es por escrito —le explica Tom— y calumnia si es verbal. Así que te he calumniado. Aunque, si lo presentaras ante un juicio, tendrías que demostrar que no eres una asesina.

Sara da un paso al frente hasta situarse a dos centímetros de la cara de Tom.

—¿Podemos dejar todo esto y entrar? —pregunta Lily—. Tengo que decirle algo a Sara.

El grito de Sara reverbera en toda la casa. Desde el salón, el reloj de la abuela da la hora como si se sumara a su lamento.

—¡Gray no! —grita—. No puede ser.

Sigue sacudiendo la cabeza, como si eso pudiera detener el horror. Pero nada puede.

Tom parece casi tan consternado como Sara.

—Tiene que haber alguien más —dice—. La señora Castle estaba en la cocina y yo estaba aquí con Sara, así que ella no ha podido ser. Además, nunca le haría algo así a Gray.

Sara se dirige al vestíbulo y se echa por encima el abrigo.

—No me lo creo —insiste—. Tienen que ser imaginaciones tuyas. Te lo demostraré.

Va corriendo a la cocina, seguida por Tom, y con Lily cojeando detrás de los dos, agarrándose a las paredes.

Sara abre la puerta que da al huerto y otra ráfaga de aire frío atraviesa la casa.

—Voy contigo —se ofrece Tom, que intenta rodear con el brazo a Sara.

—¡No! —grita ella, apartándolo de un empujón.

Lily le posa una mano en el brazo.

—Pero ¿y si hay alguien ahí fuera? No deberíamos quedarnos solos.

—Apartaos de mí y de Gray. ¡Los dos! Y no me sigáis.

Sale dando traspiés y Tom permanece indeciso en el umbral.

—¿Qué hago? —pregunta, con los ojos como platos. Parece un niño pequeño.

—Tenemos que respetar sus deseos —dice Lily—. Y estaremos aquí para ayudarla cuando regrese.

—¿Estás segura? —Tom mira hacia fuera, siguiendo con la vista a Sara.

—Ya no estoy segura de nada —responde Lily.

—He estado pensando —dice Tom, cuando tanto Lily como él se han puesto ropa seca. Están tomando una taza de té en el invernadero. Es el mejor lugar para vigilar a Sara cuando regrese—. Pongamos que detrás de todo esto haya algún extraño; tenemos que averiguar de quién se trata.

Lily afirma con la cabeza. Ella ha llegado a la misma conclusión.

—Pero ¿quién podría tener un motivo? Si es por la casa, y tiene que serlo, las únicas personas que pueden heredarla estamos, o estábamos, aquí. ¿O crees acaso que los gatos han contratado a la señora Castle para que termine con todos nosotros y quedarse con la casa?

—No sé, yo pensaba más bien en un humano. Un humano en concreto —apunta Tom, que evita los ojos de Lily y clava la mirada en la estufa de leña.

—¿Quién?

—¿Y si tu madre hubiera estado casada con tu padre sin que nosotros lo supiéramos?

—Yo no tengo padre —responde Lily, sin alterar el tono de voz.

—Lo siento, pero, técnicamente, biológicamente, sí que lo tienes. ¿Y si quisiera reclamar la casa?

—Isabelle lo sabría, ¿no crees? —pregunta Lily. Nota los destellos de ansiedad en su propia voz.

Tom asiente despacio.

—Sí, seguramente tengas razón. Se me ocurre otro motivo para que sea un extraño. Y tampoco te va a gustar. —Mira hacia el vientre encorsetado de Lily—. Quienquiera que sea el asesino, es evidente que no sabe que llevas una pasajera a bordo. De lo contrario, a estas alturas ambas estaríais muertas.

Al instante Lily se lleva una mano al vientre.

—Me han atacado dos veces.

—Pero la primera vez te salvaron y la segunda saltaron sobre tu pierna... y eso no puede considerarse un ataque mortal...

Lily afirma con la cabeza. Es verdad. ¿Por qué matar a Gray y no a ella?

—Eso incluso podría respaldar la teoría de que es tu padre. Quiere la casa Arcana, pero no quiere matarte. —Los ojos de Tom se iluminan al decirlo, mientras su cerebro establece las conexiones—. Es posible que tu padre incluso te salvara de su cómplice.

—Entonces, ¿ahora hay dos asesinos? —Lily levanta las cejas a toda la altura de su escepticismo.

—Sí —responde Tom—. Quizá me esté dejando llevar... Solo busco respuestas.

—Yo también. Por eso vine aquí.

Pero Tom no la escucha.

—¿Y si el motivo no es financiero? ¿Y si es la venganza?

—¿Venganza por qué?

—No lo sé. —Él se pone en pie y camina de un lado a otro—. Estoy intentando sortear un ataque de pánico. Es a ti a quien se te da bien resolver rompecabezas. Y a Gray. Pero tú eres la única... —No acaba la frase, y el final queda colgado en el aire.

Es la única que queda.

Una sensación de soledad permea la piel de Lily y le penetra hasta los huesos. Se vuelve hacia Tom.

—Tengo que enseñarte algo —le dice.

En la planta de arriba, en su dormitorio, Lily le explica a Tom el verdadero motivo por el que ha venido. Le muestra la carta de Liliana, le habla del abrigo y, tímidamente, le dice que cree que su madre no se suicidó.

Tom suspira.

—Caramba —dice. Se frota la frente como si eso fuera a ayudarle a asimilar toda esa nueva información—. No sé qué sentir por ti. Me alegro de que te libres de la carga de responsabilidad que has llevado sobre los hombros todo este tiempo, pero también entiendo que estés enfadada porque te la arrebataran.

—Yo tampoco tengo claro aún cómo sentirme.

Se sientan con las piernas cruzadas en la alfombra, como cuando de niños jugaban a las cartas. Con la diferencia de que esta vez intercambian imágenes de cintas amarillas con topos rojos. Lily se reserva la del accidente de coche. Tom no necesita ver un primer plano del lugar donde murieron sus padres.

—¿Qué se supone que tengo que mirar? —pregunta Tom.

—Esa es la cinta de mi madre —explica Lily, señalando a las fotografías en las que se la ve usarla para recogerse el pelo—. Por algún motivo, Liliana quería que le prestara atención. La utilizó para decorar las galletitas explosivas navideñas y también para envolver los regalos en los que estaban las pistas.

—¿Y? —pregunta Tom.

Lily hace una pausa, preguntándose cómo formular la parte siguiente antes de decir:

—Y hallaron esa misma cinta en el coche en el que fallecieron tu padre y tu madre.

Tom palidece. Se agarra las rodillas con las manos. La mira.

—No entiendo qué significa nada de esto —dice.

—Yo tampoco.

Está a punto de mostrarle el informe del forense, pero se frena. Podría entender que le está sugiriendo que el padre de él mató a la madre de ella. Y eso cambiaría la relación entre los dos para siempre... si no la ha cambiado ya.

Capítulo treinta y seis

Sara no baja a desayunar a la mañana siguiente, pero la señora Castle sí.

—Tenemos que hablar —anuncia al entrar Tom y Lily en la habitación. Cuando están a punto de sentarse delante de ella, le hace un gesto a él—. Tú no, hijo. Lárgate de aquí.

Le lanza una tostada, que Tom coge al vuelo antes de marcharse con aire desconcertado.

—¿Por qué no puede quedarse? —pregunta Lily—. No debería estar solo con todo lo que sucede.

—Cuanto menos sepa, menos peligro correrá. —La señora Castle escudriña el rostro de Lily—. ¿Le has contado algo?

—Solo por qué la tía Lil me pidió que viniera. Lo de mi madre.

La mujer suspira, agarra un bollito y lo abre por la mitad. El pan humea. Vierte dentro una cucharada de mermelada de frambuesa.

—Pues no ha sido muy inteligente, Lily.

—Se suponía que usted era imparcial...

—Me contrataron para reservarme mi opinión, serviros comida y poemas y quitarme de en medio. Tengo instrucciones estrictas de no interferir. Pero estamos atrapados en esta casa y no hay indicios de que la nieve vaya a dejarnos salir. Ya han muerto tres personas. Tú y Tom sois afortunados de seguir con vida. Y la única persona que parece capaz de cometer un asesinato está ahora mismo en la capilla, llorando a su hermano. Así que ha dejado de preocuparme cumplir los términos de mi contrato.

—Podría marcharse —dice Lily—, como hicieron Rachel y Holly.

—Humm —murmura la señora Castle, dándole un gran bocado al pan.

—¿Qué pasa? ¿Es que no se lo cree?

—Solo tenemos una nota que dice que se marcharon. ¿Estás segura de que es la letra de Rachel?

Lily piensa en cuando eran pequeñas, en la firma garabateada de Rachel. Desde entonces, apenas ha recibido alguna postal navideña de su prima.

—No lo sé. Lo parecía.

—¿Y si no es así? ¿Y si siguen por aquí?

—¿No creerá usted que están muertas? —pregunta Lily, conteniendo la respiración mientras imagina todos los lugares en los que podrían estar ocultos sus cadáveres en la finca nevada. Aún no han buscado en los cobertizos de los campos de atrás, en los establos, en el ahumadero, en las viejas casitas ni en...

—Espero que no, y espero equivocarme, pero hay otra opción. ¿Y si una de las dos es la asesina?

Lily niega con la cabeza.

—Ni hablar.

—O las dos podrían estar compinchadas con Sara. Y mataron a Gray sin que ella lo supiera. Podrían haberse rebelado.

—No me imagino a Rachel capaz de algo así. ¿Y a Holly? Ni pensarlo.

—Porque a ti se te da de fábula juzgar a las personas, ¿no?

Lily repasa algunas de sus amistades y relaciones. Guarda silencio. Quizá prefiera no pensar algo así de Holly.

—Me imagino que no —continúa la señora Castle—. Creo que el mejor plan es que me expliques todo lo que hayas averiguado hasta ahora, si tienes ya algún sospechoso de la muerte de Marianna que yo debiera conocer. O pistas.

—¿Qué tipo de pistas? —pregunta Lily.

—Supuestas huellas en... no sé, ¿un cristal? ¿Qué más se descubre en los misterios?

—¿Y por qué iba a explicarle a usted todo eso? —pregunta Lily.

El ama de llaves le agarra la mano y se la aprieta.

—Para que pueda ayudarte, boba.

A Lily le encantaría quedarse sentada con esta mujer que parece saber de los entresijos de la vida y cuya dilatada historia con su familia le gustaría conocer. Le encantaría que la orientara y le dijera qué hacer con toda la información que se arremolina en su cabeza, que le enseñara —como otras mujeres fuertes intentaron antes— a ser madre.

Pero eso sería increíblemente egoísta. Ya ha habido bastantes muertes.

—Usted misma dijo que cuantas menos personas lo sepan, mejor. Mantenerla en la oscuridad es la mejor manera de garantizar su seguridad.

—Muchas gracias, señorita, pero yo no soy un ruibarbo —replica la señora Castle—. A mí nadie me mantiene a la fuerza en la oscuridad. —Le da otro mordisco al panecillo con mermelada y mira a Lily, calibrándola—. ¿Por qué crees que acepté este trabajo? Permíteme darte una pista: no fue por el dinero.

—¿Por disfrutar de paz y tranquilidad en el campo? ¿Por estar en compañía de gente agradable?

—Tu tía tenía una lengua sarcástica, como tú y Sara.

—Todavía no me ha contado casi nada sobre usted y ella —le dice Lily—. Me gustaría saber qué relación tenían.

Da la impresión de que la señora Castle está a punto de bajar su puente levadizo por primera vez. Y luego lo cierra de golpe.

—Tendrás que averiguarlo tú misma, como todo lo demás.

—Pues lo mismo le digo yo a usted —replica Lily—. Revelar secretos es peligroso. Mire lo que ha pasado aquí. Debería irse ahora mismo e intentar abrirse paso por entre la nieve. Lo único que quiero es protegerla.

—Tú primero, cariño —le dice la mujer. Se acaba el último pedacito de panecillo de un bocado—. Pero, si muero yo antes, asegúrate de comerte esta mermelada, ¿de acuerdo? Está mal que yo lo diga, pero es deliciosa.

El siguiente poema aparece justo antes de la cena. La señora Castle le había encargado a Tom que preparara unos cócteles de aperitivo para todo el mundo, y él encontró las frases en los envoltorios de los terrones de azúcar.

> *Estoy emotiva. Os propongo un trato: una tregua firmar.*
> *No es ninguna locura. Aparquemos las diferencias. ¿Estáis de*
> *[acuerdo?*
> *Al fin y al cabo, es Navidad. Enviemos esto al recuerdo.*
> *Como suele decirse, el tiempo todo lo cura. Dejémonos llevar.*
> *Agua pasada. Caso cerrado. Servidme una ginebra bien fría*
> *con tónica y hielo, y démoslo todo por zanjado.*
> *Yo os prepararé cócteles bien mezclados*
> *en cocteleras de un vidrio tallado que las venas no cortaría.*
> *Esta casa está enferma, sus raíces son retorcidas.*
> *Tampoco ayuda el frío que pesa sobre las tejas.*
> *Ya no hay remedio. O quizá pueda salvarse. Si os retiráis,*
> *si confesáis lo que os han dicho. Y, con vuestras mentes unidas,*
> *podríais fundiros en un equipo ganador, aparcar vuestras quejas,*
> *aglutinar recursos. ¿O es eso un sueño al que no aspiráis?*

Sara está sentada en el rincón del invernadero donde a Gray le gustaba liarse los cigarrillos. Hace girar la esfera de hielo de su vaso. Parece hundida. Su poema está en la mesa, sin leer.

Lily se le acerca, aún renqueando ligeramente, aunque ya tiene el tobillo mejor.

—Lo siento muchísimo, Sara —le dice.

—Eso dijiste ayer —responde ella.

—Me habría gustado llegar a conocerlo un poco mejor antes de... —Lily no concluye la frase. Sabe que nada de lo que diga servirá de ayuda—. Si necesitas hablar, ya sabes dónde estoy. Cuenta conmigo.

—Ya te lo dije: aléjate de mí.

Lily se dirige al sofá, donde Tom intenta prender el extremo de una viruta de monda de naranja.

—Se supone que hay que quemarla para que libere las moléculas de naranja que tiene la piel —explica—. Y entonces la hueles y la bebida sabe diferente.

—No hace falta que me digas nada acerca de la potencia del olor —dice Lily—. El embarazo convierte el olfato en un superpoder. La lástima es que no sé cómo utilizarlo para mejorar la humanidad. —Mira hacia Sara—. Ni siquiera sé cómo consolarla.

—Yo lo he intentado antes —dice Tom—. Y ni siquiera se ha dignado a mirarme. —Se inclina hacia delante y baja la voz—. ¿Es muy hipócrita y horrible que me muera de ganas de descifrar esta pista contigo?

—Quizás un poco insensible —responde Lily—, pero comprensible.

—Me gusta verte jugando a ser detective, resolviendo crímenes en Navidad. Me recuerdas mucho a la abuela Violet.

—¡Vaya! Gracias —Lily le dedica una reverencia.

—Veo que te acabo de alimentar tu ego —observa Tom—. Y ahora, ¿podemos ir a buscar la llave, por favor?

—De acuerdo. —Ella asiente y revisa el poema—. Pero no encuentro ningún anagrama que nos ayude. Esta no va a ser fácil.

—Lo único que sé —dice Tom— es que habla de cortar.

—Cortar las venas —puntualiza Lily—. Ya sabemos a qué se refiere con eso. —Ve que Tom la mira preocupado, y se apresura a añadir—: Tranquilo, estoy bien. Está diciendo que mi madre no lo hizo. Pero estoy bien, te lo prometo.

—Yo me voy a quedar aquí sentado bebiendo mientras tú usas tu otro superpoder. —Tom coge su cóctel y hace tintinear los restos de los cubitos de hielo contra el vidrio biselado—. El hielo se funde rápidamente cuando se ahoga en la bebida.

—Repite eso —dice Lily, cogiendo su bolígrafo e inclinándose sobre el poema.

—Que el hielo se funde...

Lily dibuja un círculo alrededor de los dos últimos versos del poema.

—El hielo se «funde». —Sigue dándole golpecitos con el boli a la página—. Puedes «cortar el hielo». El hielo es «agua pasada», o, más bien, en el pasado fue agua. ¿Y con qué se sirven los cócteles?

—Con hielo —responde Tom. Su sonrisa festiva se desvanece—. Eso significa que sé adónde vamos.

Lily rodea con un círculo el verso que dice: «Esta casa está enferma».

—La casa de hielo —dice.

—Y nosotros somos el equipo ganador —apunta Tom.

Capítulo treinta y siete

Cuando sale al jardín, nieva de nuevo y la oscuridad es espesa como el terciopelo. Los copos de nieve mordisquean la piel de Lily como mosquitos gélidos. Tom y Lily apuntan las linternas hacia el pozo de hielo que hay frente a ellos. Sigue siendo el sepulcro de dos personas. Sara ha insistido en dejar a Gray en la capilla, al menos por ahora. Mantiene el incienso prendido y los cirios encendidos.

—Como a él le gustaba —ha dicho.

—Deberíamos entrar —dice Tom, tragando saliva—. Hace demasiado frío para quedarnos aquí fuera.

—Hace más frío ahí dentro —replica Lily.

Tom no le quita la razón.

Aun así, se acercan al pozo. La puerta ha vuelto a congelarse y Tom tiene que darle varias patadas para desbloquearla. La abren de par en par y la falcan con varias piedras grandes para evitar que nadie pueda encerrarlos dentro.

—Deberíamos prender incienso aquí también —dice Tom—. Para honrarlos, como a Gray.

Pero Lily sabe que lo que quiere es camuflar el olor a putrefacción que, pese al hielo, pende en el aire como de un gancho de carnicero.

Lily se acerca al cadáver de Ronnie. Le gustaría taparlo con una manta, para que no tenga frío. Siempre ha cuidado de él, y eso parece no acabar con la muerte. Precisamente por eso los votos matrimoniales le suenan extraños. ¿Por qué «hasta que la muerte os separe»? ¿No sigue el amor después de la muerte? Ella lleva a su madre en el corazón, ¿por qué no iba a encontrar a alguien a quien quiera lo suficiente para estar unida a esa persona para siempre?

—Me siento raro buscando la llave —confiesa Tom. Tiene la vista clavada en su hermano. Sus lágrimas caen sobre el hielo—. Le destrozaría que no le hayamos hecho un velatorio como es debido.

—Habría dicho que, ya que él no podía beber, los demás sí debían hacerlo. Y habría querido que les pusieras nombres macabros a los cócteles que él prepararía con este hielo.

—Es verdad —dice Tom, enjugándose los ojos—. Estaría preparando *mortinis* para todo el mundo. Y *morguearitas*.

Lily se ríe, se tapa la boca con la mano.

—¡Qué malos, Tom! A Ronnie le habrían encantado.

—Te quería muchísimo, Lily —dice Tom—. Y yo también.

—Entonces encontremos la llave por él.

Completada una primera búsqueda periférica en el pozo de hielo sin resultados, incluidas las paredes exteriores y la cubierta, a Lily empieza a preocuparle tener que sacar fuera a Ronnie y Philippa para poder buscar entre los bloques. Y sabe que a Tom le inquieta lo mismo. Está tumbado en el frío suelo, asomándose entre estos.

—No veo nada —dice.

Se mordisquea el labio, mira los cadáveres y aparta la mirada.

Entonces Lily se da cuenta de que han movido el picahielos. Cuando dejaron a Ronnie allí tumbado estaba colgado de la pared. Y ahora está apoyado en el extremo más lejano de los bloques de hielo, lejos de Ronnie y Philippa.

—Deberíamos buscar en los bloques del fondo —dice Lily—, los que están más cerca del punzón.

Tom agarra el picahielos y se pone manos a la obra.

Transcurrida más de una hora salen del pozo con la cara roja y una llave congelada. La señora Castle los aguarda con los pies enterrados en nieve, dos termos en una bandeja y mantas de tartán echadas sobre un brazo. Les da una a cada uno.

—No me diga que esperarnos aquí fuera también figuraba en las reglas, señora C —le dice Tom—. Porque, de ser así, creo que la tía Lil llevó las cosas demasiado lejos.

—No, no figuraba —responde la mujer—. Pero pensé que os congelaríais ahí dentro. —Se da media vuelta y comienza a caminar pesadamente de regreso a la casa.

—Viniendo de ella, eso es casi tan amable como una propuesta de matrimonio —dice Tom, mientras la siguen bajo la oscuridad.

Después de cenar una sopa de hortalizas y cebada y pan horneado con mantequilla de algas, Tom y Lily se acuestan. Esta vez es Lily quien propone dormir en la misma habitación.

—¿Crees que deberíamos decírselo también a Sara? —pregunta Lily, esperando sinceramente que su primo conteste que no—. Está mal. Nunca la he visto así. Antes casi parecía agradable.

La carcajada de Tom reverbera en la habitación de Lily.

—Ni soñarlo. De ningún modo voy a dormir con ella cerca. Me mataría a medio ronquido. Pero no te preocupes, te absuelvo de la responsabilidad de cuidar de ella.

Lily se excusa y entra en el pequeño cuarto de baño de su habitación mientras Tom se hace con lo necesario para dormir. Se desabrocha el corsé, lo deja caer al suelo y se mira de perfil en el espejo. Acaricia su vientre abultado como nunca lo ha hecho. Le ha crecido desde que dejó Londres.

—Será el aire de Yorkshire —le dice a la Habichuela.

Oye a Tom al otro lado de la puerta, colocando su colchón en el suelo. Tom retrocede y Lily oye cómo la llave gira en la cerradura. Esta noche estarán a salvo.

Se pone el pijama de franela y busca a su alrededor algo con lo que cubrirse la barriga. Entonces se detiene. Se trata de Tom. Si no le deja verla tal cual es, nunca dejará que lo haga nadie. Lily abre la puerta del cuarto de baño de su dormitorio. Tom está acomodándose en su cama improvisada en el suelo. Levanta la vista hacia ella y sonríe.

—Me alegra ver que no me escondes a mi sobrina. —Saluda con la mano al vientre de Lily—. ¡Hola, pequeñaja! —Su expresión se vuelve más seria—. Pero debes andarte con cuidado. Si Sara es la asesina, no puede saber nada sobre tu hija. Antes me ha dicho que no entendía por qué no habías bebido ni una gota de alcohol, pero he esquivado sus sospechas explicándole que estás tomando unos antibióticos superpotentes porque tienes una cistitis horrible.

Lily se queja:

—Caramba, Tom.

—Creo que lo que en realidad quieres decir es: «Gracias, Tom, por tu discreción y valor».

—Sí, justamente eso —confirma Lily mientras trepa sobre la cama de Tom para meterse en la suya—. Y gracias por pensar siempre en mí. No estoy segura de merecerlo.

Se retuerce bajo las sábanas frías y sus pies tropiezan con algo cálido. Alarga la mano y saca una bolsa de agua caliente forrada con su antigua funda de franela con pingüinos.

—Vaya, otra muestra de cariño de la señora C —observa Tom—. Ya no puede seguir engañándonos con ese numerito de mujer intransigente.

Lily se coloca la bolsa de agua caliente en las lumbares, para aliviarse el dolor, y se acomoda en su propio nido hecho con almohadas.

—La pena es una sensación extraña —dice Tom, arrastrando las palabras con voz adormilada—. Estaba pensando en lo maravilloso que es volver a ser tío y luego me he hundido al pensar que Ronnie no conocerá a tu hija. Y él sí que es bueno. Mejor que yo.

Hunde el rostro en la almohada. Lily no oye sus sollozos, pero sí ve cómo le tiemblan los hombros.

—Lo siento muchísimo, Tom.

Lily hace el gesto de salir de la cama, pero él le dice, aún con voz temblorosa:

—No te muevas, prima. Tienes que descansar. Solo tenemos que aguantar unos días más. Isabelle vendrá el día 5, o quizá Rachel y Holly hayan contactado con la policía.

—Y entonces podremos irnos de este lugar para siempre.

—A menos que ganemos. —Él se sienta en la cama. La luz de la luna que se cuela por entre las cortinas ilumina su rostro—. Imagina todo lo que podríamos hacer con este lugar.

—Este lugar está maldito.

Lily vuelve a sentirse abatida. Tom tiene razón. La pena es rara, en un momento estás aturdido y al siguiente te hundes. No consigue quitarse de la cabeza la imagen de Gray en el suelo de la capilla. Estaba a punto de decirle algo, algo que hizo que lo mataran, dejándole las monedas de plata de Judas en su boca.

—Sea lo que sea, alguien quiere quedarse con la casa. Y yo no quiero que lo haga. —Ahora la voz de Tom suena gélida.

—No crees que el asesino pueda ser mi padre, ¿verdad? —pregunta Lily.

Oye su propia voz. Suena tan joven, tan asustada...

—No debería haberte dicho eso nunca —responde Tom—. Solo era una especulación, una conjetura. Pero no es justo contigo. A veces abro la boca antes de que mis sinapsis se pronuncien. Lo siento.

—Disculpas aceptadas.

No obstante, la idea de que su padre esté ahí fuera, esperándola, que incluso sea la figura que la salvó, sigue presente. Como una nota de piano que se desvanece pero que no deja de sonar.

—Me alegro de que estés aquí, Lily —dice Tom—, a pesar de todo este espanto.

—Yo también, sorprendentemente —responde ella. Y es verdad. Hace tiempo que no ha deseado de manera consciente estar en otro lado. Prefiere no saber qué revela eso de ella—. Pero no sería nada sin ti.

—Por supuesto. —Tom bosteza—. Y gracias a ti, mis peores Navidades han sido tolerables.

Lily apaga la lámpara de su mesita de noche. La calma reposada de dos personas capaces de estar en silencio en compañía los cubre como un edredón adicional. La oscuridad los acurruca. Fuera, un búho ulula; su pareja responde ululando también. Quizás ella y Tom consigan llegar con vida a la noche de Reyes.

Capítulo treinta y ocho

—*Tenías razón, Lily.* —Sara lee en voz alta la carta que han dejado sobre la mesa de la cocina—. *No tengo motivo para seguir exponiéndome al peligro. Voy a probar suerte en la nieve. Cuídate y cuida de Tom. Id en busca de más leña para el último día. Que tu epifanía sea correcta. Lenora Castle.* —Tira la nota a la papelera—. Vaya, ¡qué encantadora! Supongo que yo no le caía bien.

—No mucho —responde Lily, desbancando incluso a Tom. ¿Será así decir lo que uno piensa? Saca la carta de la papelera—. Te has dejado una parte, Sara.

Tom se inclina hacia delante y lee en voz alta:

—*Posdata: Vuestras siguientes pistas están puestas donde las cosas dan vueltas y más vueltas. ¿Lo veis? Yo también sé escribir pistas. Cuidaos, niños.* —Tom se lleva la mano al pecho y suspira—. Creo que amo a la señora Castle.

—¿«Vueltas y más vueltas»? —pregunta Sara—. ¿Qué será? ¿El tocadiscos?

—¡Hasta tú te estás volviendo buena en esto! —exclama Tom, dándole una palmadita a Sara en la espalda.

El viejo tocadiscos está en el salón. Sara busca en los altavoces y el plato, mientras que Tom y Lily sacan vinilos del armarito que hay debajo. Revisan disco por disco, la funda y el interior si es desplegable. Tom saca el último disco de la fila y contiene el aliento. Le pasa el LP a Lily.

Ella empieza a temblar. En la carátula hay una fotografía de su madre. Lleva el abrigo verde con una capucha peluda adicional y está de pie bajo el sauce llorón del jardín de la casa Arcana, cubierto por una gruesa capa de nieve. En la parte superior, en un recuadro amarillo, se lee:

VILLANCICOS DE NAVIDAD. VOZ Y CHELO DE MARIANNA ARMITAGE. INCLUYE «EN EL INVIERNO SOMBRÍO» EN FA MAYOR.

—¿Tú sabías que había publicado este disco? —le pregunta Tom a Lily con mirada tierna.

Lily niega con la cabeza.

—Sabía que era música profesional, pero nunca quise conocer los detalles porque...

—Porque te dolía demasiado. —Tom concluye la frase por ella. Lily asiente—. Deberíamos ponerlo. —Y saca el disco de la funda. Al hacerlo caen tres papeles.

—Parece que mi madre quería que encontraras a la tuya —dice Sara—. Qué bonito.

No hay ni rastro de *saracasmo* en su voz.

Tom frunce el ceño y abre los brazos. Sara se acurruca en ellos.

Parte de Lily quiere unirse a ellos. Ahora todos son huérfanos. A todos les falta su madre. Pero Sara parece tan serena que Lily tiene la sensación de estar entrometiéndose.

Retrocede y lee el poema.

Mis niños, brotan las posibilidades cual retoños en primavera
al inicio del año. A través de la nieve y la oscuridad
crecen las ambiciones y, dormida en macizos de tomillo, avanza la
[fertilidad

impulsada por la convicción: un año particular nos espera.
Podría ser diferente. En lugar de vanas promesas formular,
de perder tal o ganar cual, acunad vuestra actual forma.
Alzad el vuelo sobre el suelo, tapizado de nubes un cielo que
[transforma.
Tumbaos en el mullido blanco, abrid las alas, abandonad el nido y
[echad a volar,
Describid arcos arriba y abajo, girad y girad.
Inhalad aire dulce y quebradizo como las nueces,
sonreíd como niños, olvidando vuestra edad.
mas, cuidado, sed conscientes de lo que os rodea:
cuando el sol gana fuerza, los ángeles de nieve se desvanecen
y a su calor, los sueños se consumen cual teas.

Muchas referencias al exterior: «brotan», cosas que crecen, «tomillo», «macizos», «aire quebradizo como nueces», «ángeles de nieve», pero también alusiones al interior: «suelo», «tapizado». Lily mira de nuevo una expresión que le llama la atención: «dormida en macizos de tomillo». Es curiosa la forma como lo ha expresado. Podría ser una pista directa, porque hay tomillo sembrado en el huerto. Pero también está la referencia a dormir, así que podría ser un dormitorio, y «fertilidad» podría hacer alusión a donde uno de ellos fue concebido, donde nació o donde lo alimentaron, lo que encajaría con «acunad» y «nido», lo cual sugiere...

—Supongo que sabes que estás hablando en voz alta —dice Sara con una sonrisa en el rostro. Lily nota un escalofrío de vergüenza que la aturde.

—¿De verdad?

—Es impresionante —interviene Tom—. Te lo digo de verdad. Entonces, ¿ya sabes adónde tenemos que ir?

Lily mira con renuencia la carátula del disco otra vez. Su madre, cantando las canciones que siempre le cantaba a ella. Grabadas para la eternidad. Se muere de ganas de escucharlo, pero no quiere hacerlo delante de nadie. Seguramente lo entiendan. Es algo que necesita hacer a solas. Vuelve a dejarlo en el armarito.

—Al cuarto de los niños —dice.

—Escucha, no me gustaría ponerme psicoanalítico con vosotras —dice Tom mientras Lily avanza con él y Sara por el pasillo—, pero vamos de camino del cuarto de los niños. Todos jugamos allí cuando éramos pequeños. Y todos sabemos el tipo de regresión que podría ocurrir ahí dentro.

—Siempre pensando en los laberintos mentales, ¿no? —pregunta Lily.

Tom sonríe.

—¡Qué bien me conoces!

Sara suelta una carcajada. Pero tampoco esta vez hay *saracasmo*. Lily se estremece. La incomoda verla así, como una serpiente a la que le han arrancado los colmillos pero sigue sonriendo.

—¡Mirad! —exclama Sara mientras entra corriendo en el cuarto de los niños—. ¡El caballito balancín antiguo de mamá!

Alguien lo ha bajado del desván. Sara le acaricia las crines, tal como hizo Gray.

—Y ahí está el cielo tapizado —dice Tom, señalando al techo—. Y la alfombra blanca mullida, genial para los ángeles de nieve y terrible para criar a niños. Aquí está todo. Parece que hemos vuelto a acertar con el lugar, Lily. —Se dirige a una caja llena de juguetes adorables y hace emerger un títere del teletubbie Dipsy empujando su varilla—. Me encantaba este trasto —dice, sacudiendo la cabeza.

Lily también ha encontrado uno de sus juguetes preferidos. Saca a la muñeca Jessie de *Toy Story* de su lugar junto a Buzz y Woody. De pequeña, Lily estaba obsesionada con ella. Iba disfrazada de vaquera a las fiestas de cumpleaños de todas sus amigas, tanto si eran de disfraces como si no. Cada día merecía un disfraz.

Sin soltar a Dipsy, Tom se le acerca. Le señala a Woody y, solo con mirarle la cara, Lily sabe que va a hacer otro juego de palabras.

—No hace falta que lo digas —dice Lily—. Hay niños delante. —Y se señala la barriga.

—Y otra allí —replica Tom, mirando hacia Sara.

Está subida al caballo de madera, meciéndose adelante y atrás. Tiene una sonrisa beatífica, la cosa más enervante que Lily ha visto jamás.

—¿Qué hacemos? —le susurra Lily a Tom—. Tenemos que ayudarla.

—Para empezar, habría que sacarla de este cuarto y, luego, de la casa. Cuanto más tiempo pase aquí, peor será.

—¿Y qué hacemos? ¿Seguimos adelante con el juego?

—Por supuesto. Es hora de hacer cosas de adultos. ¿Por dónde empezamos?

Lily vuelve a mirar la pista y luego repasa la habitación.

—Dado que estamos buscando algo que gira y gira, supongo que...

—No me lo digas —la corta Tom, y va corriendo hacia un armario y empieza a sacar cajas.

Están todos sus juegos, algunos que compraron para ellos y otros tan antiguos como los Armitage que se instalaron en la casa Arcana en 1955. El Monopoly de Star Wars, el Enredos, Hundir la flota, un juego de construcción... y un tren de juguete.

—Esto gira y gira hasta que se le acaban las pilas —dice Tom, levantando la tapa.

Pero no hay ninguna llave dentro.

Lily abre cajón tras cajón. Están todos llenos de ropa de bebé y juguetes. Coge una mantita de ganchillo que la abuela Violet le dijo que había tejido su abuela, y la abraza. Se la llevará a Londres con ella. Y debajo de la manta encuentra justo lo que buscaba.

Tom se asoma por encima de su hombro.

—Tu antigua caja de música —dice, mientras Lily la abre.

Inmediatamente, la bailarina del centro de la caja empieza a hacer piruetas.

—«Girad y girad».

Sara se baja del caballo, que sigue meciéndose solo.

—¿Cómo sabías que se refería a esto?

—¿Sabes qué es lo que suena? —pregunta a su vez Lily.

Sara posa una mano en el hombro de Tom y se acerca para oír mejor.

—Lo reconozco —susurra en voz baja.

—¡Es la «Danza del Hada de Azúcar» del *Cascanueces*! —grita Tom. Le arrebata el poema a Lily—. «Quebradizo como las nueces». ¡Está todo aquí!

Tom agarra a Sara de la mano y bailan por la habitación. Ella ríe, los ojos le centellean. Mira a Tom como si un reloj de sol nunca hubiera proyectado una sombra sobre su rostro. La muerte de Gray ha hecho que su coraza se resquebraje.

—Tu madre nos llevó a ti, a Gray y a mí a ver este *ballet*, ¿te acuerdas? —le pregunta Lily cuando Tom remata el baile haciéndole dar una vuelta a Sara. Ella se queda en brazos de Tom, con la mirada perdida.

—En el entreacto tomamos un helado —dice.

—Sí. Tú te lo comiste de fresa, yo de chocolate y Gray de vainilla.

Sara acaricia la mejilla de Tom con un dedo.

—A él le gusta el helado de café. Y a veces el de pistacho, pero solo en las ocasiones especiales.

Tom se aleja de ella.

—Lo siento mucho, Sara, pero creo que tenemos que bajarte y arroparte frente al fuego. No estás bien.

Sara da un traspié hacia delante, con la frente arrugada y los brazos abiertos.

—¿Por qué te echas atrás, Tommy? Se supone que tenemos que quedarnos aquí para siempre.

—Cree que soy Gray —musita Tom, acercándose a Lily—. Es

una proyección habitual en estas circunstancias. Necesita creer que Gray está vivo, así que lo resitúa en una persona viva.

—Los maté por ti —dice Sara, avanzando lentamente hacia Tom, pero con los ojos aún desenfocados.

—Está atrapada en el pasado. Estrés postraumático. Debe de haber asesinado a los otros y justificaba sus actos diciéndose que lo hacía por Gray. Pero al saber que Gray intentaba ayudarte, debió de enloquecer. Si no diera tanto miedo, sería triste.

Lily asiente, pero hay algo que la inquieta, algo que no encaja, algo espinoso. Repasa sus conversaciones recientes con Tom. No se le ha escapado en ningún momento que Gray le dijera que quería ayudarla. Un pánico lento y gélido se apodera de su corazón. No puede correr, pero su mente sí. Corre a toda prisa por los momentos en que Sara y Tom, o Tom y Gray se cubrieron mutuamente con coartadas. Piensa en cómo ha ayudado a Tom a conseguir las llaves cada día. En la ternura con la que una Sara incauta ha tocado a Tom y en la fiereza con la que han estado discutiendo en público. Y entonces recuerda los ruidos que oyó en la habitación de Sara.

Podría esconderse. Seguirles el juego. Huir.

O decir lo que piensa.

—¿Cómo sabías que Gray quería hablar conmigo? —pregunta Lily.

—Me lo dijiste tú —responde Tom, sonriéndole con sus grandes ojos muy abiertos—. Anoche, cuando me quedé a dormir en tu habitación.

—Ah, claro —dice ella—. Perdona, se me había olvidado.

—Están pasando muchas cosas —dice Tom, dándole unas palmaditas en la espalda.

Lily se estremece. Espera que no se le haya notado.

Sara mira de hito en hito a Tom.

—¿Has dormido en su habitación?

—En el suelo —contesta él, como si nada.

Pero tiene la vista clavada en Lily.

—Anoche me dijiste que querías estar solo.

Sara parece dolida. Era Tom con quien mantenía relaciones sexuales. Y fue por Tom por quien mató.

Interpretando su papel, él le susurra a Lily:

—Le dije que no se quedara toda la noche con Gray en la capilla, que necesitaba descansar.

—Pobrecilla —dice Lily. Y lo piensa sinceramente—. Deberíamos hacer lo que decías, llevarla abajo a que entre en calor y cuidar de ella. Y luego deberíamos intentar salir de aquí en busca de ayuda.

Tom asiente.

—Trato hecho —dice.

Pero mira de reojo a Sara, y Sara lo mira de reojo a él.

Lily camina todo lo lento que puede soportar hacia la puerta de la habitación.

—No nos vamos a ningún lado —dice Sara.

Lily no se vuelve para mirarla. «Sigue caminando», se dice.

Oye el sonido de un arma al cargarse mientras Sara sigue:

—Y tú tampoco.

Lily se da media vuelta. La está apuntando a la cabeza con un arma.

—No, Sara —dice Tom, levantando las manos, como si no fuera una amenaza—. Dame eso.

—Solo si le cuentas lo nuestro —replica ella, con ojos suplicantes.

—Creo que Lily ya lo sabe... —La mirada de él se ha endurecido—. Venga, Lily. Te has vuelto una maestra resolviendo enigmas, aunque no tanto como para evitar que la gente muera.

—Eso es, Lily —dice Sara, de nuevo de pie al lado de Tom—. Resuelve el rompecabezas.

Lily intenta pensar, colocar todas las piezas en su sitio. Pero su mente es un laberinto lleno de callejones sin salida.

—Todavía no lo he resuelto —dice Lily—. Pero creo que tú y Tom planeasteis todo esto juntos. E incluso que fuisteis vosotros quienes matasteis a Liliana. Y que, entre los dos, fuisteis eliminando a sus posibles herederos hasta que solo quedarais vosotros dos. Y que pretendíais echarle la culpa de todo a Gray.

—A Gray no —dice Sara—. A Gray nunca.

—Bueno, eso aún tenemos que decidirlo, querida —le dice Tom—. Podría ser más fácil. A fin de cuentas, sí que fue él quien taló el árbol y manipuló los coches. Y también quien me golpeó a mí con la rama para despistar a Lily. Sus huellas estarán por todas partes, incluso en el arma que lo mató.

Sara sacude la cabeza.

—No deberías haberle hecho daño, Tom.

—Se lo iba a contar todo a Lily —se defiende él—. Te lo dijo.

Sara lo mira con ojos enloquecidos.

—Diremos que Lily se nos acercó con el arma, que forcejeamos con ella y conseguimos arrebatársela y le disparamos por accidente. Y luego expondremos todas las pruebas.

Tom piensa en ello.

—Es cierto que en esta familia se producen accidentes. Y necesitamos quitarnos de en medio a los testigos potenciales —dice—. Por eso nos deshicimos de Philippa y de Ronnie. Vieron demasiadas cosas, sabían demasiadas cosas. Philippa nos vio besarnos y empezó a sospechar.

Sara vuelve a apuntar con la pistola a Lily. Le tiembla la mano.

—Yo lo haré —dice Tom—. Como prueba de mi amor por ti, Sara, y para evitar que el temblor de tu mano haga que no aciertes y agujerees nuestro desván.

Cuando Sara le entrega el arma a Tom, su petulante sonrisa de siempre se aposenta en su rostro.

Y luego desaparece cuando Tom la encañona a ella. Y dispara.

Capítulo treinta y nueve

Tom presiona el arma contra la espalda de Lily mientras la obliga a recorrer el pasillo. Abre de un puntapié la puerta del dormitorio de ella y, sin dejar de apuntarla, la obliga a entrar. Saca la llave de la cerradura y se la guarda en el bolsillo.

—¿Y ahora qué? —pregunta Lily.

Él agarra la silla de su escritorio y la coloca en medio de la habitación, lejos de cualquier cosa que ella pueda coger.

—Siéntate mirando hacia mí. Con las manos en el regazo.

Lily apoya las manos en sus piernas, presionándose con los pulgares el vientre, para mayor tranquilidad, tanto de ella misma como de la Habichuela. La pequeña da una voltereta, como si también quisiera serenar a Lily.

—Supongo que tu plan es retenerme aquí hasta mañana, obligarme a buscar la última llave y luego matarme.

—La verdad es que no quiero matarte.

—Pero ya habré resuelto todas las pistas.

Tom se le acerca unos pasos. Se guarda el arma en el bolsillo del abrigo.

—Tú y yo nos llevamos bien, ¿no es cierto?

—Yo creía que sí.

—No bromeaba antes cuando dije que podíamos regentar este

lugar juntos. Y, si cuadramos nuestras coartadas, la policía culpará de todo a Sara y Gray. Las baterías que retiré de los coches están en el armario de Sara, junto con el cuchillo de trinchar que utilizó para matar a Philippa. Y las huellas de Gray están en la motosierra que usó para talar el árbol y la rama. Además, también le hice recoger el arma que empleé para acabar primero con Ronnie y luego con él. Podríamos decir que nos amenazó con ella y que Sara pensó que tenía que matarlo para detenerlo.

—Gray no se merece nada de eso —dice Lily.

Tom se encoge de hombros.

—Gray está muerto.

—Porque tú lo mataste.

Tom suspira.

—Eres una chica inteligente. No tenía alternativa.

Los dedos de Lily forman una garra al escuchar la palabra «chica». Apuesta a que cuando revise mentalmente todas sus conversaciones, y espera poder hacerlo algún día, estarán llenas de esa suerte de micromanipulaciones. La señora Castle tenía razón: se le da de pena juzgar a las personas.

—Gray iba a explicártelo todo —continúa Tom—. Sara había perdido el control sobre él.

—Y también te había dejado de ser útil.

—Supe que tendría que matarla cuando te atacó. Actuaba movida por las emociones.

—Entonces fuiste tú quien entró a detenerla.

—No fui yo —responde Tom—. Debió de ser Gray. Estaba colado por ti. Platónicamente, claro. Podría decirse que... se moría por ti. —Y suelta una risotada.

A Lily le cuesta creer que pudiera gustarle el sonido de su risa. Ahora le suena a una rasqueta sobre un parabrisas helado.

—Los ojos se le volvieron grises de verdad al morir, ¿sabes? No soy religioso, pero me quedé a ver cómo se marchaba. Otro fantasma para la casa Arcana.

—¿Es que no querías nada a Sara?

—Quizá. No lo sé. Pero era muy indiscreta, ya lo has visto. No dejó de manosearme en el cuarto de los niños. Era un eslabón débil. No habría resistido un interrogatorio policial.

—¿Y yo sí? —pregunta Lily.

—Tú eres la persona más contenida y ensimismada que he conocido en toda mi vida. Rebosas emoción, pero no lo demuestras. Sometida a investigación, mantendrías la frialdad y la sobriedad. Te comportarías como toda una dama de hielo.

Tom se arrodilla ante ella en gesto de franqueza, confianza y adoración. Pero sigue sin apartar la mano del arma.

—¿Y qué obtengo yo a cambio de eso?

—¿La mitad de una casa? —pregunta Tom riendo—. ¿La posibilidad de dejar Londres y regresar al lugar al que perteneces? ¿De dejar que tu hijita tenga un lugar donde corretear y jugar? ¿O acaso eso no es suficiente?

—Quiero saber otra cosa —dice Lily—. ¿Mataste tú a Liliana?

Tom sacude la cabeza con tristeza.

—Eso fue cosa de Sara. Le provocó un ataque de ansiedad a la tía Lil explicándole lo que pensábamos hacerle a su familia, y luego le quitó el inhalador. A su propia madre. Piénsalo bien: era más fría que el pozo de hielo de ahí fuera. No tuvimos que sobornar a ningún forense. Ah, sí, ya vi lo que me ocultabas la noche en que me quedé a dormir en tu habitación.

—Sé que Sara odiaba a Liliana por cómo la trataba. Pero ¿por qué iba a desear su muerte?

—Porque quería la casa o, mejor dicho, no quería que nadie más se la quedara. Pensaba que podía evitar que se celebrara el juego de Navidad matando a la tía Lil. Y resulta que se equivocó: ya lo había organizado todo. Y yo me alegro de que lo hiciera, porque gracias a ti hace poco he empezado a sospechar que...

—Que Liliana mató a tus padres. Los frenos cortados «accidentalmente». La cinta amarilla de mi madre en el coche de ellos.

—¿No te he dicho ya que eres brillante? —replica Tom.

—Entonces, si has visto el informe del forense, seguramente sabes por qué los mató.

—Porque mi padre mató a Marianna. Pero, de alguna manera, eso es algo que yo siempre he sabido.

—¿Cómo? —pregunta Lily. Se siente tan fría como si estuviera en el pozo de hielo.

—Descubrí a papá preparando sangre falsa en Nochebuena. Me dijo que era para hacer un espectáculo de magia, pero luego me despertó al entrar en la habitación contigua a las dos de la madrugada, la mañana del día de San Esteban. Cuando se fue a dormir, entré en nuestro cuarto de baño y encontré sangre falsa en el lavabo y una cuchilla ensangrentada al lado de la bañera. A la mañana siguiente no estaban y supe lo de la tía Marianna. No eres el único genio de la familia. Quizá con todo este talento sea yo quien gane el juego de Navidad mañana.

—Lo ganaremos los dos, querrás decir —puntualiza Lily.

—Exactamente. —Tom se pone en pie y se quita una pelusa de las rodillas—. Bien, y ahora duerme un poco. Necesito ese cerebrito tuyo para solucionar la última pista. Cerraré la puerta con llave, por supuesto, para que estés a salvo. Es posible incluso que duerma fuera de tu habitación, para estar seguro.

Se inclina hacia delante y la besa en la mejilla, mientras apunta con el arma a su vientre.

Es imposible que las vaya a dejar vivir, ni a ella ni a la Habichuela.

La puerta se cierra tras él. Se oye la llave girar en la cerradura.

⚷

Capítulo cuarenta

—**V**enga, hoy no es día para que se te peguen las sábanas —Tom irrumpe en la puerta del dormitorio de Lily, despertándola.

—Pero si aún es de noche —dice ella, arrebujándose el edredón hasta el cuello.

—¿No oyes las campanas? Es el último día. Tenemos hasta las cuatro de la tarde para encontrar la habitación secreta.

—Hurra.

—Ya te lo he dicho —la amenaza Tom, acercándosele tanto que ella puede oler el alcohol del día anterior metabolizándose a través de sus poros—, deja el sarcasmo. No te pega. Eres demasiado buena para eso.

—¿Cómo vamos a conseguir el último poema sin la señora Castle para darnos la papilla a cucharadas? —pregunta Lily.

—Que Dios bendiga a esa vieja chiflada. La señora Castle pensó incluso en eso. Fui al leñero, como nos decía, y encima de una cesta de yesca había un roscón.

—Una tarta de Reyes —dice Lily—. De niños siempre comíamos uno.

Le viene el recuerdo sensorial de un roscón con azúcar glas espolvoreado por encima. Unas Navidades, Tom había encontrado la tradicional haba seca dentro de su trozo de tarta y lo habían coronado rey de la fiesta durante la noche. Y Sara había encontrado un guisante seco y la habían proclamado reina. Habían desfilado por la casa como si les perteneciera.

—Sí, recordé que dentro de los roscones se escondían cosas —explica Tom—. Así que lo desmigajé y encontré los poemas. Pero solo dos, como si la señora Castle hubiera previsto la situación.

Tom se saca los poemas del bolsillo. Se asegura de que Lily vea que tiene el arma en el otro bolsillo.

—Yo te lo leo —dice Tom—. Vi cuánto te gustaban los recitales de Gray. Es una lástima que él ya no esté aquí.

Noche de Reyes. Cuando muertos ya no estemos, tú y yo,
bailemos en un salón donde los ecos del pasado ríen francos.
Que nuestros fantasmas dancen con la dama y el duque blancos.
Los vivos observarán cómo nos movemos, nos harán hueco
y se estremecerán, sin entender el porqué jamás.
La muerte no será para nosotros un canto fúnebre que la vida trunca,
Nuestras canciones favoritas cantaremos y adiós no nos diremos
[nunca.
Con las falanges entrelazadas, nuestros huesos descansarán, quizás,
bajo tierra, en nuestra tumba, mientras nuestros espectros trotan
y ven películas antiguas, una tras otra, encadenadas.
Pensarán que la tele parpadea, que el viejo reloj se ha detenido,
que los grifos en un fregadero nublado dejan caer gota tras gota,
convencidos de que están estropeados, sin saber que son nuestras
[calaveradas.
Y nosotros que creíamos con nuestros cuerpos mil placeres haber
[vivido...

Es raro escuchar esas palabras de boca de Tom. No tiene conciencia del ritmo, las despoja de dinámica, de belleza. Y ese último verso, pronunciado con las cejas arqueadas, hace que a Lily le vengan ganas de echar a correr y vomitar.

—Qué romántico, ¿eh? —dice Tom.

—¿A quién crees que le hablaba Liliana al escribir ese poema? —pregunta Lily—. Porque no me parece que se dirigiera a mí.

—La tía Lil no tenía novio, ¿verdad? Yo apenas había nacido cuando el tío Robert murió, así que nunca la vi con ninguna pareja.

—Tal vez le hablara a mi madre, por eso que dice de que las dos morirán nuevamente. Sugiere que sus fantasmas bailarán aquí hasta la eternidad.

—¿Y qué importa eso? —pregunta Tom, cediendo a la impaciencia—. ¿Dónde tenemos que buscar la llave?

Una vez más, y será la última, Lily activa su cerebro para interpretar el poema. Sonríe ante la mención al Duque Blanco: Liliana no pudo resistir el volver a nombrar a David Bowie.

—Menciona claramente el «salón» —dice—, así que podría estar allí. Pero este poema es tan distinto..., es un poema de amor de dos personas que bailan juntas para siempre. Creo que esta pista podría ser la más sencilla de todas —continúa—. ¿Dónde, si no, celebrarías tú el baile de la Noche de Reyes?

La pista permite a Lily ver el salón de baile otra vez. Vislumbra los fantasmas dando vueltas, reflejados en las paredes de espejo. Ahí está la Lily de cinco años, de pie sobre los pies de su madre, y Rachel dándoles la espalda a todos, leyendo. Y ahí están también Liliana y su madre haciendo piruetas cuando eran jóvenes. Quizá bailaran aquí con sus enamorados. Quizá Liliana le dedique el poema a su difunto marido, Robert. Tal vez sea su manera de decirle que se le unirá en el baile tras su muerte. O quizá esté dirigido a alguien completamente distinto.

—No tenemos tiempo para que andes mirándote en el espejo —dice Tom—. Haz lo que tienes que hacer.

—¿El qué?

—Esa magia con los ojos que hace que las pistas se alineen ante ti.

Lily mira por encima la pista.

—Creo que incluso tú eres capaz de resolver este acertijo.

Tom se sonroja. Se muerde el labio. Vuelve a ser el niño pequeño, el que no soporta que lo consideren tonto. Se saca la pistola del bolsillo.

—Dime dónde mirar —la amenaza.

A Lily le gustaría decirle que si le dispara no será capaz de encontrar la llave, ni la habitación secreta. Pero solo conseguiría enfadarlo, y muerta no desvelará la verdad.

—Mira en el reloj. La pista dice que está detenido, así que quizá la llave esté obstaculizando el mecanismo.

Lily señala hacia el «viejo reloj» que cuelga de la pared. Imagina un baile en el que este da las campanadas a medianoche, y una mujer deslumbrante en un vestido medio espectacular y medio harapiento huye a toda prisa. Le gustaría confeccionar ese vestido. Le gustaría conocer a esa mujer.

Sin dejar de apuntarla con la pistola, Tom recula lentamente hasta llegar junto al antiguo reloj ovalado que cuelga de la pared. En medio del silencio, la ausencia de su tictac resulta evidente. Tom mira fijamente la esfera.

—La llave está aquí —anuncia—. Te has equivocado. Han sustituido una manecilla con ella. Ya no eres tan lista, ¿eh?

Lily no responde.

—Te propongo algo —le dice Tom, acercándosele, con su sonrisa de oreja a oreja otra vez cosida en el rostro—. ¿Por qué no celebramos el haber conseguido la última llave con un baile?

—¿Aquí? —pregunta Lily.

—¿Dónde, si no? —Tom repite las palabras que ella le ha dicho antes.

Extiende los brazos para atraerla hacia sí, como hizo con Sara.

Lily se da media vuelta y se abraza a sí misma.

A Tom le cambia la expresión. Aprieta la mandíbula y le lanza una mirada asesina.

—No hay tiempo —se apresura a decir Lily—. Tengo que averiguar dónde está la habitación secreta. Solo tenemos hasta las cuatro, si no queremos que Isabelle se quede con la casa y la done para los gatos.

Tom cierra los puños. Le apunta con la pistola a la cabeza.

—Entonces será mejor que te pongas a trabajar —dice.

Capítulo cuarenta y uno

Encerrada de nuevo en su habitación, Lily se tumba en la cama, con la mano en la barriga. Se supone que está intentando descifrar la ubicación de la habitación oculta, pero solo se lo ha dicho a Tom para que la dejara marcharse. ¿Qué sentido tiene intentarlo siquiera? Morirá pase lo que pase. Si localiza la habitación, Tom la matará y, si se niega a encontrarla, la matará igualmente. Y luego se presentará como un héroe ante la policía, y seguramente Isabelle le cederá la casa a él.

Lo único que Lily ha conseguido en Arcana es que maten a gente y colaborar con un asesino. No debería haber confiado en nadie. Debería haberse quedado en el laberinto que no la dejó escapar y esperar a que la nieve la amortajara.

En el exterior, el viento gélido se lamenta al pasar rozando la ventana de Lily. Las cortinas están descorridas y dejan a la vista unas ventanas cubiertas de copos de nieve que parecen paños de encaje.

Entonces Lily nota de nuevo ese cosquilleo, la sensación de un recuerdo que se posa en ella.

Tiene algo que ver con el encaje. La conversación junto a la fogata poco antes de que muriera. Cierra los ojos para revivir la escena y las palabras vuelven a tejerse en su memoria.

—Algunas personas parecen frágiles como el encaje —le dijo

su madre con la vista clavada en el tío Edward y la tía Veronica—, pero si están hechas con bordado noruego, de puntos muy prietos y entrecruzados, resistirán lo que tengan que resistir.

Veronica se acercó a ellas y se agachó para susurrarle algo al oído a su madre. Pero habló lo bastante alto como para que Lily la oyera. No hay que subestimar nunca a los niños.

—Liliana se opone a nuestros planes para el hotel y está disuadiendo a la junta —le dijo Veronica—. Nos gustaría que votaras en su contra.

Su madre negó con la cabeza. Entonces Veronica miró a Lily y se inclinó más cerca aún de su madre. No atinó a oír lo que decía, pero sí se dio cuenta de que su madre la agarraba con fuerza y la estrechaba entre sus brazos.

El rostro de Veronica al alejarse reflejaba cólera.

Y esa cólera de Veronica y de Edward fue lo que mató a su madre. Y de rebote, la cólera de Liliana la llevó a acabar con la vida de su propio hermano y de su cuñada, lo cual, a su vez, condujo a su propia muerte. La cólera que sentían Tom y Sara los convirtió en asesinos.

En cambio, la furia que sentía Lily las mantendría vivas a ella y a la Habichuela, e impediría que Tom se quedara con la casa.

Desliza las piernas fuera de la cama, se pone en pie y dispone todas las pistas de los poemas una al lado de otra en el suelo. Hay un hilo que las hilvana todas, Liliana tiene que haberse asegurado de que así sea. Lo único que tiene que hacer ella es encontrarlo... y tirar de él.

Rebusca en su bolso, saca la carta que Liliana le escribió y la relee. Se detiene en una frase que le llama la atención: «Estarán ahí, en cada pista: el principio y el final de todo lo que ha perseguido a nuestra familia desde hace tantos años». Repite algo parecido en uno de los poemas, está segura. Los revisa todos y lo encuentra. Son dos versos del soneto del día de San Esteban: «En lágrimas os desharéis, imparables como cascadas. / El inicio y el final del linaje pondrán fin al pasado».

¿Qué significa eso del inicio y el final del linaje? ¿Pensaría su tía en el bebé de Lily, en la pequeña Habichuela? Pero entonces ¿cuál sería el inicio? ¿Y si se refiere al principio y al final de las líneas, de los versos?

Con la adrenalina desbocada, Lily escribe la primera y la última letra del verso inicial de cada soneto.

Y formando un acróstico, uno de los juegos favoritos de la abuela Violet, encuentra la respuesta al caso sin resolver el de la casa Arcana:

A *un elefante recuerdo hasta el final,* in memoriam
¡A*h! ¿Os sentís como cacao en coñac caliente? Ese calor...*
I*nvierno. ¿Recordáis cuando cantábamos todos en familia?,*
N*oche cerrada. Desciende un búho, coartada pétrea como el betún.*
A*quí deberíamos celebrar el Haloa, una tradición especial.*
A*quí, en la planta baja, mi hogar es un Castillo que encoge, un tótem.*
¡A*viso! No sigáis esta clave sin pensar, cual obediente robot,*
¡O*h! ¿Cómo será estar muerta, el último de los capítulos?*
¡U*fanos! Como humo de incienso en el aire, ni la oración más*
[fervorosa, ¡ah!,
E*stoy emotiva. Os propongo un trato: una tregua firmar.*
M*is niños, brotan las posibilidades cual retoños en primavera,*
N*oche de Reyes. Cuando muertos ya no estemos, tú y yo,*

A MARIANNA LA MATÓ SU HERMANO

Lily ya lo sabía, pero aun así suspira aliviada. Edward asesinó a Marianna por la casa y luego Liliana lo mató a él. Pero ¿por qué esa C mayúscula en «Castillo»? Liliana no comete errores, al menos no con las palabras.

A estas alturas, Lily ya sabe que las erratas son deliberadas. Tienen que indicarle algo, le señalan que hay alguna información oculta. Y entonces lo ve: «Mi hogar es un Castillo». Y lo entiende. Como siempre, su tía llama la atención de Lily hacia las anomalías. Y esta le revela algo que la hace sonreír. El hogar de Liliana era la señora Castle, su castillo. A eso se refería Liliana al decir que una de las pistas no era un mensaje para Lily. El último poema iba dirigido a la señora Castle.

Esta vez, Lily no consigue reprimir los sollozos. Pero los sofoca al escuchar la llave en la cerradura.

—¿Lo has resuelto ya? —pregunta Tom, mirando el suelo donde están esparcidas todas las copias de los poemas.

—Solo he conseguido confirmar que tu padre mató a mi madre. Lo dice aquí, en la primera y última letra de los versos.

Tom asiente.

—Entonces lo que yo he hecho es completar una partida que empezó hace décadas, la partida más larga al Monopoly de la que no se tiene registro. Y yo gano.

—Solo si encontramos la habitación secreta —añade Lily.

Tom sale por la puerta y regresa con un mazo manchado de sangre seca. Lily se encoge y retrocede.

—Eso es lo que usaste para matar a Ronnie y a Gray.

—¿Qué importa? Si no encuentras la habitación usando ese cerebrito tuyo, tendré que emplear métodos más tradicionales.

Echa el mazo hacia atrás y golpea el armario de Lily. La madera cede, se astilla y cruje.

Toda la casa se estremece a su alrededor, como si sintiera miedo.

—No lo hagas —le ruega ella—. La encontraré. Te lo prometo.

—Sabía que querías la casa para ti. Eres tan egoísta como el resto de nosotros.

Tom le lanza un beso en el aire y se marcha. Vuelve a encerrarla.

La Habichuela da saltos en el vientre de Lily mientras ella revisa frenéticamente los poemas. Hay tantos motivos en ellos: la música, la muerte, el canto, Bowie...

Lily se detiene en este último. «¿Qué haría él?», se pregunta. David Bowie era un camaleón incandescente, magnético. No necesitaba presentar una versión concreta de sí mismo al mundo. ¿Qué tiene que ver él con Lily aquí y ahora?

¿Qué es lo que se le escapa? Lily levanta a Christina de la cama y se la pone en el regazo. Frota el dobladillo de la falda de la muñeca de trapo entre sus dedos para tranquilizarse, nota las costuras que unen los antiguos retales de tela.

Eso es.

Bowie solía recortar artículos, libros, pensamientos, cualquier cosa, y los mezclaba al azar para componer las letras de sus canciones. Imitando la técnica de Burroughs, cortaba palabras y las cosía en nuevas interpretaciones.

Y eso es lo que va a hacer Lily.

Coge las tijeras de su escritorio y empieza a hacer pedazos las copias de los poemas.

—*Let's Dance* —dice.

Capítulo cuarenta y dos

Lily intenta no hacer caso de los mazazos que Tom asesta a las paredes, pero se le clavan bajo la piel como una astilla del pasamanos. Nota la casa resistiéndose; no sabe cómo lo hace, pero lo está consiguiendo.

—Concéntrate —se dice, y esparce las piezas recortadas ante sí.

Las palabras se fusionan, se polinizan unas a otras y entablan nuevas conexiones.

—«Relaciones extrañas», lo denominaba Bowie. —Lily habla en voz alta de manera consciente; su voz reverbera en la habitación. Cuando la Habichuela la oye, se agita. ¡Imagina lo que haría si Lily se pusiera a cantar de verdad!

«Cantar». Esa palabra aparece de manera reiterada. «Sigue cantando», le dice su madre en la postal. «Quizá tú tengas la fortaleza para desvelar la verdad», le dice Liliana en su carta. Pero ¿qué debería cantar? Dibujar el laberinto de la casa Arcana siempre la ha ayudado a pensar, así que saca un bolígrafo y empieza a hacerlo.

Piensa en el aria que le cantaba su madre, pero no hay nada en los poemas que la refuercen. Sabe que está buscando una canción. Tan sencillo como una canción. Está intentando encajar las piezas. Convertirlas en constelaciones.

Y entonces lo ve.

Las palabras yacen diseminadas como estrellas sobre la oscura alfombra.

«Hierro», «tierra», «piedra», «invierno», «sombrío», «agua». Una retahíla de pistas que suenan como una canción. La canción que cantaba su madre. «En el invierno sombrío».

Y, en ese momento, Lily sabe que quiere la casa. Pero ¿cómo la conseguirá? Solo tiene una de las doce llaves posibles. Llaves. Doce códigos de acceso. Doce claves.

Hay doce tonalidades posibles en la escala mayor.

«En el invierno sombrío» en fa mayor.

Y de nuevo ese hormigueo de *déjà vu* bajo la piel. Vuelve a revisar la carta de Liliana. Y otra vez, unas mayúsculas donde no deberían ir le indica el camino: «Quítate el corsé, hazme el Favor. Las Mayores pistas están ocultas en los detalles más nimios». Ahí está: fa mayor. La clave de la canción. También conocida como tónica, como la «ginebra muy fría con tónica» del poema, o las raíces mencionadas unos versos más abajo. Es decir, la cosa que Liliana más quiere: su hogar.

Todo gira en torno a la clave de fa mayor. Y quizás esa es la «llave» que han estado buscando todo el tiempo.

Así que tiene la clave. Ya tiene la llave de acceso, pero todavía no la puerta.

BRUUM.

La casa se estremece a su alrededor. Tiene que apresurarse. Todavía le falta encontrar la ubicación de la habitación secreta. «Piensa».

Vuelve a garabatear el laberinto y luego recuerda otro fragmento de la carta: Liliana le decía que trasladara los garabatos al mundo real. Al leerlo, Lily le restó importancia pensando que se trataba de otro de los comentarios sarcásticos de Liliana acerca de sus diseños, el tipo de menosprecio al que Sara estaba tan acostumbrada. Pero quizá tuviera algún significado. El dibujo que Lily hace todo el tiempo, que siempre ha garabateado para ordenar sus pensamientos, es el laberinto. El laberinto que ha sido el centro de su vida. El laberinto que está presente en todos los manteles, posavasos, salvamanteles, platos, tazas, platillos e incluso en los dedales de la casa. Es posible que la respuesta siempre haya estado ahí, en su visión periférica, a lo largo de toda su vida, y desde que llegó. El laberinto.

Liliana ha estado señalando hacia él todo el tiempo, dándole a Lily todo lo que necesita para ganar. Pero ¿cómo le ayudará eso a encontrar la habitación oculta?

Y entonces se acuerda de algo.

Abre la carpeta y saca el plano de Arcana. La casa y el laberinto tienen el mismo tamaño. Cierra los ojos. Coloca un bolígrafo sobre el plano, en la puerta principal, y recorre el laberinto mentalmente, dejando que el bolígrafo siga el recorrido. Gira y gira y acaba en la habitación oculta donde Lily se escondía y donde Marianna falleció.

Sin despegar el bolígrafo de la página, Lily abre los ojos. La habitación secreta del laberinto coincide con la habitación de los juegos. Por supuesto. Esto solo podía acabar con otro juego.

Pero si quiere llegar a la habitación secreta antes de que Tom destruya la casa, va a tener que salir. Y su puerta está cerrada con llave, y la llave la tiene Tom. «Venga, piensa».

En la carta, Liliana decía que quería darle a Lily una salida. Y las llaves dan protección y libertad. Revisa los bolsillos de su abrigo y saca la llave que encontró en el laberinto y la que Gray le devolvió.

Introduce la primera en la cerradura. Coincide. Y luego prueba su vieja llave, la que llevaba colgada al cuello de niña. Y también encaja. Apuesta a que todas las llaves encajan. Quizá por eso las figuras pudieron entrar en su habitación. Lily no tenía manera de saber que necesitaría algo más que una salida simbólica, pero eso ahora no importa. Abre la puerta y es libre.

Sale corriendo al descansillo. En la planta de abajo, Tom avanza derribando puertas hacia la parte posterior de la casa Arcana. Lily alarga la mano y acaricia las paredes de la casa. Está segura de que se comban bajo su tacto.

El viento aúlla alrededor de la casa para distraer, cubriéndola mientras ella desciende las escaleras y evita los puntos en los que el suelo cruje. Tiene que ganar esta última partida al escondite.

Al llegar al cuarto de los juegos, echa un vistazo a su alrededor y nota los fantasmas de sí misma, de Tom y de Gray de hace solo unos días presionando contra el presente. Estornuda, como hizo la última vez que estuvo en este lugar. ¿Dónde puede ocultarse la habitación secreta? Entonces recuerda las grietas en la pared de detrás de la máquina del millón.

Tira de las patas de la máquina, pero apenas consigue moverla. Prueba a empujarla hacia un lado, y eso resulta más fácil, pero se le resbala la mano y pulsa el botón de encendido.

Las luces destellan y la máquina del millón cobra vida con un pitido. Y entonces ese es el único sonido que escucha. El sacrificio constante del mazo se ha detenido. Oye pasos corriendo escaleras abajo.

Lily empuja con todas sus fuerzas, consciente de que no debería estar haciéndolo en su «situación», pero ¿qué alternativa tiene? La máquina gira lo suficiente como para poder repasar con un dedo una de las costuras que recorre la pared.

Algo hace clic. Y se abre una puerta.

Lily pestañea al entrar en una estancia cálida llena de instrumentos musicales. Hay un arpa irlandesa, una batería, un violonchelo desgastado, un clavicordio... y en las paredes hay fotografías de Lily y su madre. Muchas fotografías. En una de ellas, cantan juntas bajo el sauce. Es la sala de música que su madre siempre quiso tener, oculta a los asistentes a las conferencias y a todo el mundo. Una sala de música silenciosa.

Una mano la agarra del hombro por detrás. Tom la empuja al pasar junto a ella en busca de las escrituras de la casa. Lily pierde pie y se estrella contra unos timbales. El sonido reverbera en la habitación y entonces sabe exactamente qué hacer.

Respira hondo, traga saliva y, con la mano en el vientre, abre la boca con la clave correcta (la tónica, el hogar) de «En el invierno sombrío».

Tom se vuelve hacia ella, con los ojos como platos.

Justo entonces se abre una puerta en la pared del fondo de la sala de música. Una habitación secreta que da vida a otra.

Isabelle Stirling se agacha para pasar por debajo del marco de la puerta y entra. Lleva una carpeta.

—Ya tenemos ganadora —anuncia—. Lily Armitage, te declaro propietaria de la casa Arcana.

Tom saca su arma. La sostiene en alto, a centímetros de la cabeza de Lily.

Un gato gris sale de detrás de Isabelle, enroscándose en sus tobillos. Lily piensa que tiene que estar alucinando, que ya está muerta.

Tom se queda mirando fijamente el gato.

—Pero ¿qué...?

Y al principio no ve la figura de negro que deja atrás a Isabelle y corre hacia él, lo derriba y hace que el arma caiga al suelo.

La figura se agacha y coge el arma de Tom.

La señora Castle se quita la capucha para que Tom pueda verle la cara. Y le dispara.

Capítulo cuarenta y tres

Siéntate aquí —le dice la señora Castle a Lily, señalándole con un gesto el sillón que hay junto al fuego.

Ella se arrellana en el cuero, lo oye crujir y acomodarse a su alrededor. La mujer le tapa el regazo con una manta de tela escocesa.

—Ya vuelven a funcionar las líneas telefónicas. He avisado a la policía. La tetera está en el fuego y, para cuando el té esté hecho, habré conseguido algo dulce.

Le da unas palmaditas en el hombro y sale deprisa del salón. Lily se la queda mirando fijamente. La señora Castle ha disparado a Tom. Y ahora está preparando un té.

Isabelle está en pie junto a la chimenea, igual que aquel primer día en la casa.

—Son muchas cosas que asimilar —le dice—. No seas demasiado exigente contigo misma. Yo he tenido mucho tiempo para procesarlas.

—¿Tú lo sabías todo? —pregunta Lily.

—Más o menos. Liliana solo confiaba en mí y en Castle. Probó a hablar con la policía sobre lo que le ocurrió de verdad a tu madre, pero no la escucharon. Le dijeron que no había pruebas suficientes y que «no era de interés público».

Se oye el silbido de la tetera en la cocina y el murmullo de una televisión.

—Los intermediarios no eran de fiar, así que confió en nosotras —continúa Isabelle.

Toma asiento en el otro sillón. La piel le resplandece con el fulgor del juego. Se agacha para acariciar al gran gato gris que se frota la cabeza con sus tobillos y se lo coloca en el regazo. El gato tiene los ojos legañosos. Ya no ve.

—¡Es Winston! —exclama Lily. Este levanta la cabeza al oír su voz y ronronea. Ella se pone en pie y se acerca al sillón de Isabelle—. Hola, grandullón.

Winston se sienta estirándose hacia arriba y busca con la cabeza la mano de Lily.

—Ahora vive conmigo —la informa Isabelle cuando ella vuelve a sentarse—. Ha pasado las vacaciones de Navidad en Arcana, ¿verdad, Winston?

—¿Cómo? ¿Habéis estado aquí en todo momento? ¿Las dos?

—Debes de tener muchas preguntas —dice Isabelle.

Winston ronronea agradecido por sus caricias.

—Muchísimas —responde Lily. Preguntas que caen a su alrededor, que se posan una tras otra como copos de nieve—. Y no sé por dónde empezar.

—Pues deja que sea yo quien lo haga. Después de verte en tu habitación, me fui y guardé todos los teléfonos móviles en la caja fuerte de Stirling, como, por desgracia, solicitó Liliana...

—¿Por qué por desgracia? —quiere saber Lily.

—Porque, por intentar evitar que la gente hiciera trampas y rivalizara contigo, te arrebató justo lo que te podría haber salvado. —Mira a Lily y parece sonrojarse—. Y a los demás, por supuesto. Si hubierais podido telefonear a la policía cuando asesinaron a Philippa, Ronnie y Gray seguirían con vida.

—Y Samuel al menos tendría un padre.

—Sí —responde Isabelle—. Liliana no soportaría lo que le ha ocurrido. Lo quería tanto...

—¿Y quién no? Perdona, sigue. Te he interrumpido.

—Son todas esas preguntas que caen como copos de nieve —dice Isabelle. Sus ojos dorados se posan en los de Lily—. A lo que iba: dejé allí los teléfonos, incluido el mío, porque yo también seguí ciegamente las reglas de tu tía, y regresé aquí. Un taxi me dejó en la otra punta de la finca y recorrí a pie el bosque y los terrenos de atrás, esperé en el ahumadero hasta que todos os metisteis en la cama, y entonces Lenora me dejó entrar.

La señora Castle entra con una bandeja con emparedados y una tarta, como si volvieran a estar en esa misma estancia en Nochebuena y los doce días de Navidad no hubieran sucedido nunca. Le da un golpecito a Lily en el hombro otra vez.

—Come torta de jengibre —le dice—. Ahora traigo el té.

Isabelle la observa marcharse, y Lily observa a Isabelle. Su cabello tiene aspecto de haber visto varias latas de champú seco, pero ni una gota de agua en una semana, y tiene ojeras de color de *pudding* de ciruela bajo los ojos.

—Lenora lo ha hecho increíblemente bien —comenta Isabelle. Se vuelve para mirar a Lily—. ¿Ya sabes quién es?

—El hogar de mi tía Liliana.

Isabelle sonríe con tristeza y asiente.

—Eran amantes antes de que Robert falleciera y luego, cuando él murió, solo se separaban cuando estaba uno de vosotros cerca. Para empezar eso ya era mucho. Y cuando os fuisteis todos a la universidad, Lenora se trasladó a Grantchester.

—Entonces Liliana también era su hogar.

—Sigue siéndolo —dice la señora Castle al entrar con el té. Les sirve una taza a cada una y luego mete la mano en el bolsillo de su delantal y saca un anillo de oro. Una alianza. Se la pone en el dedo anular—. No me sentía bien sin ella. Pero fue idea de Liliana, por supuesto, no mía. Yo no lo habría hecho nunca. Decía que me ahorraría preguntas incómodas. Pero creo que era ella quien prefería evitarlas. —Tiene los ojos brillantes, pero no derrama ni una lágrima.

Liliana guardaba demasiados secretos, algunos de los cuales debería haber compartido hace mucho tiempo.

—En cualquier caso —dice Isabelle—, las instrucciones de Liliana eran que Winston y yo nos quedáramos aquí, en la sala de música, en el cuarto secreto, para vigilar a todo el mundo y asegurarnos de que cumplíais las reglas, etcétera. Lenora se encargaba de traernos comida y bebida, y de cambiar la arena de Winston, gracias al cielo. Pero acabó instalándose también aquí al fingir marcharse. Tuvimos que apretujarnos bastante. Al menos, Winston podía salir a merodear por la sala de juegos cuando todo el mundo estaba en la cama.

—Eso explica que yo estornudase siempre al entrar aquí —dice Lily, que ya nota el picor en la garganta y en las orejas.

—Esperaba que eso te diera alguna pista para resolver el enigma —dice Isabelle.

—No soy tan buena —responde Lily.

—Desde luego que lo eres.

—Será mejor que te pongas a ello, Izzy —dice la señora Castle—. Yo tengo que preparar la cena.

—Tu turno ya ha acabado —le dice Isabelle—. Relájate y decide qué le dirás a la policía.

—Le diré la verdad —responde la señora Castle, sentándose en una silla y rascándose el cuello. Winston baja del regazo de Isabelle y se acerca a ella, guiado por su voz—. Ya ha habido demasiadas mentiras.

—Pues como la policía ya viene de camino, será mejor que yo me dé prisa, como dice Lenora —comenta Isabelle—. Tenía cámaras de circuito cerrado para vigilar el perímetro hasta que todas fallaron, y alguna cámara interna, pero no muchas. Lenora me sirvió de ojos y oídos.

La señora Castle levanta la taza en señal de reconocimiento y luego le da un sorbo a su té con una nube de leche mientras Winston se acomoda a sus pies.

—Liliana creía haber previsto todas las posibles eventualidades —explica—. Pero nunca se le ocurrió que su propia hija la mataría y planearía asesinar a los demás. Tenía demasiado ego para eso. —Sonríe y contempla el fuego, como si sus recuerdos vivieran en esa chimenea. Su sonrisa se desvanece—. Y nunca habría sospechado algo así de Tom, a pesar de que, visto en retrospectiva, es un retrato de un asesino de manual.

—¿Por qué no intentasteis detenerlos? —le pregunta Lily a Isabelle, que agacha la cabeza para que ella no pueda verle los ojos.

—Para empezar, no sabía quién era el responsable. Lenora vino a la sala de música después de que encontraran a Philippa y lo hablamos. Pero no localicé ninguna imagen de las cámaras que nos revelara quién lo había hecho. Y, por supuesto, yo estaba igual de aislada que vosotros. Pero sí me mantuve vigilante. Por la noche merodeaba por los pasillos, vigilándoos.

Lily se sienta muy recta. Se le caen migas del regazo.

—¡Me hablaste! Creía haber oído fantasmas.

Isabelle asiente.

—Solía montar guardia en la habitación de Liliana o en la de Marianna, por eso me oíste a través de las paredes.

—Y no solo hizo eso —dice la señora Castle al tiempo que se sube a Winston al regazo.

Entonces Lily cae en la cuenta.

—Fuiste tú quien me salvó —dice.

Isabelle asiente.

—Tenía que hacerlo.

—Pero eso significa que te saltaste la regla de no interferir.

—Como dijiste en Nochebuena, todo depende de si una regla es o no justa. Y si están estrangulando a la persona a quien has amado desde que eras niña...

Lily nota la sangre palpitándole en el cuello. Se dice que Isabelle se refiere a un amor platónico. A un amor fraternal, entre dos amigas que son como hermanas.

—Me preocupaba que también asesinaran a Rachel o a Holly,

de manera que Lenora las convenció para que se instalaran en la vieja casita del jardinero, en los confines de la finca, y dejaran una nota diciendo que se habían ido. Así estarían seguras.

—Entonces, ¿siguen aquí? —pregunta Lily.

Se rasca la cabeza.

—Iré a buscarlas —se ofrece la señora Castle—. Les diré que ya no hay moros en la costa. Deben de estar desesperadas por volver junto a Beatrice.

Y sale por la puerta, no sin antes guiñarle el ojo a Lily y señalar a Isabelle. Ahora es Lily quien se sonroja.

—Antes de que lleguen —le dice Isabelle—, Liliana me pidió que te entregara otra nota.

—¿No será otra pista? —pregunta Lily—. Porque tengo el cerebro hecho picadillo.

—Compruébalo tú misma. —Y se saca un sobre del bolsillo.

Lily respira hondo y lo abre. Vuelve a percibir el olor a Truth, el perfume de su tía, y empiezan a llenársele los ojos de lágrimas.

Queridísima Lily, si lees estas palabras significa que estoy muerta y has pasado a ser la propietaria de la casa Arcana. Enhorabuena, cariño, sabía que lo lograrías.

Debería haberte explicado todo esto antes. Estuve a punto de hacerlo infinidad de veces. Pero no tenía tu valor. Solo ahora soy capaz de contártelo. Yo maté a Edward y a Veronica tras descubrir que fue Edward quien asesinó a Marianna. Tenía mis sospechas, porque sabía que tu madre nunca nos dejaría ni a ti ni a mí. Y la noche antes de morir, tu madre me dijo que Edward y Veronica le habían pedido que se confabulara con ellos para excluirme y que la casa recayera en manos de Edward. La amenazaron con matarte y le dijeron que la próxima vez la sangre no sería fácil. Marianna se negó. A la mañana siguiente apareció muerta. Busqué al médico forense y, tras ofrecerle un cheque y la garantía de que no lo delataría a la policía, me explicó lo que había sucedido realmente. Edward intentó ahorcar a Marianna del techo de su propia habitación para simular un suicidio, pero no hizo bien la soga. Marianna consiguió quitársela y escapar hasta el laberinto, pero Edward la siguió y la estranguló. Luego le cortó las venas para simular que lo había vuelto a intentar, pero ya estaba muerta, así que apenas sangró. Edward manchó con sangre falsa las mangas y luego sobornó al forense. Confronté a Edward y me admitió lo que había hecho, riendo. Por eso los maté a él y a su esposa. Y me alegro de haberlo hecho.

Pero, precisamente por eso, también renuncié a todas las cosas maravillosas de mi vida y no las compartí contigo. No te expliqué que Marianna había hecho construir la sala de música para poder evadirse de los asistentes a las conferencias. Ni que el cuartito oculto anexo era para ti, para que cantaras con ella desde tu cuna.

—Eso explica que viera a mi madre aparecer de la nada aquel día —dice Lily, alzando los ojos de la carta para mirar a Isabelle—. Y Philippa vio a alguien salir de las paredes.

—Y eso explica también los rumores sobre la Dama Blanca —añade Isabelle—. O eso espero, al menos. La verdad es que yo no me siento segura quedándome sola en este lugar.

Lily sigue leyendo.

Y tampoco te conté lo encandilada que tu madre estaba contigo y cuánto te quería. Ni que nunca te habría dejado, jamás. Debería habértelo dicho cada día, en lugar de dejarte creer una mentira. Sé que es imperdonable.

Haz lo que te plazca con la casa. Lo único que te pido es

que busques en tu interior, en lugar de olvidarte de tus sentimientos, como hice yo. Cuida de mi hogar y busca el tuyo.
Con todo mi amor,
Liliana Armitage-Castle

Lily baja la carta y rompe a llorar. El reloj de la abuela da cuatro campanadas. El juego de Navidad ha finalizado.

Lily e Isabelle salen de la casa juntas. El aire es fresco, reparador. Ha vuelto a nevar, lo suficiente para borrar los terrenos y el tejado de la casa. Nadie podría intuir lo que ha ocurrido en este lugar sin rascar la superficie. Los secretos de esta casa están a punto de salir a la luz, y eso está bien. Quizá sirva para exorcizarlos, y para exorcizar a Lily.

Porque ha decidido no seguir escondiéndose. Ha cantado y ha hablado.

Suenan sirenas más allá del valle. Por fin la policía podrá llegar a la casa. Los próximos días serán difíciles, pero no tanto como los doce últimos, eso sería imposible. Es un buen punto de partida para empezar una nueva vida.

—¿Qué piensas hacer con la casa? —le pregunta Isabelle.

—No lo sé —responde Lily—. Todavía no soy capaz de formularme esa pregunta.

—Si quieres marcharte y no regresar jamás, y no te culparía por ello, podría encargarme de venderla. Hay varias promotoras interesadas. Y vale mucho dinero.

Lily mira la casa, a su espalda. Piensa en su madre y en todos los recuerdos maravillosos de ella que el edificio guarda como una caja de música. Piensa en Ronnie y en Gray, los dos brillantes, cada uno a su manera. Y también en Liliana, a la vez cruel y cariñosa, sentada en la puerta abierta entre el bien y el mal, permitiendo que sea Lily quien la cierre. Y piensa también en Tom y Sara, y en Edward y Veronica, dispuestos a asesinar para poseer una casa que al final no es más que polvo.

Arcana parece contener el aliento, el humo de la chimenea permanece congelado en el aire, a la espera de oír su respuesta. Lily tiene la sensación de que le sigue pesando, pero ahora eso la tranquiliza. Pensar en que compartimenten la casa en apartamentos para gente pija le provoca una desazón inmensa. E imaginar que la demuelen con una excavadora le duele todavía más. Por un instante, le parece ver una figura en la ventana de su propia habitación. Tal vez sea la señora Castle, pero estaba en la planta baja cuando han salido de la casa. No le ve la cara a la figura, pero tiene la impresión de que es su madre. Justo entonces una nube tapa el sol y la silueta desaparece.

Lily sigue caminando.

—Creo que me la quedaré —dice. Los fantasmas necesitan un lugar por el que merodear, aunque solo existan en su cabeza—. Esta casa tiene que tener algo bueno.

—Es mucho espacio para una sola persona —observa Isabelle mirando al otro lado y alargando el cuello hacia el macizo, como si estuviera inspeccionando los rosales nevados.

El corazón de Lily traquetea como una máquina de coser por lo que implican las palabras de Isabelle. Pero no, es imposible que se refiera a eso.

—Como mínimo seremos dos —dice—. Mi bebé y yo.

Isabelle sonríe.

—Me preguntaba cuándo me lo contarías. Esperaba que me revelaras tu secreto el día de Nochebuena. Pero ahora parece un momento más indicado.

—Lo habría hecho de saber que siempre estabas cerca, observándome como la mejor acosadora del mundo.

La carcajada de Isabelle hace que un pájaro que estaba en los árboles eche a volar, batiendo las alas en señal de acuerdo.

—Y necesitaré mucho espacio para hacer ropa —dice Lily—. Podría diseñar mi propia línea desde aquí. Arcana Couture.

—Suena perfecto —la alienta Isabelle.

—O podría dar clases, montar una escuela de alta costura.

U organizar retiros para personas con traumas. O fundar una residencia para Samuel y huérfanos como él y yo. No lo sé. Probablemente lo haga todo con el tiempo. Es posible que vaya tejiéndolo todo en una vida y en una casa que lo abarque. Me gustaría romper el maleficio para siempre. Le voy a proponer a la señora Castle que lo regente todo conmigo, al cincuenta por ciento.

Las posibilidades van conectándose, como si las cosiera con una máquina Overlock, dejando las costuras perfectas.

—A Liliana le encantaría. —Isabelle hace una pausa—. Y a tu madre también.

Lily asiente con la cabeza. Corren infinidad de sentimientos por su interior. Todos los hilos de su vida se están uniendo en una madeja fuerte.

Al pasar junto al reloj de sol nota la necesidad de preguntarle algo a Isabelle. Le parece absolutamente inapropiado y bochornoso si se ha llevado una idea equivocada, y por dentro todo su ser le grita que guarde silencio. Pero «no hay tiempo suficiente».

—¿Has quedado con alguien para San Valentín? —dice, con el corazón desbocado en sus palabras.

Isabelle se detiene. Sus finas cejas ascienden hacia el nacimiento de su cabello.

—¿Me estás pidiendo una cita, Lily Armitage?

Lily vuelve a sentir la urgencia de retirarse, de tragarse sus palabras, de ocultarse tras un código, tras capas y capas de significado.

Respira hondo, deja atrás el miedo y cruza al lado de la emoción.

Isabelle contiene el aliento, pero Lily continúa hablando:

—Y sí, me estaba imaginando una cena íntima en algún lugar en medio de una ciudad superpoblada, no en el campo.

—Con una condición, maga —le dice Isabelle.

Lily sonríe. Las puntadas de su corazón se cierran.

—¿Más reglas?

—Solo una: tienes que hacerme un traje para llevar en nuestra cita. Un diseño tuyo. El primero de tu colección. Pero no me hagas un corsé demasiado ceñido.

—Trato hecho —responde Lily—. Siempre que no te importe que yo tampoco lleve corsé.

Las cejas de Isabelle ahora saltan a la altura de su flequillo.

—Jamás pensé que me dirían algo así.

—Es hora de que me muestre como soy.

—Ya lo has hecho.

Lily vuelve la vista atrás nuevamente para contemplar la casa Arcana. Las cortinas están abiertas. Es posible que las descuelgue, de hecho. Que deje que la luz del día bañe el interior y muestre las manchas y las lágrimas que el viejo edificio lleva en su corazón. Y que la luz de la luna permita vislumbrar a los fantasmas que habitan en su interior.

Caminan con paso sincronizado. Isabelle le coge la mano. Su tacto es cálido y suave. Tiene tacto de hogar.

Nieva, nieve sobre nieve. En el sombrío invierno, ahora y desde hace mucho tiempo.

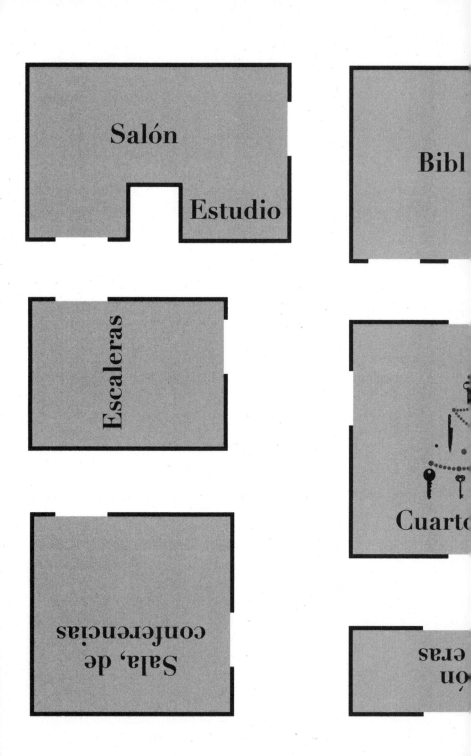

...oteca

Cuarto
del personal
y lavandería

...le juegos

Cocina y
despensa

Sa...
Esc...

Comedor

El juego dentro
de *La casa de los enigmas:*
soluciones

Juego 1: Doce días de anagramas

Juego 2: Títulos

Esta primera edición de *La casa de los enigmas*, de Alexandra Benedict,
se terminó de imprimir en Grafica Veneta S.p.A. de Trebaseleghe (PD)
de Italia en noviembre de 2022. Para la composición del texto
se ha utilizado la tipografía Celeste diseñada por Chris Burke
en 1994 para la fundición FontFont.

Duomo ediciones es una empresa comprometida
con el medio ambiente. El papel utilizado para
la impresión de este libro procede de bosques
gestionados sosteniblemente.

PEFC/18-31-226

Este libro está impreso con el sol. La energía
que ha hecho posible su impresión procede
exclusivamente de paneles solares. Grafica
Veneta es la primera imprenta en el
mundo que no utiliza carbón.

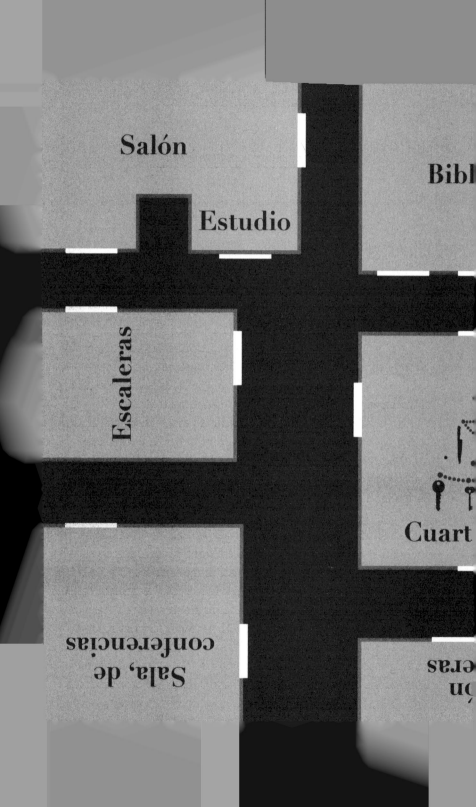